小说鉴赏十讲

TEN NOVELS AND THEIR AUTHORS

W. Somerset Maugham

[英]
威廉・萨默塞特・毛姆
著

宋碧云
译

新世界出版社
NEW WORLD PRESS

图书在版编目（CIP）数据

小说鉴赏十讲 /（英）威廉·萨默塞特·毛姆著；宋碧云译. -- 北京：新世界出版社，2023.8
ISBN 978-7-5104-7726-3

Ⅰ. ①小… Ⅱ. ①威… ②宋… Ⅲ. ①小说—文学欣赏—世界 Ⅳ. ① I106.4

中国国家版本馆CIP数据核字（2023）第 124974 号

小说鉴赏十讲

作　　者：［英］威廉·萨默塞特·毛姆
译　　者：宋碧云
责任编辑：丁　鼎
责任校对：宣　慧　张杰楠
责任印制：王宝根
出　　版：新世界出版社
网　　址：http://www.nwp.com.cn
社　　址：北京西城区百万庄大街 24 号（100037）
发 行 部：(010)6899 5968（电话）　(010)6899 0635（电话）
总 编 室：(010)6899 5424（电话）　(010)6832 6679（传真）
版 权 部：+8610 6899 6306（电话）　nwpcd@sina.com（电邮）
印　　刷：嘉业印刷（天津）有限公司
经　　销：新华书店
开　　本：880mm×1230mm　1/32　尺寸：145mm×210mm
字　　数：190 千字　印张：8.5
版　　次：2023 年 8 月第 1 版　2023 年 8 月第 1 次印刷
书　　号：ISBN 978-7-5104-7726-3
定　　价：49.80 元

译者序

毛姆及《小说鉴赏十讲》[①]

宋碧云

文学是人类在人生中所见到、经历到、想到和感觉到的生活记录，它给予全人类最直接、最永久的兴趣。因此，文学基本上就是借文字为媒介的人生的表现。

——毛姆

毛姆的长篇小说《人生的枷锁》《刀锋》《月亮和六便士》及许多精彩的短篇小说到现在仍拥有无数的读者，探索其原因，毛姆是一个深谙人性、擅长刻画人物、以文字为媒介表达人生各种层面

① 编者注：原著直译书名是《伟大的小说家及其代表作》，本版书名改为《小说鉴赏十讲》。

的文学家。除了文学作品（小说、剧本），他透过隽永的文笔谈论文学作品与写作的著作，首推这本《小说鉴赏十讲》及《总结：毛姆写作回忆录》《书与你》。

由一位优秀的文学家本人来挑选世界文学史上十位大作家并各举其一本代表作，这个题目本身就很吸引读者了。

《小说鉴赏十讲》是毛姆在1948年发表的随笔集，从世界文学中筛选出十大小说名著，用生花妙笔娓娓介绍出来。

这些以他特有的文学论——“小说是为了消遣用的”精挑细选出来的作品，首先叙述作者的一生与作者这个人，然后再对作品进行评论与解释。

毛姆那毫不保留的直爽表达手法，在说明作家的日常生活与人际关系、个性和人性上的矛盾的同时，也栩栩如生地描述出作品诞生的过程，成功地实现了这本书原来的目的——让读者想去接触这些作品，激起想读这些作品的念头。

而且毛姆本身即是知名作家，作家评论作家，观点更是幽默，读来更是让人兴味盎然。

毛姆最擅长一边将读者不断引进精彩的故事情节中，一边辛辣地描绘出人性复杂的一面、不可能的一面。但他并不刻意去剖析人性，或者做艰涩的社会分析，只是一心一意要让读者读他的作品读得津津有味。

所以这十大小说虽然各异其趣，但是毛姆挑选的标准却是相同的，那就是都能让读者看得入迷，爱不释手。

另外，毛姆也认为即使时代变迁，生活习惯改变，新的价值观不断出现，但这数名作家的作品也永远不会失去魅力，这是因为他们是极强而有力、极特异之人。在这里，毛姆也探讨了作家的个性和稀少性。

总的来说，本书充满了幽默与机智，有时也语带讽刺，可以说是以极为轻妙的笔致写成的一种“文学导读”。

威廉·萨默塞特·毛姆（William Somerset Maugham，1874—1965），英国小说家、剧作家。毛姆出生在巴黎，排行老幺，父亲是英国驻法大使馆的法律顾问。八岁时母亲死于肺结核，两年后父亲也因癌症过世，因此他只得离开巴黎，由在肯特郡威特斯达博的牧师——伯父亨利·毛姆所收养，并转学进入当地的小学就读。

然而由于毛姆从小在法语和法国文化中自然成长，英语不太熟练，再加上又有口吃，性格上不免深感自卑，完全没有快乐可言。让他成为作家的，可以说正是这个不幸且孤独的少年时代。

随后毛姆进入牛津大学就读，接着又赴德国海德堡大学留学一年，自从出生以来，他第一次体验到自由生活的滋味。可是毛姆在海德堡大学没有毕业就回国了，后进入伦敦圣托马斯医院附属医学院学医，并且以实习生的身份到伦敦的贫民区兰贝斯从事医疗工作。他以当时的经验为题材写成的写实小说《兰贝斯的丽莎》获得文坛瞩目，从此正式开始写作生涯。之后他又写起剧作，《弗雷德里克夫人》一炮而红，从此生活富裕充足。不必再为金钱伤神之后，毛姆开始创作自传性的长篇小说《人生的枷锁》。

第一次世界大战期间，毛姆从事情报员的工作，而以当时的经验为题材写成的有短篇小说集《阿申登故事集》。

像毛姆这样拥有为数众多的女性读者的现代作家，可以说是非常罕见的。他的作品中的女性形象总是给人留下深刻印象，而他在实际的感情生活中，也与几位女士有过瓜葛。首先是1890年左右，他被诊断出胸膜炎赴法国南部里维埃拉疗养时，爱上了担任他的家庭教师的有夫之妇。1897年，他又在西班牙塞维利亚爱上了一个西班牙姑娘。

接下来就是二流女演员罗西，她也是《寻欢作乐》的女主人公的化身。毛姆在尚未发迹文坛的穷困时期，从1904年起和这个女演员相恋了八年，她是毛姆一生中最钟爱的女人。然而这个女人生性多情，任何男人都可以同她上床，因此是否要同这个女人结婚，毛姆感到犹豫不决。等他终于下定决心，带着戒指赶到芝加哥去求婚时，却晚了一步，罗西已经嫁给了一个贵族的儿子。

随后出现的就是曾经成为毛姆妻子的西里尔。1913年，毛姆三十九岁那年与她相识，1916年结婚，1927年离婚。性格不合固然是主因，但根据晚年的《回顾》，西里尔似乎是个吓人的悍妇，毛姆说这场婚姻是他“一生中最大的失败”。不愉快的婚姻使得毛姆心有余悸，直到老死都不曾再婚。

第一次世界大战结束后是他作家生涯的全盛期，他出版了《月亮和六便士》，创下惊人的销售量。之后的戏剧作品《圈子》《家庭和美人》等成为充满讽刺的传统“风俗喜剧”的杰作。

接着毛姆又陆续写出引发争论的《寻欢作乐》、描述中年女演员爱欲的《戏院》、对东方神秘主义显示关心的《刀锋》、长篇历史小说《时常》等作品。作为说故事高手的他，在短篇小说方面也创作出无数杰作，包含《雨》《红毛》等让他的名字长留在人们记忆中的作品在内的短篇集《叶的震颤》于1921年出版。

1930年以后发表的自传性随笔《总结：毛姆写作回忆录》《一个作家的札记》，评论集《小说鉴赏十讲》，其趣味性完全不输他的小说。

从毛姆作品舞台遍布世界各地也可以知道他喜欢旅行，四处游历的生活一直持续到最后，对人生采取讽刺的旁观者立场，始终未曾改变。他的人性和作品的哲学就是，人归根究底是充满矛盾并不可化解的。他自始至终都主张，让包含知识分子和大众在内的广大范围的读者，都能从阅读中感受到乐趣，是作家的第一要务，并且他也彻底实践了这个主张。而这也是他始终受读者欢迎的最主要原因。

毛姆认为文学作品，特别是小说，必须能够带来知性的乐趣。一有机会，毛姆就提出这样的主张，并以这样的立场写出作品来。对他来说，读起来没有一点意思的文学作品，根本就不值得冠以文学之名。所以他的作品读起来会让人感到有趣，也就理所当然了，同时他作品的趣味性，还和他那最“酷”的人性观紧密结合在一起。

毛姆的作品除了有趣之外，还有一个最大的特色，那就是形式明确，而且通过他那没有一句赘言的率直文体，让这种明确性发挥了最大效果。他在整理、排列题材，以及铺陈情节时，都尽可能抛弃多余的东西，同时，他还避免使用冗长的语句，尽量使用简洁、明快的句子。

所以他的文章总给人简明浅显的印象。乍看之下，这仿佛很简单，似乎任何人都可以写得出来，但事实上，即使要模仿都不容易。毛姆说他的文章风格，主要是从《格列佛游记》的作者乔纳森·斯威夫特那里学来的。如果真的是这样的话，那么他作品的趣味性就绝对不是雕虫小技般的东西，而是经过修炼再修炼才达成的。

他为现代的知识分子提供了知性娱乐，对一般大众则告诉了他们文学的乐趣，而且坚决固守他所相信的小说应有的形式，这使得他在现代文学一角占有了不可动摇的地位。

关于《小说鉴赏十讲》（*Great Novelists and Their Novels*）这本以随笔形式完成的文学评论，从1948年出版后即广受读者欢迎。六年后，毛姆大加修改，增加了一倍半的篇幅，书名改为《巨匠与杰作》（*Ten Novels and Their Authors*）。正如毛姆在本书里所说的，卷帙浩繁的《战争与和平》有些部分是可以略读的。我很怀疑谁在读完一百多万字的小说，得知男主角皮埃尔与女主角娜塔莎和我们世上的男女一样过着平凡、琐碎、生儿育女的生活之后，还有耐心和体力再啃完几万字的论文，去聆听托尔斯泰那一套独特的历史哲学。

毛姆这本书虽然写了前后两种版本，但是篇幅多出一倍半的版本，大概只有研究文学的人才会去买来好好细读，对一般读者来说，这个版本已经做到趣味盎然、一气呵成了。更早之前，毛姆访问美国时，《红书》杂志的编辑希望他做一份他认为是世界十大小说的作品书单，毛姆依照对方的要求列出书单，以为事情就结束了。但是那书单发表后没有多久，一位美国出版商说，想出书单所选的十部小说的浓缩版，每一部都要加上毛姆本人的解说。

这项要求也获得应允，解说的文章不仅作为各部作品的序文发表，大部分还刊登在《大西洋月刊》杂志上。之后的1948年，那些文章经过全面改写后，集为一册出版了。

由于《小说鉴赏十讲》是为一般读者而写，所以每一部作品，毛姆都首先描述作者的生平和作者这个人，之后再对作品进行解说和评论。

描述作者的生平和作者本人，据毛姆自己所说，一方面是他想从中感受到乐趣（从这里也可以看出毛姆对人有多么好奇了），另一方面则是为了读者，因为他认为了解作者是个怎样的人可以更好地理解作者的作品。

在述说作者的生平和作者这个人时，他大都参照大学教授或评论家写的标准传记中的知识和材料。由于毛姆并不是要写学术专著，所以那样做也无可厚非。不过他虽然利用标准的传记，但是对著者所说的事情也不是全盘接受。有时候他也会批评大学教授这类人是多么不了解人世间，不了解人性，接着会提出自己不同的见解。正如他在本书一开头所说的，这是基于他自己也是作家的立场，自由地去看一切的缘故。这个特色在作品解说中，更是发挥得淋漓尽致。在那里，他完全不受其他人说法的任何干扰，彻底以自己的立场去剖析。

虽然毛姆只以数页去介绍作者的生平，不过为了尽可能生动地刻画出这个人物来，在描述容貌、风采、个性、癖好的同时，一有机会，他就插入充满人性的趣谈。

毛姆在描述逸事时，也经常对那逸事加上简洁、贴切的评语。比如巴尔扎克食量惊人，一餐可以吃下一百个牡蛎、十二块炸猪排、一只鸭、一对鹧鸪、一条比目鱼、数种餐后甜点和十二个梨子。毛姆也介绍了这则逸事，不只介绍，还补充说“后来巴尔扎克会肥胖得几乎拖不动他那巨大的啤酒肚，也是没有什么好吃惊的”。同样是描述生平，毛姆却不忘一有机会就加上这样的评语，来引起读者的兴趣。至于将收入有多少、版税有多少，一一列举出具体数字来，也是为了要使得读者把那作家当成“活生生的人”，感受到乐趣。

而且毛姆以出于自己也是作家的自信，毫不留情地做出的犀利点评，也让人在读这部作品时，处处可以看到毛姆的影子。读者会认为毛姆说话很“毒”，同时也感受到一种痛快的滋味。当然如果要说那是偏见，那确实是偏见。但正因为有偏见所以才有趣，特别是在文学这一方面，没有偏见的评论是既不会成为狠毒犀利的剖析，当然也不会成为良药的。

前面也说过，毛姆写这本书最主要的目的，就是要使读者产生想去看那些作品的念头，而他的这个尝试，可以说完全获得了成功。看完这本书，大部分的人都应该会对那些作家产生兴趣，要是还有没看过的作品，都会想利用这个机会去看看。

同时本书也告诉了读者文学方面的许多事情，读者从中可以学到小说创作的很多东西，并且只要看得细心些，也应该可以知道什么是古典、剧作具有怎样的性质等许多事情。但是比起这些来，最大的收获还是知道阅读小说是一件多么快乐的事情。

在这点上，毛姆的观点十分明确：文学就是为了消遣用的，教育只是其次要功能。作为文学形式之一的小说，一定要为读者提供愉悦的享受。毛姆认为，“让读者以为读小说能够轻松获取知识”的想法是一种误导，只有努力学习才能获得知识，而读小说就是为了寻开心。

不过读了本书，如果有人觉得不管毛姆怎么说，自己所认为的文学还是别的不同的东西，那当然也是很好的看法，若说文学是为了人本身而存在，毛姆也是会同意的。但是无论如何，本书是能够让读者在看得津津有味的同时，将读者带进文学世界的少数书籍之一，则是毋庸置疑的。

就毛姆本人的创作生涯而言，他在四十一岁那年出版了自传色彩浓郁的长篇小说《人生的枷锁》。这本名作在第一次世界大战时推出，一开始并未得到日后的评价及广大读者的青睐，但得到美国作家西奥多·德莱塞（著有《美国悲剧》，电影《郎心似铁》即据此改编）的大力赞赏，喜欢毛姆的读者一定非读这部名著不可。毛姆六十八岁执笔、七十岁推出的《刀锋》则是在美国最享盛誉的一部作品。他从二十三岁出版处女作《兰贝斯的丽莎》，到七十四岁完成最后的长篇《卡塔琳娜——一段罗曼史》，写作生涯超过半个世纪，除了许多长篇小说，毛姆也留下不少迄今仍然脍炙人口的短篇小说。

毛姆少年时代曾因胸膜炎在里维埃拉疗养，这位当时十五岁的忧郁少年，日后把疗养院视为他的人生大学，这些感受可以在短篇小说《疗养院》中看出端倪。因此停笔到去世的十七年间，毛姆认为死神与他开了一个不小的玩笑，他曾感慨地说："死神姗姗来迟，我一直在安静地等待召唤。"既是毛姆好友又是作家的丘吉尔首相（1874—1965）于1965年1月24日溘然病逝，毛姆则在同年的年底——12月16日在法国南部的里维埃拉咽下最后一口气，享年九十一岁，遗体安葬于母校坎特伯雷皇家公学内。

一代文豪人生的帷幕就这样戛然落下，而里维埃拉正是他少年时代进入疗养院开始看到死神倏忽来去的地方。一生都在刻画人生及人性舞台的作家，选择在这个地方静待晚年的结束，静静地迎接乐曲的终章，也许这正是一篇小说的精心布局呢！

前言

世上最好的十部小说

毛姆

我想告诉本书读者书中的论文是怎么写成的。我在美国期间，有一天《红书》杂志的编辑要我列出心目中的“世界十大好小说”。我答应照办，之后就把这件事忘了。

我随同书单写了一篇短评说：“聪明的读者若学会把书中没有兴趣的部分略过不读的艺术，读这些书将是最大的享受。”过了一段日子，有位美国出版商建议把这十大名著重新刊行，删去一般人不会喜欢看的部分，再附上我为每本书所写的导读。这项建议勾起了我的兴趣，我遂着手进行。所写的导读经过删节，大抵已在《大西洋月刊》杂志上发表，似乎颇引起读者的兴趣，所以有人觉得集结成单行本对读者来说将方便不少。

我对原来开列的书目稍微做了更动。书单最后一本我起先列了马赛尔·普鲁斯特的《追忆似水年华》，可是基于若干理由，此书并未收进后来提的名单内。我并不后悔。普鲁斯特的小说是20世纪最伟大的小说，篇幅极长，即使大删特删仍不可能删到合理的规模。

此书成就非凡，但要评估后世对它的评价则言之过早。普鲁斯特的狂热仰慕者——我也是其中之一——可以兴致盎然地细读每一个字，不厌其烦。有一次我一时夸张，曾说过我宁可读普鲁斯特的作品读得烦死，也不愿读其他作家的作品读得开心得半死。但我现在愿意承认：那本书各部分的价值优劣有别。依我拙见，普鲁斯特受他那时代的心理和哲学思潮影响所写的漫长章节，未来的人势必不感兴趣。

上述思潮有些已被认定是错的。我想到时候会比现在更明显地看出他是伟大的幽默作家，他创造新颖、多样化、栩栩如生人物的能力足以和巴尔扎克、狄更斯和托尔斯泰媲美。也许那时候才会发行他浩瀚巨作的浓缩本，省略已被时间削去价值的部分，只留下小说的精华，亦即具有永恒趣味的部分。《追忆似水年华》还会是很长的长篇小说，却是不折不扣的上乘佳作。

我最后选的“世界十大好小说”书目如下：

《汤姆·琼斯》

《傲慢与偏见》

《红与黑》

《高老头》

《大卫·科波菲尔》

《呼啸山庄》

《包法利夫人》

《白鲸》

《战争与和平》

《卡拉马佐夫兄弟》

不过我事先声明，筛选评论世界最好的十部小说简直是胡扯。世界最好的小说何止这十部，就算要挑一百部最佳小说，我也不敢确定。若找五十位博览群书、拥有深厚学养和精湛功底的人来列出世上最好的一百部小说，我相信至少有两三百本书得一票以上的。但这五十份书目若由使用英文的人士提出，我想我选的十部小说也必占有一席之地。我特别强调使用英文的人士，是因为我书目上的小说至少有一部《白鲸》在受过教育的欧洲大众心目中仍相当陌生。我想除了英语文学专业的学生之外，这本书的德文版、西班牙文版或法文版大概不会有人阅读。18世纪法国有很多人读英语文学，可是后来法国人对于自己疆界外的作品都没有太大的兴趣，直到最近依然如此；若由法国人来列一百部最佳的小说，里面一定有不少英语系国家的人听都没听过或者很少人阅读的作品。

这种意见分歧的现象不难解释。某一部小说特别吸引某一个人（判断力非常健全的人），使得他认定这本书身价非凡，理由肯定有很多。也许他是在生命中特别容易受感动的时期或环境下阅读的，也许基于他自己的偏好或个人的联想，书中的主题或背景对他具有非同寻常的意义。

例如我可以想象，热爱音乐的人一定很容易把澳大利亚作家亨利·汉德尔·理查德森（Henry Handel Richardson，1870—1946）的《毛里斯客人》列为最好的十部小说之一；英国史塔福郡“五城”的原居民欣赏阿诺德·本涅特（Arnold Bennet，1867—1931）忠实描写五城的特性和民风，很可能将《老妇人的故事》列为十大小说之一。

上述两本都是好书，但我想公正的裁判绝不会把它列入“世界十大好小说”之列。读者的国籍使他对某些书特别感兴趣，会觉得它比一般公认的出类拔萃。举例来说，我想任何受过教育的法国人如果像我一样列书目，可能会把拉斐特夫人（Madame de Lafayette，1634—1693）的《克莱芙王妃》列进去。说来也算公平，那本书有显著的价值，是有史以来第一部心理学小说；故事动人，具有说服力，角色刻画得很生动、很微妙；文笔出色，而且精炼优美。书中描述了一个在法国连小学生都很熟悉的社会状况，小学生读过法国两位戏剧家高乃依（Corneille）和拉辛（Racine）的作品，对这本书的道德环境早已非常熟悉，书中内容涉及最辉煌的法国历史时段，魅力非凡，对法国文学的黄金时代有突出的贡献。可是在英美读者眼中，书中人物显得像木头，举止不自然，他们的荣誉感、他们对个人尊严的重视，有点可笑——我不是说这种想法正确，但有此想法就不会把这本书列为“世界十大好小说”啦。

不过我想长篇小说个别价值的评断会产生极大的分歧，主要是因为长篇小说基本上是不完美的文学体裁。没有一部长篇小说是十全十美的。我所选的十部小说，没有一部是你无法在某一细节中挑出毛病来的，我写每一部书的导读时就打算好好挑剔一番；不分青红皂白地赞美某些被公认为经典名作的书对读者反而是最大的伤害。

读者在阅读的时候发现某某情节不太可能发生、某某角色不真实、某某段落描述冗长不堪，他若天生不耐烦，会指责向他推荐这部小说为杰作的批评家们简直是傻瓜；他若生性谦卑，就会责怪自己，认为这本书超出他的智力，不适合他读；但他若坚韧不拔，极有毅力，他就会本着良心读下去，然而读的时候仍觉得没什么乐趣可言。但小说是要让人津津有味地阅读的啊，若不能提供乐趣，这本书就一文不值了。既然如此，每位读者都是他自己最好的批评家，只有他知道自己喜欢什么又不喜欢什么。

人没有读小说的义务。批评家可以指出，依他看来（这是很重要的先决条件）某部一般公认的伟大小说有哪些长处，缺点又在哪里，从而帮助读者。我再说一遍：我们要先提醒读者，千万别奢望小说十全十美。

在我详述这个说法之前，我想对小说读者说几句话。小说家有权对他们提出一点要求：他有权要求读者们读一本三四百页的书时稍有耐心；他有权要求读者具有足够的想象力，能揣摩作者想引他们介入的场景，在脑海中填上作者所绘的肖像；最后小说家有权要求读者们具有同情的能力，否则他们便无法进入小说人物的爱与悲、忧患、危险和奇遇之中。除非读者能付出一点自己，否则他不可能从一本小说里领略最好的内涵。

现在我要指明我心目中一本好小说该具备哪些要素。它该有兴味广泛的主题——我的意思是说，不只是一小群批评家、教授、文化素养精湛的人、卡车司机或洗碗工感兴趣的主题，而是广泛符合人性、各种男人和女人都觉得有趣的主题。举个例子来说明我的意思：作家可以写一本小说来谈蒙特梭利教学法，教育学家一定非常非常感兴趣，但我相信这本小说必然是平庸之作。小说的故事应该连贯、有说服力；应该有开头、中间和结尾，结尾应该是开头的自然结果。一件件插曲该有发生的可能性，不只发挥主题，且应由故事中衍生出来。

小说家创造的人和动物应以个别特性来观察，他们的行动应由个性产生，绝不让读者说：某某和某某不会有这样的举动。而应让读者不得不说：我就预料某某和某某的言行会是如此。我想人物本身若是趣味盎然那就更好了。福楼拜写过一本名叫《情感教育》的小说，在许多杰出的批评家之间享有盛名，但他特意选一个没有特征、没有个性的人当男主角，叫人简直不可能关心他做些什么或者遭遇如何，结果这本书虽有许多优点，却很难让人读完。

我想我该解释一下我为什么说人物该以个性来观察。寄望小说家创造出崭新的人物未免要求太苛刻。他的题材是人性，虽然人有各种类别和处境，但种类并非无限，长篇小说、短篇小说、剧本、史诗写了几百几千年，作者创造出全新人物的机会实在太少了。我综观所有小说，想得出来的绝对原创性人物只有堂·吉诃德一个，如果有什么博览群书的批评家发现他这号人物也有远祖，我也不会感到吃惊的。作者若能透过他自己的个性来看他笔下的人物，而他的个性若够称得上特殊的话，往往能给人一种错觉，以为这些人物是原创的，那这个作家就很幸运了。

举止应衍生自性格，言谈也是一样。时髦女性说话该像时髦女性，街头妓女说话该像街头妓女，卖汽水的说话要像卖汽水的，律师说话要像律师。对话不该有一搭没一搭的，但也不该让作者趁机卖弄他的意见；对话应该用来刻画发言者的性格，让故事进展下去。叙述的段落应该生动、不离题，长度只需使相关人物的动机和所处情境清晰服人就行了。文字应力求简洁，让一般教育程度的人可以轻易阅读；文体应符合题材，就像剪裁合度的鞋子符合形状优美的脚一般。最后，小说应做到引人入胜。虽然我把这一项放在最后，但却是不可或缺的特质，少了这一项，其他特质将派不上用场。头脑健全的人，谁也不会为了求教诲或启发而读小说。他若需要教诲或启发，却不去读专门用来教诲和启发人的书，那他就是傻瓜。

就算一部小说具有这一切特质——那已要求太多了，仍像宝石有瑕疵一般，其形式本身就有缺陷，使得完美不可能达成。短篇小说可以依据长度在十分钟到半个小时内读完，处理的是界定清晰的单一题材、一个事件或一系列密切相关的精神或实体事件，而且是完整的，不可能再增添或去除什么。我想短篇小说可以达到十全十美的境地，我认为要搜集相当多已达此境界的短篇小说并不困难。但长篇小说长度不确定，可以长如《战争与和平》，一段时间内述及一系列事件，出现许多许多人物，但也可以短如梅里美的《卡门》。

为了使故事合乎可能性，人物合情合理，作者必须叙述许多跟故事相关、本身却不见得有趣的事例。事件往往需要一段时间来分隔，作者为了作品的平衡必须尽可能杜撰些内容来填满这段时间。这些段落称为桥段。有些作家尽量避免桥段，直接从辞藻绚丽的事件跳到另一个辞藻绚丽的事件，但我想不起成功的例子。大多数作家乖乖过桥，而且多多少少有些技巧，但过程中很可能有点沉闷无聊。

作家是人，难免有他的古怪念头。长篇小说的形式不严谨，尤其在英格兰和俄罗斯写的更是如此，这使得作者有机会详述自己心中珍爱的题材，而他的心智或批评意识往往又不够强，不明白某一题材尽管他觉得有趣，除非是他的小说计划所必需，否则就不该摆进书里。此外小说家几乎免不了受当时的风尚影响，毕竟他受影响的力量非同一般，所以往往会写出风尚一过便失去吸引力的作品。

我来举个例子：19世纪之前小说家很少注意场景，一两句话就足以把他们要描述的背景交代完毕；可是浪漫派得到大众的喜爱之后，为描写而描写日渐流行。某个人上街到一家药店买牙刷，作者一定会告诉你这个人经过的房子是什么模样的，店里卖哪些东西。黎明、落日、星夜、万里无云的天空、上升和渐缺的月亮、波涛汹涌的大海、山尖积雪的群山、黑暗的森林……书中充斥着没完没了的描述。有些描述本身美极了，但跟内容毫不相干！

作家们过了很久才发现，场景的特征无论以多么诗意的眼光来观察，又以多么可敬的手法来表达，除非必要，否则仍属徒劳。也就是说，除非能帮助作者继续说故事，告诉读者跟书中人有关而他非知道不可的东西，否则都没有用。这是长篇小说中一项偶然的缺陷，但另外一项缺点似乎是与生俱来的。既然是篇幅相当长的作品，写起来难免要花费一段时间，至少要几个礼拜，通常大概要几个月，有时候甚至要好几年。作者不可能持续被灵感眷顾这么长的时间。我不喜欢用“灵感”一词——用来指句式自由的散文有点自抬身价，我宁可留给诗人专用。诗人从事的艺术比小说家高贵，可是小说家另有补偿：诗除非具有最高的品质，否则易受忽略，长篇小说就算有许多缺点，仍不至于一文不值。

尽管如此，某种影响小说家写稿的东西，若不叫灵感，我找不到更好的字眼，只好称之为潜意识。也许正因为这是一个意义有点不明确的含糊词语，可以充分表达作者的一种感觉：他在白纸上写上黑字，充其量只算活跃的媒介，其实他是抄录者；他发现自己正在写不曾知道的东西，快乐的思绪不知道从什么地方泉涌而来，未曾预料的概念像宴会的客人未先告知就登门造访一样惊喜。我想这没什么特别神秘的地方：未曾预料的概念无疑是过去长期经验的结果，快乐的思绪起自概念的联想，他自以为不知道的事情储存在记忆的隐秘处。潜意识把它带到表层，自由自在地从笔尖流到纸上。

但潜意识是率性又不确定的；无法强迫，任何意志的努力也无法激励它活跃起来；它就像风爱向哪儿吹就向哪儿吹，像雨落在正直的人身上也落在不正直的人身上。老练的作家有各种方法哄潜意识来帮他的忙，但有时候潜意识始终固执不来。若听任潜意识自生自灭——在长篇小说这么长的作品中，此事常常发生，作者只能孜孜不倦下功夫，仰仗他的一般能力。倘若他能借这些方法引起读者的注意，那才是奇迹呢。

当我斟酌小说家必须克服多少障碍、回避多少预料不到的困难和危险时，我一点也不惊讶于连最伟大的小说家都难以做到十全十美，我反而惊讶于他们竟能做到没有“更不完美”。大抵由于这个原因，要挑出十部小说来评为举世最佳简直不可能。我可以再列出十部各自不同却可媲美前十部的巨作：托尔斯泰《安娜·卡列尼娜》、陀思妥耶夫斯基《罪与罚》、巴尔扎克《贝蒂表妹》、司汤达《帕尔马修道院》、简·奥斯汀《劝导》、劳伦斯·斯特恩《项狄传》、威廉·梅克比斯·萨克雷《名利场》、乔治·艾略特《米德尔马契》、亨利·詹姆斯《使节》、勒萨日《吉尔·布拉斯》。我选前面十部有充分的理由，选现在列的这些也可以提出同样充足的理由。我的选择十分武断。

过去读者似乎喜欢小说写得很长，作者往往只得就范，提供超过故事本身所需的内容给出版商。塞万提斯灵机一动想出一个轻松的办法：在长篇小说中插进一些短篇小说，有时候长得可以称得上中篇，跟原先的主题一点关系都没有，充其量只是看似合理而附加上去的。没有一位作家做这件事比塞万提斯写《堂·吉诃德》更游刃有余的了。这些额外加入的内容往往被视为这部不朽杰作的瑕疵，如今读来只叫人厌烦。当代文学批评家为此攻击他，他在书本的第二部分避开这个恶习，遂产生了一般公认不可能的现象——续篇竟写得比前集优秀。但这并不能阻止后继作家（他们一定没读过那些批评）使用这么方便的手法，交给书商们大量稿件，凑成可以卖的一册书。

19世纪新的出版方法产生，小说家受到了新的诱惑。以大量篇幅刊登所谓轻巧版文学的月刊杂志销路极佳，使作家有机会用连载的方式将作品呈现在大众面前，自己也获利颇丰。大约同一时间，出版商们发现每月分期发行畅销作家的小说对他们十分有利。两种情况下，作家都会与出版商签约，提供一定数量的内容填满某些页数。这套办法鼓励作家们从容不迫、唠唠叨叨。法国作家论行支付稿酬，他们毫不犹豫地尽量多写几行。他们是需要赚钱糊口的工作人员，即便这样所得也不丰厚。有一次巴尔扎克到意大利，见到一些图画，大为动容（谁不动心呢？），就打断他正在写的小说叙事，插入一篇谈这些图画的文章。

我们从作家们自己的“招供”中得知：连载的作家们，即便是一流作家如狄更斯、萨克雷，也不时会觉得被迫在固定时间交稿是一种可憎的负担。难怪他们要东拉西扯凑篇幅，难怪他们的故事布满不相干的插曲。有一次，出版商告诉狄更斯他的某一堆月刊稿少了两大张，亦即十六小页，他只得坐下来，尽可能搜索枯肠勉强写出。他对这种写法很有经验，事实再明显不过：如果他写在这十六页中的内容是处理这部分故事所不可或缺的，那他一开始就会写上去啦。

一部小说的缺陷无论是由于小说这种体裁与生俱来的，还是归因于作家的缺失、时代的风尚或出版方式，读者都没有理由耐心忍受。有见识的人不会把阅读小说当作应尽的义务。他把看小说当作消遣；他想要被带出己身之外；他准备对书中人物产生兴趣，念兹在兹地想看他们在特定情境下会有什么言行、遭遇又是如何；他同情他们的烦恼，为他们的喜悦高兴；他设身处地理解他们的处境，多多少少还体验了他们的人生。书中人物的人生观、他们对人类思辨题材的态度，无论以言语说出或由行动中表现出来，都会勾起读者惊奇、欣慰或愤恨的反应。但读者凭本能知道自己的兴趣在哪里，他就像猎犬追踪狐狸的味道一般兴趣盎然。可是有时候作者失败了，读者找不到兽迹留下的味道，只好四处慌乱挣扎，直到再找着为止。他会跳来跳去略过乏味的部分阅读。

人人都会跳来跳去，但要跳着读却不损失重要内容可不容易。就我所知，这可能是天赋，也可能必须靠经验来求得。约翰生博士看书跳得很凶，鲍斯韦尔告诉我们："他天赋异禀，立刻就能抓住任何一本书有价值的地方，用不着苦苦从头读到尾。"但鲍斯韦尔说的无疑是知识方面的书籍；读一部小说若成为负担，干脆不要读就好啦。不幸的是，基于长篇小说这种体裁的基本缺陷、作家或出版方式的缺失，很少有长篇小说能使人从头读到尾始终是兴趣盎然的。跳着读或许是坏习惯，却是情势所逼而养成的坏习惯。可是读者一旦开始跳着读，就很难停止，于是他可能会错过许多读了对他有好处的东西。

过去的读者似乎比今天的读者更有耐心。以前娱乐少，他们有较多的时间看我们现在嫌太冗长的小说。也许他们对打断陈述的枝节话和题外话并不感到愤慨。但某些具有此项缺点的小说名列有史以来最伟大的名著之林，这些书若因此愈来愈少人阅读未免太遗憾了。

我们设计这一系列文章，是要劝诱读者阅读这些好书。我们尽量删除这十部小说中累赘的部分，只留下道出作者想说的故事、刻意阐明扣住主题的概念、充分展现他所创造的人物等内容。某些文学系学生、某些教授和批评家会怒斥戕害一部杰作是令人震惊的行为，作者怎么写就该怎么读才对。但他们真的这么做了吗？我建议他们跳过不值得阅读的地方，或许他们已培养出略读却获益良多的艺术，但大多数人还没有做到。若由鉴赏力和辨别力够高的人来替他们略去无趣的部分，岂非更好？此事若做得高明，就能给读者一本每个字读来都津津有味的小说了。

柯勒律治（Coleridge）谈到《堂·吉诃德》时说：这是一部只需从头到尾浏览一遍的书。他的意思也许是说有些部分冗长沉闷，甚至很荒谬，一旦发现这一点，再读就浪费时间了。这是一部伟大和重要的书，专攻文学的学子无疑该从头到尾读一遍（我自己从头到尾读了三次），但我忍不住认为一般读者——读书求乐趣的读者——全然略去枯燥沉闷的部分也没什么损失。这样一来，他必定更能欣赏与故事直接有关的斯文武士和世俗乡绅的冒险与对话——非常有趣、非常动人的部分。另外有一部小说，确实很重要，但不能肯定算是伟大的作品，就是塞缪尔·理查森（Samuel Richardson，1689—1761）的《帕梅拉》，篇幅很长，除了意志最最顽强的小说读者，一般人大概无法全部读完。若非我见到一部删节过的版本，我相信我一定读不下去。删节做得极好，我完全不觉得少了什么东西或有什么损失。

节略没什么好指责的。我想任何上演过的剧本在排练阶段都多多少少做过全盘更动或删节，而且对该剧还是有好处的。我不知道长篇小说有什么理由不能经过同样的程序。说真的，我们知道大多数出版商都有编辑专门从事这个工作，而他们处理过的书大抵因此变得更好。小说中原来被视为一大堆枯木的部分若不剪除，读者是不会读它的，如果读者能接受引导去读本系列的伟大小说，出版商和编辑的努力就不算白费了。这些伟大小说不会因删节而损失任何有价值的东西，因为这几册书现在所留下的尽是珍宝，读者能尽情享受极大的知性快感。

目录

第一讲

列夫·托尔斯泰及其《战争与和平》

Leo Tolstoy（1828—1910）: War and Peace

我阅世愈久——尤其在我明白自己余日无多的时刻——愈需要表白我内心最强烈的感受。我认为最重要的只是爱的法则。

——列夫·托尔斯泰

我想巴尔扎克是有史以来最伟大的小说家，但托尔斯泰的《战争与和平》却是最伟大的小说。以前没有人写过题材范围这么广泛、描写的一段历史这么重要、创造的人物这样众多的小说，我猜以后也不会有人再写这样的文学巨著了。我们称之为史诗也毫不为过。我想不起另外还有什么小说作品可以称为史诗而当之无愧的。托尔斯泰的评论家也是其友人的斯特拉科夫（Strakhov）曾以几句很有力的话表达了他的看法："完整的人生全貌。完整的当代俄国写照。完整的所谓历史和民族挣扎的史诗。描写人们从中可以发现自己的幸福与伟大、自己的苦难与屈辱的一切情境的完整观照。这就是《战争与和平》。"

托尔斯泰三十六岁时开始写这本书，作家的创作天赋通常在这个年龄达到高峰，他花费了六年的时间才完成这部作品。他选择的时段是拿破仑东征西讨的时代，高潮是拿破仑入侵俄国、火烧莫斯科以及军队的撤退与毁灭。托尔斯泰着手写这部小说的时候，本来是想写上流社会的家庭生活故事，历史事件只是拿来当背景。故事中的人经历了许多足以影响他们性灵层面的经验，吃过许多苦头之后，到头来却得到净化，享受安静和快乐的人生。托尔斯泰写着写着，才愈来愈强调两大交战国敌对势力间无比激烈的拼搏，从他读过的各种书报中建构出一套历史哲学，我之后再来稍作叙述。

据说书中人物有五百位左右。他们都个性鲜明，栩栩如生地呈现在读者面前。这一点已是很大的成就。读者的兴味并不像读大多数小说时一样仅局限于两三个人或一群人身上，而是集中在四个贵族家庭——罗斯托夫家、保尔康斯基家、库拉金家和别祖霍夫家——的成员身上。当小说主题要求作者刻画不止一群人的时候，他必须妥善应付一项困难，就是由甲群移到乙群身上要合情合理，让读者乖乖接受。如此读者会发现：这会儿作者正告诉他关于某组人物他所须知道的信息，待会儿他准备听听有一段时间音信全无的另一组人物近况如何。大体上托尔斯泰在这方面做得极为巧妙，读者简直像遵循单一的叙事线一样进行阅读。

托尔斯泰像一般小说作家那样，照他认识或听过的人物来塑造书中人；不过他当然只是把他们当作模特儿，等他的想象力发挥在他们身上，他们就变成他自己创造的人物了。据说挥霍无度的罗斯托夫伯爵是照他祖父的音容言行构思出来的。尼古拉·罗斯托夫是照他父亲来写的，而楚楚可怜又迷人的玛丽雅公爵小姐是照他母亲写的。至于可以算是《战争与和平》男主角的皮埃尔·别祖霍夫和安德烈·保尔康斯基公爵，一般被认为是托尔斯泰以自己为蓝本创作的；我们若说他意识到自己分裂的人格，因此照自己这一个模特儿创造出两个对比的人物，借以厘清和了解自己的个性，说来大概也不算离谱。

皮埃尔和安德烈公爵有一点很相似，他们像托尔斯泰本人，都在寻求心灵的平静，都为生与死的奥秘寻找解答，结果都没找到；除此之外两个人截然不同。安德烈公爵是英勇、浪漫的人，以自己的种族和阶级为荣，心灵高贵，却高傲、专横，不宽容又不理性。尽管有种种缺点，他却是动人的角色。皮埃尔远非如此。他生性仁慈，脾气温和、慷慨、谦逊、斯文，又有自我牺牲精神；但却很软弱、优柔寡断，很容易上当受骗，叫人忍不住对他感到不耐烦。他行善做好人的愿望十分感人，但有必要把他写成这样的傻瓜吗？他为了解出苦思不解的谜团，变成共济会会员，托尔斯泰为此忍不住写出几章非常非常沉闷的内容。

这两位男士都爱上了罗斯托夫伯爵的小女儿娜塔莎，托尔斯泰把她塑造成小说史上最最讨人喜欢的姑娘。要刻画既迷人又有趣的少女是最困难不过的了。小说中的少女大致是平淡无趣（如《名利场》中的阿米莉亚）、自命不凡（如《曼斯菲尔德庄园》中的范妮）、聪明过头（如《利己主义者》中的康斯坦尼娅·达累姆）

的，或者像小傻瓜（如《大卫·科波菲尔》中的朵拉）一样，不是傻傻卖弄风情，就是天真得叫人难以置信。不难理解她们会成为小说家处理起来别别扭扭的题材，因为人在这种少不更事的年龄，个性尚未完全发展。

同样，画家只能在某一张面孔因生活、思想、爱与苦难的兴衰变迁而显现出个性时，才能把它画得生动有趣。要画一张少女肖像，他充其量只能呈现青春的魅力和美。但娜塔莎完全自然。她甜蜜、敏感、有同情心、任性、孩子气，也有女人味儿、重理想，动辄发脾气，亲切热情、顽固、反复无常，各方面都令人着魔。托尔斯泰创造过很多女性，她们都真实反映人生，但没有一位像娜塔莎这样赢得读者的挚爱。

像《战争与和平》这么长的一本书，又是花这么长的时间写成的，作者有时候亦难免才思不济。我已经说过，皮埃尔成为共济会会员的过程很沉闷，小说将近结尾时我觉得托尔斯泰好像对自己笔下的人物有点失去兴趣了。他的历史哲学也许可陈述如下：他相信不是伟人影响历史进程——像一般公认的那样，而是有一种难解的力量充塞于各民族间，使他们不知不觉走向胜利或失败。亚历山大、恺撒、拿破仑只不过是名义上的领袖，不过是一种象征，他们被一种无法抗拒也无法掌控的推动力带着走。拿破仑不是靠他的战略或大军打胜仗，因为他的命令可能因情境改变或者未及时送达而没有被执行，他打胜仗是因为敌人突然坚信仗已打输，所以逃离了战场。在托尔斯泰心目中，法国入侵俄国期间的英雄是俄军总司令克托佐夫，因为他什么也不做，避免战斗，只等待法军自己毁灭。也许这次就像托尔斯泰的所有理论一样，大量真理混杂着大量谬误，例如他的作品《什么是艺术》也是如此，但我所知不多，没法讨论这个问题。我想他花这么多篇幅来翔实描述莫斯科撤退的经过，是想举例说明他的想法。那也许是好史料，却不是好小说。

不过，如果说托尔斯泰在这部无比浩大的小说最后一部分稍稍失去了活力，那他已在尾声中弥补得十分充实。这是才气焕发的一招。老一辈小说家习惯在他们要说的故事收场后告诉读者主要人物遭遇如何。他们告诉读者男女主角过得很幸福，环境优裕，生了好几个孩子；恶人若非在结尾前被干掉，就会陷入贫穷，娶了一个唠叨的恶妻，得到应得的报应。但是往往只用一两页敷衍交代，读者总觉得这是作者满怀不屑地丢给他们的抚慰品。直到托尔斯泰才把尾声写成真正重要的东西。

七年过去了，我们被带到老伯爵之子尼古拉·罗斯托夫家，他娶了有钱的妻子，生了几个小孩；皮埃尔和娜塔莎正到他们家做客。娜塔莎已婚，也有了小孩。可是他们崇高的希望、对人生的热忱都已渐渐退去，变成无聊的、满足的平静。他们彼此相爱，可是，他们变得多么乏味、多么平凡啊！他们在经历了风险，承受了辛苦和悲痛后，已安定下来，享受着渐入中年的自得。曾经非常甜蜜、非常不可预知、非常宜人的娜塔莎，如今成了神经质的家庭主妇；曾经非常英勇、喜欢冒险的尼古拉·罗斯托夫，如今成了刚愎自用的乡绅；皮埃尔比以前更胖，脾气仍然很好，但不比以前精明。大团圆的结局叫人感到悲哀。我想托尔斯泰这样写并不是辛酸愤懑，而是他知道大家的结局都是如此，他只好实话实说。

托尔斯泰生在贵族阶级，这个阶级并不常产生显赫的作家。他是尼古拉·托尔斯泰伯爵和具有大笔财产继承权的玛丽亚·尼古拉耶夫娜的儿子，出生在母亲的祖宅亚斯纳亚·波良纳庄园，是五个孩子中的老四。父母在他童年时去世。他先由私人家教教导，然后上喀山大学，后来又去上圣彼得堡大学。他是成绩差劲的学生，两边都没拿到学位。他的贵族人脉使他得以先后踏入喀山、圣彼得堡和莫斯科的社交圈，常参加舞会、晚会和社交聚会。

他曾在高加索和克里米亚战争中入伍从军。这段时间他喝酒喝得很凶，胡乱赌钱。有一次为了还赌债，他不得不把继承来的位于亚斯纳亚·波良纳庄园中的房子卖掉。他是性欲很强的男人，在高加索期间染上了梅毒。他整夜放荡，玩牌或玩女人，或者跟吉普赛人狂欢——我们若从他的小说来判断，这种事大概是平常又天真的俄国享乐方式——之后总会写日记。照日记内容看来，他悔恨至极；不过一有机会，他照样重蹈覆辙。

他非常健壮，可以步行一整天或在马鞍上坐十一二个小时不嫌累，但他个子很小，外表也不讨人喜欢。他提笔自述过："我深知我长得不好看。有时候我绝望到极点，我想鼻子像我这么宽、嘴唇像我这么厚、一双灰眼睛这么小的人，在世上不可能得到幸福；我求上帝展现神迹，使我变英俊，我拥有的一切和未来可能拥有的一切我都愿意拿来换一张英俊的面孔。”他不知道自己不美的面孔显现出一种灵性的力量，相当吸引人。他看不见自己的目光使他的表情颇具魅力。

那段时期他穿得很潇洒（像可怜的司汤达一样，希望时髦的衣裳能弥补外貌的丑陋），而且他过度介意自己的头衔。喀山大学的一位同学对他描述如下：“我对（托尔斯泰）伯爵敬而远之。他故作冷淡，头发又硬又粗，半闭着眼睛，表情很敏锐，一见面就叫人十分厌恶。我从来没见过一个年轻人有这么强烈、这么叫人难以理解的自大和自满的态度……我打招呼他几乎不搭理，似乎想暗示我们根本不是一个阶层的人……”托尔斯泰从军期间，好像有点瞧不起一起作战的军官们，他写道：“起先这个圈子的许多事情叫我震惊，但我已渐渐习惯不和这些绅士为伍。我找到一种既不傲慢也不亲密的中庸之道。”

在高加索以及后来在塞瓦斯托波尔期间，他写了不少短篇小说和一篇带有浪漫风格的童年及少年自传。文章登在一本杂志上，颇受好评，所以他由战场前往圣彼得堡的时候，受到热烈的欢迎。他不喜欢那边遇到的人，他们也不喜欢他。尽管他相信自己有诚意，但他实在没办法相信别人的诚意，而且毫不犹豫地照实说出来。他对公认的见解颇不耐烦。他焦躁易怒，又生性好辩，对别人的心情根本不在乎。屠格涅夫曾说最叫人惊惶的莫过于托尔斯泰审讯式的目光，那种目光加上几句刻薄话，可以把人气得半死。他对别人的批评很难接受，当他偶然读到一封对他稍有微词的信件，他立刻向写信的人挑战，朋友们很难阻止他进行可笑的决斗。

当时俄国正兴起一股自由主义思潮。解放农奴是当时迫切的问题，托尔斯泰在首都花天酒地几个月之后，回到亚斯纳亚·波良纳庄园，向他田庄上的农民提出一项给予他们自由的计划。可是他们怀疑其中有诈，拒绝接受。他为他们的儿女办学校。他的方法是革命性的。学生有权不上学，即使在学校也有权不听老师说话；完全没有纪律可言，也没有人受过处罚。托尔斯泰教学生，整天跟他们在一起，傍晚陪他们游戏，讲故事给他们听，陪他们唱歌，一直闹到深夜。大约这个时候，他跟一位农奴的妻子有染，生下一个儿子。日后这个名叫蒂莫西的私生子给托尔斯泰的一个儿子当马车夫。传记家们发现托尔斯泰的父亲也有个私生子，也担任某位家庭成员的车夫，觉得好古怪。我认为这代表道德上的愚钝。

托尔斯泰既然良心不安①，一心想救农奴脱离受贬低的处境，

① 毛姆出版本书后六年，于1954年大加修改，写了第二种版本，结果篇幅增加了一倍半，成为三十万字左右的大书。在这个新版本中他这样描述托尔斯泰：“托尔斯泰跟自己农奴的妻子发生了肉体关系，生下一个男孩，这个私生子长大后成了托尔斯泰嫡生子的马夫。第一次知道这则逸事的读者，不，即使是已经知道的读者也会在这矛盾中感受到人性的复杂，以人道主义者知名的托尔斯泰，竟然也会做出这种事情来。”如果读者想更进一步了解托尔斯泰青年时代荒唐、堕落的生活，可以细读他七十一岁时完成的长篇小说《复活》，书中的男主角聂赫留朵夫对喀秋莎始乱终弃的行径，正是他自己犯下的罪过，此书可以视作托尔斯泰忏悔赎罪的告白。——译者注（若无特殊说明，以下均为译者注）

想教育他们，教他们干净、体面和自尊，我以为他至少会为自己的私生子做点什么的。屠格涅夫有个私生女，但他照顾她，请女家教教她，非常关心她的生活状况。托尔斯泰看着自己亲生的农民儿子坐在嫡生子的马车驾驶座上，不会感到难为情吗?

托尔斯泰性情上的一大特点，就是他可以极为热情地从事一项新的壮举，但迟早一定会生厌。他稍稍缺乏冷静坚毅的美德。所以他办学两年后，发现其结果令人失望，就把学校关闭了。他厌倦了，对自己不满，健康状况也很差。后来他写道：若非生活中仍有一面他尚未探索，而且有可能带来幸福，他也许会陷入绝望。那就是婚姻。

他决心实验一番。当时他已三十四岁，他娶了年仅十八岁的索菲娅姑娘，她是莫斯科时髦医生兼家族老友别尔斯大夫的次女。他们婚后定居在亚斯纳亚·波良纳庄园。婚姻的前十一年，伯爵夫人索菲娅生了八个孩子，接下来的十五年又生了五个。托尔斯泰喜欢马匹，骑术高超，非常喜欢打猎。他有效经营自己的产业，还在伏尔加河以东买了新田庄，所以最后他拥有1.6万英亩（1英亩=0.004047平方公里）的土地。他的生活遵循熟悉的模式。

俄国有很多贵族在年轻时代好赌、好酒，拈花惹草，后来结了婚，生下一群小孩，定居在自己的田庄，照顾产业，骑马打猎；不少人跟托尔斯泰一样信奉自由主义，为农民的无知、赤贫、生活环境污浊而难过，想要改善他们的命运。托尔斯泰跟他们大家唯一的不同是他写了两部世上最伟大的小说《战争与和平》和《安娜·卡列尼娜》。为什么如此是一个难以解释的谜团，就跟迟钝的英格兰萨塞克斯郡乡绅的儿子雪莱居然写出了《西风颂》一样不可思议。

索菲娅·托尔斯泰以少妇而言似乎颇为吸引人。她体态优雅，眼睛漂亮动人，鼻子多肉，深色的头发亮丽有光泽。她活力充沛，性喜冒险，说话的声音悦耳动听。托尔斯泰长期写日记，不但记下他的希望与想法、他的祷告与自责，也记下他在性爱和其他方面所犯的过错。他们订婚后，他渴望对未来的妻子一切坦白，就把日记拿给她看。她非常震惊，失眠一夜流泪到天明，但事后仍把日记交还给他，并原谅了他的过失。她宽恕却没有遗忘。

他们俩都是情绪激烈的人，而且很有所谓的个性。这通常表示有此天赋的人性格上并不讨人喜欢。伯爵夫人索菲娅生性苛求，占有欲强而且很容易嫉妒；托尔斯泰则是严酷又不宽容。他坚持她亲自喂小孩吃奶，她十分乐意，可是其中一个孩子出生时，她乳房肿痛得厉害，不得不把那个孩子交给奶妈，他蛮不讲理乱生她的气。他们不时吵架又和好。

他们彼此深爱对方，婚姻大体算美满。托尔斯泰努力工作，孜孜不倦于创作。他的笔迹很难辨认，可是每一部分写完伯爵夫人就替他誊写一遍。她非常善于辨别他的字迹，甚至猜得出他仓促写的简略笔记和没写完的句子。据说《战争与和平》她整整抄了七遍。

西蒙斯教授曾描述他一天的生活如下：“全家聚在一起吃早

餐，主人的妙语和笑话使得话题有趣又生动。最后他总是站起来说，现在该工作了，然后走进书房，通常会端一杯浓茶进去。没有人敢打扰他。下午他露面，是要运动运动，通常是散步或骑马。5点钟他回来吃晚餐，狼吞虎咽，吃饱了就生动描述他散步时的各种见闻，让在场的人开心开心。饭后他退入书房去看书，8点钟再到客厅陪家人和访客喝茶。期间他常常为孩子们演奏音乐、朗诵或者玩游戏。”①

那是忙碌、有益和满足的生活，未来许多年似乎没理由不照着同样愉快完美的状态继续下去：索菲娅生小孩，照顾孩子和家园，帮助丈夫工作；托尔斯泰骑马打猎，监管田庄和写书。他已经快要五十岁了，对男人来说那是危险时期。青春已逝，他们回顾过去，很容易自问他们的人生等于什么；前瞻未来嘛，老年隐隐浮现在前方，会觉得前景一片凄寒。

有一项恐惧终身困扰着托尔斯泰——对死亡的恐惧。人必有一死，除了危险和重病时刻，大多数人都识趣地不去想它。但死亡对他却是挥之不去的隐忧。难怪他在名叫《忏悔录》的作品中描述他当时的心境说：

“五年前一种很怪的状况开始降临在我身上。起先我经历了困惑和生命凝滞的时刻，好像不知怎么活下去或者怎么办才好，我

---

① E. J. 西蒙斯《列夫·托尔斯泰传》。

感到失落和沮丧。但这种情况过去了，我继续照先前一般过日子。后来这种困惑时刻愈来愈频繁，总是遵循同样的形式。永远是以下列问题来表达：一切为了什么？有什么结果？我觉得自己立足的根基坍塌了，脚下什么都没有。我赖以生存的东西不复存在，我可以依靠的东西都没有了。我的人生已经停顿。我可以呼吸、吃喝和睡觉，我做这些事身不由己。但是没有生命，也就没有什么我觉得该合理实践的愿望了。

“这一切都是在我拥有一般公认的好运时降临我身的。我还没满五十岁；我有个好妻子，她爱我，我也爱她；还有好儿女和一大片庄园，我没花多少力气就将它改善并扩大了……我受到人们的赞美，无须自欺也可以自称是知名之士……我具有同样阶层的男人少见的身心力量：体力上我割草比得上农夫们，脑力上我可以一口气工作八到十个钟头，不会因为如此透支体力而生病。我的精神状态却在告诉我：我的人生是一个不知谁对我开的愚蠢而又恶毒的玩笑。”

他小时候就不再信仰上帝，但失去信仰使他郁郁寡欢、很不满意，因为他没有理论可解开人生的谜团。他自问：“我为什么要活，该如何活呢？”他找不到答案。现在他再一次信仰上帝，但对一个脾气很容易激动的人来说实在很奇怪，这竟是借推理过程而相信的。他提笔写道：“我存在一定有某个理由，万千理由中的理由。那第一个理由就是人类所称的上帝。”这是上帝存在的最古老的证明之一。他不相信人格化的上帝，也不相信死后的永生，但后来他想到自我是永恒的一部分，觉得难以想象它竟会随身体死亡而终止。他一度坚信俄国东正教教会，但他看到教会博学之士所过的生活跟他们的主义并不相符，感到极其厌恶，自觉没法完全相信他们要他信的东西。

他准备只接受含义清晰精确的真理。他开始接近贫穷、单纯、不识字阶层的信徒，愈审视他们的人生，愈相信他们尽管迷信到蒙昧的程度，却有一种真实的信仰，那是他们不可或缺的，光是这种信仰就能给他们的人生带来意义，让他们可以生活下去。

过了好几年他的观点才最终确立，那些年他是在痛苦、沉思和研究中度过的。要简明扼要又恰当地写出这些观点很困难，我做此尝试时迟疑不决。他摒弃圣礼，因为圣礼不是照基督的教诲制定的，只会使真理模糊；他摒弃基督教教条所赖以阐明的一套教义，认为它显然荒谬，是对人类智慧的侮辱；他渐渐相信真理只能由耶稣的话中寻找。他相信他的教示精华在于“不要抵制恶”的箴言；他断定“根本不要发誓”的戒律不仅适用于一般的诅咒，也指任何誓言，包括证人席上发的誓或宣誓就职的军人所说的话；而“爱邻人，祝福诅咒你的人”的命令则禁止人们跟自己国家的敌人打仗，受攻击也不准自卫。可是在他看来，采纳一种主张就要付诸行动：如果他的结论是基督教本质为爱、谦逊、克己忘我、以德报怨，那他觉得他就有责任摒弃人生的乐趣，从而努力劳动，谦卑待己，要吃苦要慈悲。

索菲娅·托尔斯泰是虔诚的东正教信徒，坚持孩子们该受宗教教育，她在自己生活的方方面面都谨守本分。她不是宗教灵性很强的女人；说真的，她生了这么多小孩，亲自抚育，要负责让他们受到良好的教育，又要管理一大家子人，实在没什么时间参加宗教活动。她不了解也不赞同丈夫见解的改变，但她宽容地接受了。不过，等他心灵的变化导致行为的转变时，她十分恼火，并毫不犹豫地表现了出来。

如今，托尔斯泰自觉有义务尽可能少消耗别人的劳力，就自己生炉子，打水，料理衣物。他想要自食其力赚取粮食，就找了一位鞋匠来教他做靴子。他在亚斯纳亚·波良纳庄园跟农夫们一起工作，犁田、运干草、砍木柴。伯爵夫人不赞成他这样，她觉得丈夫从早到晚做些无用的体力工作，即使在农民间这种工作也是由年轻人做的。她写字条给他说："当然你会说，这样过日子符合你的信念，你很喜欢。那是另一回事。我只能说：好好寻开心吧！但我还是气这么宝贵的精力为劈柴、点燃开水壶和做靴子而耗费掉了——那些事当作休息或打发时间换个口味是说得过去，但不该当作特定的工作。"她这些话非常有道理。

托尔斯泰以为体力劳动无论如何比脑力劳动高贵，未免太糊涂。即便他认为写小说给闲人看是不对的，还是很难相信他找不到比制靴更聪明的工作——他做靴子做得很差，送给人家，人家根本不能穿。他喜欢做农夫打扮，变得脏兮兮、很不整洁的样子。据说有一天他担完粪肥回家吃饭，浑身臭得要命，窗户非打开不可。他放弃原先热爱的打猎，不准杀动物来吃，变成了素食者。多年来他一直适度饮酒，如今他完全戒酒，最后经过一番痛苦的挣扎，连烟也戒掉了。

此时孩子们渐渐长大，为了他们的教育，也为了长女塔尼娅要在社交圈亮相，伯爵夫人坚持一家人冬天前往莫斯科。托尔斯泰不喜欢都市生活，但不得不顺从妻子的决定。他在莫斯科看到富人极富、穷人极穷的贫富差距，非常震惊。他写道："我当时和现在都感觉到，以后也会如此感觉：只要我有多余的食物，别人没得吃，我有两件大衣，别人一件都没有，我就感觉自己在不停地犯罪。"人家告诉他世上永远有贫有富，以后也将如此，他根本听不进去；他觉得这样是不对的。他探访了一家贫民的过夜小屋，眼见其恐怖情景后，回家坐下来享用五道菜的大餐，由两名穿礼服、戴白领结和白手套的男仆伺候，会觉得羞愧无比。他试图送钱给缺钱来求他的潦倒人士，却得到一个结论：他们用甜言蜜语从他这儿骗去的钱所带来的害处比益处多。他说："钱是罪恶，所以给人钱的人等于行恶。"由此他很容易认定财产是不道德的，拥有财产也是不对的。

对于托尔斯泰这样的人，下一步很明显：他决定摆脱他所拥有的一切。但他跟妻子在这方面产生了剧烈冲突，其妻可不想沦为乞丐，也不希望孩子们一文不名。她威胁要告到法庭，说他无能力管理自身事务。天知道经过多少剧烈的争执，他才说要把全部产业移交给妻子。但她拒绝了，最后他把财产分给她和孩子们。争执未解决的几年间，他不止一次离家要跟农民住在一起，可是没走多远就意识到他会害妻子痛苦而返家了。他继续住在亚斯纳亚·波良纳，虽然为身边不算过分的奢侈享受所苦，但还是继续享受这种奢侈的生活。摩擦也持续下去。他不赞成伯爵夫人给孩子们那种传统教育，不能宽恕她不许他照自己的意思处置财产。

托尔斯泰在转变之后又活了三十年，我这里没有篇幅来详谈这段时期的情形。我不得不省略许多本身不算乏味的内容。他变成公众人物，不但被公认为俄国最伟大的作家，而且在全世界都以小说家、教师和道德家而知名。有人希望照他的观点生活，还建立起一片片领地。他们试图实践他的不抵抗主义，但遭遇到悲惨下场，而他们落难的故事颇有启发性，也很滑稽。由于托尔斯泰性格多疑，苛刻好辩，而且那样偏执，坚信别人若与他意见不同，一定是基于可鄙的动机，而且他毫不掩饰自己的想法，因此他的朋友很少。但他声誉日隆，大批的学生、造访俄国圣地的游客、仰慕者和门徒涌到亚斯纳亚·波良纳庄园，当中有富人有穷人，有贵族也有平民百姓。

我说过，索菲娅·托尔斯泰是个嫉妒成性、占有欲很强的女人，她老是想独占丈夫，愤恨自己家被陌生人无端侵入。她的耐心受到了严峻的考验，她写道："他一方面向人们描写和叙述他的一切美好情操，对自己的事多愁善感起来；一方面照往日的习性过日子，喜爱甜食、脚踏车和骑马，肉欲很强。"另外一回她在日记中说："我忍不住诉苦，因为他为民众幸福而做的这一切事情使生活变得非常复杂，我已愈来愈难以活下去。他吃素，这表示要煮两种正餐，费用增加，大家的工作量也增加了。他宣扬爱心和善行，却对家人漠不关心，各种乌合之众随时会闯进我们的圈子。"

最早分享托尔斯泰观点的人物中有一位名叫契尔特科夫的年轻人。他很有钱，曾在护卫军当队长，可是他后来信仰不抵抗主义，就辞去了军职。他是正直的人，是理想家兼宗教狂热者，脾气却很霸道，有独特的能力硬要别人照他的意旨行事。艾尔默·莫德曾说，跟他有关的人都变成他的工具，不是跟他吵架就是被迫逃开。他和托尔斯泰之间产生了牢固的友谊，一直维持到托尔斯泰去世为止，而且他对托尔斯泰影响力极大，使伯爵夫人索菲娅相当不满。

托尔斯泰的大多数朋友都觉得他的见解太极端，契尔特科夫却不断怂恿他更进一步，更坚决地加以实践。托尔斯泰一心注重灵性发展，把产业都忽略了。结果这些土地虽然值三十万美元左右，一年的收益却不超过两千五百美元，显然不够家人开销并教育一群孩子。伯爵夫人劝丈夫把1881年以前写的作品的出版权交给她，还借钱创立出版社来印他的书。由于经营成功，她总算能支付她的家用开支。但保留文学作品的权益显然不符合托尔斯泰关于财产是罪恶的信念，契尔特科夫取得掌控权之后，就劝诱他宣告1881年以后写的作品全部属于公共财产，任何人都有权出版。这已经让伯爵夫人十分恼火了，但托尔斯泰还不只如此，他还叫她交出早期作品的出版权，当然包括非常受欢迎的小说，她断然拒绝。她的生计和家人的生计全靠那些作品了。接着剧烈又漫长的争端开始了。索菲娅和契尔特科夫让托尔斯泰得不到片刻安宁，互相冲突的诉求简直叫他矛盾不堪，他觉得两方的主张都有道理，不容驳斥。

1896年，托尔斯泰六十八岁。他已结婚三十四年，孩子大多已长大，次女快要结婚了；妻子年届五十二岁，可耻地爱上一个比她年轻很多的男子——一个名叫坦纳耶夫的作曲家。托尔斯泰对此大为震惊，羞愧愤怒交加。下面是他写给妻子的一封信：

“你与坦纳耶夫过从甚密，我觉得恶心，无法冷静容忍。我若在这种情况下继续与你共同生活，只会缩短并毒害我的性命。一年来我根本不算活着。你对此很清楚。我曾在盛怒之下跟你说过，也以祈求的口吻向你请求。最近我试图保持缄默。我什么都试过了，结果一切都徒劳无功。你们依旧很亲密，我看得出来事情可能会这样一直进展下去。我再也不能忍受了。你显然无法放弃，只剩一个办法——就是分手。我下定决心要这样做，但我必须考虑最好的办法。我想最好的办法就是我到国外去。我们该想出最好的对策。有一点可以确定——我们不能再这样继续下去。”

但他们并未分手；他们继续互相折磨，害彼此日子不好过。伯爵夫人以半老徐娘热恋的激情追求作曲家，起先对方可能觉得受宠若惊，不久就感到厌倦，自觉无以为报，而且嫌这件事害他出丑。最后她发觉他正在回避她，甚至还当众侮辱她，她深感痛心。随后不久她断定坦纳耶夫“在肉体和精神上都粗俗不堪”，这段有损尊严的风流韵事就此落幕。

此时他们夫妻不和已经尽人皆知，跟他亲近的门徒们选择袒护他。由于索菲娅阻止丈夫照他们的办法行事，他们就仇视她，索菲娅对此愤愤不平。他思想上的转变并未带来多大的幸福。此事害他失去朋友、家庭失和，造成他和妻子之间的争吵不断。追随者指责他继续过安适的生活，说真的他也以此自责。他在日记中说：“如今年届七十岁的我，早就竭尽一切精神力量追求宁静和孤独。虽然不是完全和谐，仍然该胜过这种生活、信仰和良心之间的不协调才对。”

他的身体每况愈下。后来的十年间他病了好几次，有一次很严重，差一点死掉。当时认识他的高尔基把他描述得很瘦、很小，头发灰白，眼睛却非常锐利，目光仿佛可看透一切。他的脸上布满皱纹，留了一把又长又乱的白胡须。他是个老头子，年届八十岁。一年过去，又过了一年，他已八十二岁。他迅速衰老，显然只有几个月可活了。仅剩的日子被可耻的争吵弄得痛苦不堪。契尔特科夫对托尔斯泰“财产不道德”的主张显然不完全赞同，他在亚斯纳亚·波良纳庄园附近买了房产，这自然使两个人往来更频繁。现在，他逼托尔斯泰实现死后一切作品应归大众公有的心愿。伯爵夫人对于二十五年前托尔斯泰交给她的小说控制权竟被剥夺感到震怒。契尔特科夫和她之间长期存在的敌意终于化为公开的战火。除了完全被契尔特科夫控制的托尔斯泰最小的女儿亚历山德拉之外，孩子们都跟母亲站在一边。他们不想过父亲要他们过的生活，虽然他已将家产分给他们，但他们不懂自己为什么不能享受父亲作品带来的大笔进款。

尽管家人对他施压，托尔斯泰还是预先立了遗嘱，将所有作品赠予大众，宣布他死时仍存的手稿该交给契尔特科夫，让他可以准许所有想出版的人免费取用。但这显然不合法，契尔特科夫又怂恿托尔斯泰再拟一份遗嘱。他把证人偷偷带进屋里，不让伯爵夫人知道他们在干什么，由托尔斯泰锁上书房门亲笔抄录一遍。这份遗嘱指明版权交给契尔特科夫提名的托尔斯泰的女儿亚历山德拉，他加上一句话说："我相信托尔斯泰的妻子和儿女不愿见到非家族成员被立为合法的财产继承人。"由于这份遗嘱剥夺了他们生活费用的主要来源，上述这些话应该是可信的。可是这份遗嘱还不能令契尔特科夫感到满意，他又自己草拟了一份，由托尔斯泰坐在契尔特科夫家附近森林的一个树桩上亲自抄写。这样一来，契尔特科夫完全掌控了托尔斯泰的手稿，其中最重要的是托尔斯泰晚年的日记。他们夫妻都有写日记的习惯，彼此有个默契，想看对方日记的时候随时可以看。这是很不幸的安排，因为他们事后重读对彼此的牢骚会引发剧烈的争吵。

早期的日记在索菲娅手里，可是最后十年的日记托尔斯泰已交给契尔特科夫。她决心要弄回来，一方面是这些日记最后可以出版获利，另一方面也因为托尔斯泰叙述他们的争端非常坦白，她不希望这些段落公之于世。她捎信给契尔特科夫，要求他交还托尔斯泰的日记。他不肯答应。她威胁说日记若不交还，她就要服毒或跳河自杀。托尔斯泰被她的大吵大闹吓慌了，就从契尔特科夫手中取回日记，但没交还妻子，而是存在银行。契尔特科夫写了一封信给他，托尔斯泰在日记中做了如下的评论："我收到契尔特科夫的一封信，满纸谴责和指控，把我批判得体无完肤。有时候我真想离开他们大家，走得远远的。"

托尔斯泰几乎从少年时代就想离开世俗和凡间的种种骚乱与烦恼，想退隐到一个他可以孤独求自我改善的地方。像许多别的作家一样，他把自己的渴望寄托在两位小说人物身上，一为《战争与和平》中的皮埃尔，一为《安娜·卡列尼娜》中的列文，他借这两人刻画了大部分的自己。此时他各方面的生活境遇加在一起，使他的愿望强烈得像着魔一般。他的妻子儿女折磨着他；朋友们觉得他最后该完全实践他的主义，对他颇不以为然。他深受他们侵扰。他们之中有很多人痛心他没有施行他所宣扬的理念。每天他都会收到伤害他的信函，指责他虚伪。

有一位热切的门徒写信来求他放弃庄园，把财产送给亲戚和穷人，自己不留分文，像托钵僧似的云游各地。托尔斯泰回信说：“你的信深深地感动了我。你的劝告一直是我最神圣的梦，但我迄今还没法做到。理由很多……但主要的原因在于我做这件事不该影响到别人。”人们常把行为真正的理由推到潜意识中不显眼的位置，这回我想托尔斯泰之所以没有照朋友们和良心的催促行事，真正的理由只是他不太渴望执行。

作家心理上有一点我此前还未见人提过，其实研究作家生平的人一定都看得出来。每一位创作家的作品多多少少是他基于某一原因压抑下来的某种本能、欲望、白日梦——随你怎么称呼它——的一种升华，他以文学方式表达之后，以实际行动发泄的驱动力就解除了。但这不是完全的满足。他仍有不足感。文人会颂扬行动派人士，对其不自觉地羡慕崇拜，其道理正在这里。托尔斯泰从事体力劳动，可能是要取代他未能实现的冲动。他若未借写书降低坚决的程度，很可能就会有一股力量实际执行他心目中认为正确的举动了。

他当然是天生的作家，以最有效、最精彩、最有趣的方法叙事是他的本能。我认为在他说教式的作品中，为了让他的论点更具备说服力，他任由文思翱翔，以不妥协的方式提出他的理论。如果他曾停下来思索后果，也许不会这么做。有一次他确实承认：理论上不能容许的妥协，实践中却是不可避免的。不过这一来他必定会失去整个立场，因为实践时既然免不了要妥协，可见实行起来不切实际，那么理论一定有问题。

有一点对托尔斯泰来说非常不幸：满怀爱慕、成群涌到亚斯纳亚·波良纳庄园来的朋友和追随者无法接受他们的偶像也会有妥协的想法。他们逼老人牺牲自己，符合他们激烈的正当行为观，非常坚持，真的有些残忍。他成了自己所传信念的囚徒。他的作品及其对许多人的影响（对不少人而言是灾难性的影响），许多人对他的仰慕、尊敬和感情……在迫使他进入一个只有一条出路的处境，他实在无法承担。

最后他离家踏上那次灾难性却远近驰名的旅程，末了终以死亡收场。不是因为他的良知和朋友们的言谈驱使他这么做，而是为了逃避自己的妻子。他行动的直接原因是很偶然的。他已上床睡觉，过了一会儿他听见索菲娅在书房翻他的文件。秘密立遗嘱使他心绪不宁，也许他当时以为妻子知道了他立有遗嘱，正在寻找。她走了以后，他起床拿一些手稿，收拾几件衣服，叫醒了已住在他家一阵子的医生，向他说明他要离家。最小的女儿亚历山德拉被唤醒，马车夫也被拉下床，马儿套上马具，他在医生的陪同下坐马车到火车站。

当时是凌晨五点钟。火车拥挤不堪，他不得不冒着寒风冷雨站在车厢尽头的露天月台上。他妹妹在夏玛丁的修道院当修女，他先到夏玛丁下车，亚历山德拉在那边跟他会合。她带来一个消息：伯爵夫人发现托尔斯泰走了，曾企图自杀。她自杀过不止一回，可是她没有费心隐藏自杀的意图，所以她的尝试并未酿成悲剧，只惹来大家一场虚惊和困扰。亚历山德拉催促父亲继续赶路，以防母亲发现他在哪里，跟踪而来。他们动身前往罗斯托夫。他感染风寒，身体很不舒服，在火车上时病情很严重，医生决定在下一站停下来。该地名叫阿斯塔波沃。火车站站长听说这位病人是谁以后，特意腾出自己的房子来给他住。

第二天，托尔斯泰打电报找契尔特科夫，亚历山德拉也把她大哥找来，还要求他从莫斯科请医生同行。可是托尔斯泰是大人物，行动不可能一直没人知晓，不到二十四小时就有一位报界人士把他的行踪告诉了伯爵夫人。她带着当时留在亚斯纳亚·波良纳庄园的儿女匆匆赶到阿斯塔波沃，但他当时已病得很厉害，大家认为不让他知道妻子已经抵达比较好，所以她未获准进入屋里。

他生病的消息引起全世界的关切。那个礼拜阿斯塔波沃火车站挤满政府代表、警察、铁路官员、报界人士、摄影师和各行各业的人。有几节火车车厢移出轨道供他们临时休息，他们暂住在那里。当地电报局几乎应付不了临时增加的工作量。托尔斯泰在公众瞩目之下濒临死亡。更多医生赶来，最后竟有五个医生照顾他。他常精神错乱，但神志清醒的时候却为索菲娅担心，仍以为她在家，不知丈夫的下落。

他自知快要死了。他一生畏惧死亡，如今不再畏惧了。他说：“这是终点，无所谓了。”他的病情更加恶化。精神错乱中的他继续嚷道："逃啊！逃啊！"最后索菲娅获准进入房间。这时他已不省人事。她跪倒在地，亲吻他的手；他叹息一声，但看不出他已知道妻子来临的迹象。1910年11月20日星期天早上六点零几分，托尔斯泰与世长辞。

为了写这篇文章，我大量引述了艾尔默·莫德的《托尔斯泰生平》，还用了他翻译的《忏悔录》。莫德认识托尔斯泰和他的家人，占了一点优势，他的叙述可读性很高。不幸他自以为谈自己和自己的意见无妨，我想大多数人没兴趣知道那些。我还要深深感谢西蒙斯教授充实、详尽又令人心服的传记。艾尔默·莫德可能基于慎重而省略掉的许多有趣的事实，西蒙斯倒都写出来了，这部作品多年后一定还是英文传记中的典范。

第二讲

奥诺雷·德·巴尔扎克及其《高老头》

Honoré de Balzac（1799—1850）：Le Père Goriot

“拿破仑的剑达不到的地方，我的笔办得到!”

——巴尔扎克

我在《战争与和平》的介绍文开头说过，伟大的小说家以他们的作品充实了全世界的精神宝藏，我认为其中最伟大的要数巴尔扎克了。他是天才。有些作家靠一两本书而得享美誉，有时候是因为他们写的大量作品只有一些片段具有恒久的价值；有时候则是因为他们那衍生自一种特殊的经验或独特的性情得来的灵感只够产生为数不多的作品。他们一次把该说的话说完了，如果再写，只是重复以前的内容。多产是作家的长处，而巴尔扎克的多产能力更是惊人。他那个时代的整个人生都是他描写的范畴，领域广及他们国家的疆界。他拥有十分广博的知识，但某些方向特别精确，他熟知社会的中产阶级，包括医生、律师、职员、记者、店主、乡村牧师，远胜过他对上流社会、城市工人或土地耕种者的认识。他跟所有小说家一样，描写坏人比好人成功。他的观察精确又翔实。他的创作量十分惊人，他所塑造的书中角色列出来简直令人难以置信。

但我想他不是一个非常有趣的人。他的个性不怎么复杂，没有让人不解的矛盾，没有错综难懂的微妙处。事实上，他相当平淡无奇。我甚至不敢断言他的头脑是不是非常精明；他的想法都很平凡、很肤浅。但他具有非凡的创造能力。他像一股大自然的力量，例如一条喧嚣的河流，漫出河岸，席卷前面的一切，或者像一阵飓风，呼啸而过，穿过宁静的乡村或人口稠密的城市街道。

身为社会的描绘者，他特殊的天赋不只是揣摩人跟人彼此之间的关系（除了单纯写冒险故事的作家，一切小说家都这么做），也特别设想他们跟自己生活的世界之间的关系如何。大多数小说家找出一组人物，有时候只有两三个，把他们当作生活在玻璃橱窗内一般来描写。这样往往会产生密集的效果，但不幸也是人工化的效果。

人不但活在自己的人生中，也活在别人的人生中：他们在自己的生活里扮演主角，但在别人的生活里偶尔很重要，也可能只是跑龙套而已。你到理发师那里去理发，对你不代表什么，但很可能是理发师生命中的一个转折点。巴尔扎克明白个中的一切含义，他能对人生的多面性、局促不安、互相矛盾，以及造成重大后果的起因给予鲜明、生动的描写。

我想他是第一个注意到经济在每个人生活中的重要性的小说家。他觉得只说“钱是万恶之源”还不够，他认为对金钱的渴望、对金钱的欲求是人类行动的主要动机。他的小说人物一个一个都执着于金钱，钱愈多愈好。他们一心想活得光彩体面，拥有华屋、骏马和美妇。只要成功了，一切追求所欲的方法都不算错。那样的目标很庸俗，但我想在我们这个时代跟他那时候一样普遍。

你若在巴尔扎克三十出头已经成功的时候认识他，你会见到这样一个男人：个子小小的，已经发福，肩膀宽阔，胸脯厚实，所以乍看不会觉得矮小；脖子像野牛，白白的，跟红润的面孔形成强烈的对比，嘴唇很厚，笑眯眯的，颜色相当红；他的鼻子方方的，鼻孔很宽，眉毛显得高贵，头发又浓又黑，像狮子的鬃毛往后盖住头顶；棕色的眼珠子闪着金光，有非凡的活力、光彩和磁性，使得他五官不规则、不出色的事实变得不太明显。

他谈吐风趣，亲切和善。他充满了活力，光在他面前你就会觉得很开心。还有，你可能会注意到他双手很美，对此他深深引以为荣。那两只手像主教的手，又小又白又多肉，指甲是桃红色的。你若在傍晚遇到他，会发现他穿戴金扣子的蓝外套、黑长裤、白马甲、黑色丝绸网眼袜、上等的漆皮皮鞋、细致的亚麻黄色手套。可是你若在白天撞见他，会意外看见他穿件邋遢的旧外套，裤子沾着泥巴，鞋子没擦，帽子旧得吓人。

跟他同时代的人一致说他这个时期天真、孩子气、亲切友善、脾气温和。乔治·桑说他诚恳到谦卑、自夸到大言不惭的地步，自信、健谈、善良、嗜酒成性、工作狂，其他方面的爱好倒颇有节制，为人踏实又浪漫、轻信又多疑，叫人不解又乖张别扭。

他本姓巴尔萨，祖先为农民。他父亲是一位诡计多端的律师，大革命后飞黄腾达，把姓氏改为巴尔扎克，娶了一位继承财产的富家女。四个孩子中的老大奥诺雷·巴尔扎克于1799年在法国中部图尔城出生，当时他父亲在当地医院做管理人。奥诺雷·巴尔扎克上了几年学，品行不佳，学业怠惰。后来其父迁居巴黎，他通过必要的考试，进入巴黎的一家律师事务所。家人要他以法律为职业，他叛逆不从，想当作家。家中起了剧烈的冲突。他母亲是严厉又现实的女人，他一向不喜欢她。尽管母亲坚持反对，最后父亲却让步了，答应给他一个机会。他必须自力更生，靠一笔仅够勉强糊口的津贴度日，试试他的运气。

他首先写了一出以克伦威尔为题材的悲剧。家人聚在一起听他朗读。他们一致认为这出剧本一文不值。接着剧本被送到一位教授那儿，那人判定作者改行做什么事都好，就是不该写作。巴尔扎克又气愤又灰心，他决定自己既然没法当悲剧诗人，就一定要当小说家。他受了沃尔特·司各特[1]、安·拉德克里夫和拜伦的作品鼓舞，写了两三部小说。但家人的结论是他写作经历已失败，命令他搭第一班公共马车回家。

老巴尔扎克已退休，他们住在离巴黎不远的一个村庄，名叫维

---

① 沃尔特·司各特（Walter Scott，1771—1832），英国著名历史学家、诗人，代表作有《艾凡赫》。

勒帕里西斯。巴尔扎克有一位朋友是不入流的作家，跑来找他，怂恿他再写一部小说。他着手工作。于是一系列为赚稿费而粗制滥造的作品开始出现，他有时候一个人执笔，有时候跟人合写，用了一大堆不同的笔名。没有人知道1821年到1825年他写了多少本书。有些权威人士说他写了五十本。他写的大多数是历史小说，因为当时沃尔特·司各特声誉正隆，巴尔扎克想要借助这股风潮。

书写得很差，却也有其用处，它们教会巴尔扎克：剧情快速发展可让读者全神贯注，涉及爱情、财富、荣誉和生命等人们认为最重要的题材必有益处。它们说不定还教会他：作者若希望别人读自己的作品，就必须关注激情，而他自己的癖性一定也让他想到了这一点。激情或许是卑贱、琐碎或不自然的情感，但如果够强烈，也并非没有一丝庄严伟大。

巴尔扎克跟家人住在维勒帕里西斯期间，认识了一位邻居，名叫贝尔尼夫人，是服侍过法国王后玛丽·安托瓦内特的德国乐师和王后的一位侍女所生的女儿。她已四十五岁，丈夫体弱多病，满腹牢骚。她跟丈夫生了八个子女，跟情人生了一个。她成了巴尔扎克的朋友，后来变成他的情妇，直到十四年后去世之前始终跟他非常友好。他们的关系很奇怪。他以情人的身份爱她，把他从未对母亲表达的敬爱转移到她身上。她不只是情人，也是忠贞的朋友，他随时可要求她提供忠告、鼓励、协助和无私的亲情。

但他们的恋情在村子里引起非议，巴尔扎克老夫人自然不赞成儿子跟一个年龄足可当他母亲的女人有瓜葛。而且他写书收入很少，母亲担心他的前途。一位朋友建议他从商，这个主意似乎打动了他。贝尔尼夫人出了四万五千法郎，他跟另外两个人合股，尝试过出版业，开办过印刷厂、铸字厂。他不是生意人，挥金如土，个人花在裁缝店、皮鞋店、珠宝店甚至洗衣店的钱都算在公司头上。三年后公司停止营业，他母亲不得不拿出五万法郎付给债主们。不过这段经历虽然打击很大，却给了他不少特殊的信息和实际生活的知识，对他日后创作小说是非常有用的。

公司倒闭后，他到布列塔尼的朋友那里暂住，并在那里找到一本小说的素材，那本书名叫《朱安党人》，是他的第一部严肃作品，也是第一次署真名的作品。当时他三十岁。此后他便埋头勤写，直到二十一年后逝世为止。他写过的作品数量惊人，每年会写出一两部长篇小说，十几部中短篇小说。此外他还写过不少剧本，有些从未被人接纳，已被接纳的也全部滞销（只有一个例外）。他曾短期经营过一份报纸，每星期出刊两次，内容大部分由他自己撰写。

他是伟大的记录者。无论到什么地方，他一定随身带着笔记本，碰上什么对他可能有用的资料、自己想起什么念头或对别人的念头产生兴趣，都会匆匆记下来。他尽可能探访故事的场景，有时候走相当长的行程去看他想描写的一条街或一栋房子。我想他跟所有小说家一样，书中人都照他认识的人来塑造，可是等他把想象力发挥在他们身上，他们已完全是他自己想象的人物了。他花了不少心血来想书中人的名字，因为他觉得名字该跟其人的个性和外表相符。

工作期间他的生活很简朴，很规律。他吃完晚餐立刻上床，1点由仆人叫醒他。他起床穿上白袍，一尘不染，他说写作时该穿无污斑的服装；接着他以烛光照明，用乌鸦翅膀上的一根羽毛写作，灌下一杯又一杯黑咖啡来提神。他7点钟停笔，洗个澡躺下。8点到9点之间，出版商给他带来校样，或者向他拿一些稿子；然后他又开始工作到中午，午餐吃煮鸡蛋，喝水，再喝些咖啡；接着工作到6点，随便吃点饭，喝一点武弗雷白葡萄酒来佐餐。有时候会有一两个朋友来，但他跟他们小叙片刻就上床睡觉了。

我要顺道提一下，他一个人的时候吃东西很节制，但有客人在场时他的胃口大得惊人。一位出版商说有一餐他眼看着巴尔扎克吞下一百个牡蛎、十二片炸猪排、一只鸭、一对鹧鸪、一条比目鱼、一大堆甜食和十二个梨。难怪他后来发胖，大腹便便更是意料中的事。

他不是一个从开始就知道自己要说什么的作家。他先打草稿，然后重写，改正，变换章节顺序，删节，增添，改写，最后送一份几乎看不清的手稿给印刷商。校样送回给他，他只把它当作计划作品的大纲而已。他不但加字，还加句子；不但加句子，还加段落；不但加段落，还加章节。当校样再次照他改好的样子排好版送给他，他又再次修订，又改了不少地方。他一定要这样才同意出版，而且还附带一个条件：未来的版本要容许他重新校订和修改。这么一来花费当然很多，导致他跟出版商经常吵架。

有关他跟编辑和出版商打交道的传闻冗长、枯燥又卑鄙，我尽量长话短说，因为那些事对他的生活和工作有影响，非谈不可。他似乎有一点缺德。他常支领一本书的预付款，保证在某一日期交稿，然后又受到现收款的诱惑，暂时停止写那本书，匆匆另写一个长篇或短篇交给另一位编辑或出版商。于是，人家告他违约，他必须支付诉讼费和赔偿金，这无疑增加了本已沉重的债务。

他一获得成功，请他写新书的合约上门（有时候永远没写出来），他立刻搬进宽敞的公寓，花大钱布置装潢，购置一辆配有活动顶篷的马车和两匹马。他大概是最早热衷于室内布置的一批人，公寓的各个角落装饰得富丽堂皇却没什么格调。他雇了一个马车夫、一个厨师和一个男仆，为自己买衣服，也为马车夫购置制服，还买了大量金属名牌，雕刻上不属于他的纹章徽号。那些纹章属于一个姓巴尔扎克的古老家族，他在自己姓氏前面加上“德”（de）字，假装出身于贵族，僭用了那些纹章。

为了花钱撑这些门面派头，他向妹妹、朋友和出版商借钱，签下账单，一再展期。他的债务不断增加，但他继续买东西——瓷器、酒柜、家具、图画、雕像、珠宝等。他将自己的书用山羊搓纹皮革装订得精美绝伦，他有许多手杖，其中有一根镶了绿宝石。有一次为了请客，他将餐厅重新布置，装饰完全改变。

每隔一段时间，如果债主逼得特别紧，这些财物多半会被典当一空；掮客不时上门，没收他的家具，公开拍卖。他的毛病怎么样都改不了。终其一生，他不断挥霍无度，乱买东西。他经常厚着脸皮向人借钱，但他的天才深获许多人激赏，朋友们总是慷慨解囊。按理说女人不太愿意借钱给别人，但巴尔扎克显然觉得她们很好讲话。他一点也不拘泥，而且向她们拿钱一点都不觉得不安。

我们要记得，他母亲曾拿出她的小积蓄，让他免于破产；两个女儿的嫁妆又进一步削减了她的财富，最后她仅剩的财产只有位于巴黎的一处房子。后来她缺钱缺得厉害，就写了一封信给儿子，安德烈·比利撰写《巴尔扎克传》时曾加以引用，我翻译如下：

“我上次收到你的信是1834年11月。信上你答应从1835年4月1日开始每个季度给我两百法郎，好让我付女仆的薪水。你应该明白，我不能照我贫乏的财力过日子；你的名气太大，你奢华的程度太多人知晓，我们处境悬殊一定会引起震撼。我想你向我许的诺言对你而言是已经承认的债务。如今已是1837年4月，这表示你已欠我两年。这一千六百法郎中，你去年12月像施舍般粗暴地给了我五百法郎。奥诺雷，两年来我的生活像持久的噩梦，我的开销大极了。你设法帮我，这一点我毫不怀疑，可是结果我靠房子抵押借钱，房子价值大大缩水，现在我再也筹不出钱来了，我所有值钱的东西都已当掉了。终于到了我不得不向你说‘儿子，给我粮食’的时候了。我已好几个礼拜靠好女婿给我的东西果腹，可是奥诺雷，不能再这样下去了。看你有财力做各种昂贵的长途旅行，既耗费金钱又损害名誉——由于你去旅行而未能按时履行合约，名誉会大大受损——我想到这些，心都要碎了！儿子啊，你既然养得起……情妇，用得起镶宝石的手杖、戒指、银器、好家具，你娘也要毫不失礼地请你实现你的诺言。你娘不等到最后一刻不敢开口，但那一刻已来临……”

巴尔扎克收到信后回函道：“我想你最好来巴黎，跟我谈一个钟头。”

这件事我们该怎么说？巴尔扎克的传记家说：天才有其权利，他的道德不该照一般标准来判断。这是看法问题。我想我们最好承认，他很自私、很缺德，而且不太诚实。他在经济上的不稳定，唯一能找的借口是，他性情开朗又乐观，总是相信他会靠写作赚大钱（眼下他赚了一些），一次又一次心血来潮的投机更能赚到天文数字。可惜他每次实际投资，结果都欠下更多债务。他若是冷静、脚踏实地又节俭，就不会成为他这样的作家了。他是个喜欢卖弄的人，爱摆阔，忍不住乱花钱。他像狗一般苦干来履行他的义务，不幸的是他还没付清比较迫切的债务，又会欠下新债。

有个奇怪的事实值得一提。他唯有在债务压迫下才写得出东西。那时候他可以干到脸色发白、筋疲力尽，最好的几部长篇小说就是在这种情况下写成的。可要是什么时候太阳从西边出来，他居然没有陷入困境，债务掮客没有来烦他，编辑和出版商也没有告他，他的创造力好像就失灵了，根本没法写出东西。

巴尔扎克的文学成就必然给他带来许多新朋友；而他充沛的活力、好脾气和个人魅力也使他成了各种沙龙颇受欢迎的嘉宾。有一位贵妇人被他的名气所吸引，此人就是德·卡斯特里侯爵夫人，是一位公爵的女儿，另一位公爵的外甥女，且是英格兰国王詹姆斯二世的直系子孙。她化名写信给他，他回信了；她再度来信透露自己的身份，他前往会见这位女子。两人愈走愈近，不久他就天天去见她。

她肤色苍白，金发碧眼，长得像花儿一般。他爱上了她，但她虽容许他亲吻她高贵的双手，却不答应他进一步的请求。他在身上喷香水，每天戴上崭新的黄色手套；可惜一切终究徒劳无功。他渐渐失去耐心，很容易生气，开始怀疑她玩弄他。事实很明显，她要的是仰慕者而不是情人。有个已经成名的聪明有才的年轻人拜倒在她石榴裙下叫人受宠若惊，但她无意当他的情妇。

有一次，她在舅舅费茨-詹姆斯公爵的陪同下，前往意大利途中在日内瓦过夜，危机在那儿发生了。没有人知道究竟出了什么事。巴尔扎克和侯爵夫人出去短途旅行，他回来时泪流满面。我们猜想他可能草率地向她提出要求， 她断然拒绝，且态度让他深觉屈辱。他伤心又气愤，觉得自己被无耻地利用了，就返回巴黎。但他可不是平白当小说家的，每一次经历，即使是最丢脸的经历，都是他磨坊中的原料，未来德·卡斯特里侯爵夫人将成为他笔下冷酷无情、卖弄风骚的上流社会女性的典范。

巴尔扎克正在追求侯爵夫人时，就收到过一封书迷从敖德萨寄来的信，署名“外国人”。巴尔扎克和侯爵夫人分手后，又收到第二封同样署名的信。他在唯一可刊印俄文的法国报纸上登了一则广告：“德·巴尔扎克先生已收到寄给他的来函；他至今才能借这份报纸告知此事，遗憾他不知回函该寄往何处。”写信的人名叫伊芙琳·汉斯卡，是一位出身高贵又非常有钱的波兰女士。她三十二岁，已婚，丈夫比她大很多。她生过五个小孩，但只有一个女儿存活。她看到巴尔扎克的广告，就做了一番安排：巴尔扎克写信给她，若托敖德萨的一位书商转交，她就可以收到。双方的通信就此开始。

就这样，巴尔扎克生命中的狂恋开始了。

这一对男女互换的信函愈写愈亲密。巴尔扎克以当时相当夸张的方式向女方披露他的情感，想引起女方的怜惜和同情。她生性浪漫，住在乌克兰五万英亩平地中的大城堡内，家居生活的单调使她深感厌烦。她仰慕知名作家，对他本人很感兴趣。他们通信两年后，汉斯卡夫人和体弱多病的丈夫、女儿、女家教及一群仆人前往瑞士；巴尔扎克也应邀前往。有人叙述过他们会面的情形，相当浪漫，但可能是谣传。

巴尔扎克在花园散步，看到一位女士坐在凳子上看书。她的手帕掉在地上，他为对方拾起，发现那本书正是他的作品。他们开口交谈，原来对方就是他要来会见的女子。当时她是位漂亮的尤物，有种富态的娇媚；眼睛很好看，只是有点轻微的斜视，头发美丽，小嘴迷人。她初看眼前这位外貌若屠夫、肥胖又满面红光却写给她这么热情奔放的信函的男子，可能稍稍吓了一跳。不过就算如此，他那闪着金光的眼睛才气焕发，整个人活力充沛，使她忘了刚才的惊骇，不久他就成了她的情人。

过了几个礼拜，他不得不回巴黎，分手时他们安排初冬在日内瓦再见。初冬他到那儿过圣诞节，住了六个礼拜，写出了《朗热公爵夫人》，狠狠报复了先前德·卡斯特里侯爵夫人带给他的侮辱。后来他回到巴黎，结识了吉多博尼-维斯康蒂伯爵夫人。她头发呈银灰色，相貌十分撩人，是一位英国女子，她对好脾气的丈夫不忠，以致声名狼藉。巴尔扎克立刻被她迷住了，她变成了他的情妇。

当时的浪漫主义者把他们的风流韵事刊在一份八卦小报的头版，不久住在维也纳的汉斯卡夫人就听到情人负心的消息。她写了一封信给他，满纸苛刻的指责，信上宣布她快要回乌克兰去了。这真是莫大的打击。巴尔扎克相信她丈夫不久于人世，一直指望在她丧夫后跟她结婚，拥有她的庞大财产。他借了两千法郎，匆匆赶到维也纳去跟她重修旧好。

他以“德·巴尔扎克侯爵”的身份出门，行李上缀有假冒的纹章徽号，还带了一名照料衣饰膳食的贴身男仆。这一来旅行费用大增——既然是有爵位的人，跟旅店主人讨价还价有失身份，给小费也要符合他所冒充的阶级。他抵达维也纳时已经身无分文。汉斯卡夫人又指责了他一番，他只得唠唠叨叨拼命撒谎来消除她的疑虑。三个礼拜后，她动身回乌克兰，此后他们八年没有再见面。

巴尔扎克回到巴黎，继续跟吉多博尼伯爵夫人来往。为了她，巴尔扎克比以前更纵情挥霍。他欠债被逮捕，她付出一笔相当大的钱款为他清账，免得他坐牢。从那个时候开始，每当他的财务状况紧张时，她不时会伸出援手。

1836年，他最早的情妇贝尔尼夫人去世，他非常伤心。他曾说过她是他唯一爱过的女人；别人则说她是唯一真心爱过他的女子。同一年，银灰色头发的吉多博尼伯爵夫人告诉他：她怀了他的孩子。婴儿出生后，她宽容的丈夫说：“得了，我知道夫人想要一个肤色和发色比较深的孩子，她如愿以偿啦。”我要顺便提一提，在他的情爱生涯中，巴尔扎克跟不同的情妇生过一个男孩和三个女孩。他对他们似乎不太关心。

其他的风流韵事我只提一桩，他曾搭上一个名叫伊莲·德·瓦莱特的寡妇，也是像德·卡斯特里侯爵夫人和汉斯卡夫人一样是由书迷来函开始的。说也奇怪，他的五大恋史竟有三件是这样开始的。也许因此才不能叫人称心满意吧。当一个女人被一个男人的名气吸引，往往会过度关心彼此的关系可以给她带来多大的体面，反而不会有真心相爱那种无私的情怀了。伊莲·德·瓦莱特是个受挫的好出风头之人，只想找机会满足她的本能。巴尔扎克跟她的恋情没维持多久，好像是为巴尔扎克向她借的一万法郎吵架而闹翻的。

最后他等待已久的时机终于来了。汉斯卡先生在1842年去世，他的梦想终于要实现了。他终于要发财，可以摆脱微不足道的小资产阶级债务了。可是伊芙琳写信告诉他自己丈夫的死讯后，又写了一封信说她不愿嫁给他。她不能原谅他负心、挥金如土、欠了一屁股债。他心灰意冷。她在维也纳曾跟他说过：只要拥有他的心，她并不指望他肉体上也完全忠实。唉，她始终是这么说的。他为伊芙琳对自己的不公感到非常生气。他认定，唯有见面才能重新打动她的心，所以他们通了一大堆信之后，尽管她不要他去，他还是动身前往她当时置身的圣彼得堡。

他的估计完全正确。两个人都发福了，两个人都已届中年，男方四十三岁，女方四十二岁；她跟他在一起的时候好像没法拒绝他。他们又变成情人，她再度答应嫁给他。但她过了七年才实践诺言。传记家们一直想不通她为什么犹豫这么久，但不难找出理由来。她是贵妇，以高贵的家系自豪；她可能看出当知名作家的情妇和粗俗暴发户的妻子有很大的差别。她的家人一定曾尽全力劝她不要签订这么不合宜的盟约。她有个适婚期的女儿，她有责任让女儿找到阶级与环境都门当户对的婚姻对象。巴尔扎克一向以挥金如土而知名；她可能怕他胡乱挥霍她的财产。他总是向她要钱，不只把手伸入她的钱包，甚至双手整个插进去。她很有钱，自己也很奢侈，但是自己花钱享乐和别人花你的钱享乐是截然不同的。

伊芙琳·汉斯卡等这么久才嫁给巴尔扎克并不奇怪，怪的是她竟肯嫁给他。七年间他们偶尔见见面，其中一次约会她怀了身孕。巴尔扎克意乱情迷。他以为他终于胜利了，求女方立刻嫁给他。可是她不愿被迫下嫁，就写信给他说：分娩后她打算回乌克兰去紧缩开支，以后再嫁给他。小孩生下来就死了。此事发生在1845或1846年。她在1850年跟他结婚。那年巴尔扎克和她在乌克兰一起过冬，婚礼在那儿举行。

最后她为什么允婚呢？他长年的辛劳终于损害了活力充沛的身心，他的身体愈来愈差。冬天他病得很厉害，虽然复原，但他显然活不久了。也许她对一位虽曾偷腥却长期爱她的垂死男性动了恻隐之心；她信教很虔诚，也许听她忏悔的神父劝她结婚，把不合传统的处境合法化。反正她嫁给了他，两人回到巴黎，他用她的钱买了一栋大房子，屋内装饰极为奢华。

但她已不再是有钱的女人。她把庞大的财产转让给女儿，自己只留了适度的养老金。巴尔扎克有没有感到失望，由言行看不出来。说来令人惋惜，他认真等待这么久，愿望终于实现，但这桩婚姻并不美满。伊芙琳使他闷闷不乐。他再次病倒，病情越来越重。他在1850年8月17日去世。伊芙琳非常伤心，在一封给朋友的信中曾说她现在没有别的愿望，只想到另一个世界跟丈夫团圆。不过她后来找了一位画家当爱人，抚慰心里的悲伤，此人名叫简·齐古，因为长得丑，外号叫“灰色虱子”。他看来也不是一个好画家。

巴尔扎克的作品极多，要从中找一部最具代表性的小说并不容易。几乎每一部作品至少都有两三个人物为单纯原始的激情所困，异常引人注目。他的实力就在于描写这样的人物；当他不得不处理错综复杂的人物时，就没那么幸运了。他的长篇小说几乎每一部都有深刻有力的场景，好几部还有引人入胜的故事。

我选《高老头》当他的代表作，有几个原因。书中所叙述的故事接二连三都很有趣。巴尔扎克在某几部小说中曾打断叙事，大谈各种不相干的问题，但《高老头》大体上没有这项缺点。他客观地让书中人以言行来表现自己。《高老头》结构精良，书中有两条主线：一为老头为不孝女自我牺牲的父爱，一为野心勃勃的拉斯蒂涅初涉当时拥挤腐化的巴黎的情形，两条线交织得可圈可点。

《高老头》之所以有趣，也在于巴尔扎克首次将同一个人物先后放进好几部小说里。这种手法的难处在于你必须创造出让你非常感兴趣的人物，你才会想知道他们余生有什么遭遇。这方面巴尔扎克极为成功。拿我自己来说吧，我读小说，若能得知某几位我一心想知道其未来的人物——譬如拉斯蒂涅——的境遇如何，我会更有乐趣。这种伎俩很管用，不用花费太多创造力，但我相信生产力永不枯竭的巴尔扎克这么做，绝不是为了这个理由。

我想他是觉得这样可以使他的叙述更具真实感，因为在一般情况下我们接触的人有相当比例是重复的；而且不只如此，我想他的主要目标是将整部作品编织成一个统一的整体。他的目标不是描写一群人、一组人、一个阶级甚至一个圈子，而是描写一个时代和一种文明。他有个法国同胞普遍有的妄想，希冀法国无论遇到什么灾难，都是宇宙的中心。也许正因为这样，他才有自信创造一个多色彩、变化多端又丰富的世界，才有能力赋予那个世界令人信服的生命悸动。

不过这牵涉到整套《人间喜剧》。我们这边只谈《高老头》。我相信巴尔扎克是第一位用伏盖公寓当故事场景的小说家。从那个时候到现在已被用了很多次，因为这是一个很方便的方法，让作家可以一起呈现许多各有不同困境的人物，但我没见过这个场景用得像《高老头》那么有效果的。

巴尔扎克的小说开场很慢。他的方法是先详细描写情节的场景。他显然从这些描写中得到许多乐趣，所以他往往会说得比你想知道的更翔实。他始终没学会“只说该说的话，不必说的就别说”的窍门。接着他告诉你书中人长得什么样子，性情如何，出身如何，有什么习惯、想法和缺点，然后才开始说故事。他笔下的人物是透过他本人的热情性格来观察的，他们的现实不完全等于真实人生；他们以基本的颜色描绘而成，很生动，有时候过于浮华，比一般人更能扣人心弦；但他们栩栩如生，有如令人亲闻謦欬。我想其所以可信，就是因为巴尔扎克自己强烈相信他们的存在。他的好几部小说都出现过一位聪明正直的医生，名叫毕安训；巴尔扎克临死前就曾高喊：“找人去叫毕安训来。毕安训可以救活我。”

《高老头》值得注意，还因为我们在书中首次见到巴尔扎克笔下最震撼人心的人物之一——伏脱冷。这种类型的人物已被刻画过成千上万遍，但都没有这么引人注目和生动形象，也没有这么叫人信服的真实感。伏脱冷头脑很好，意志力很强，活力充沛。读者值得注意一下，巴尔扎克多么巧妙地暗示此人有点邪门，却没有提前泄露他想等到书末才说出的秘密。此人风趣友善，慷慨又温和；他强壮，无比聪明，沉着镇定；你不但仰慕他，还同情他，但他却让人备感恐惧。你为他着迷，就连野心勃勃、出身不错、来巴黎求发展的青年拉斯蒂涅也为他着迷；但你跟这家伙在一起会跟拉斯蒂涅一样本能地感到不安。伏脱冷这个精彩绝伦的人物真的是作家了不起的创作。

一般公认巴尔扎克文笔很差。他是粗俗的人，但他的粗俗不正是他的天才所不可或缺的一部分吗？他的文章也很粗俗，啰啰唆唆，自抬身价，而且还往往不正确。一位很出名的批评家埃米尔·法盖在他的巴尔扎克评传中用一整章的篇幅谈论巴尔扎克的品位、文风、句法和语言上的错误。有些错误真的很严重，不需要深厚扎实的法文功底就看得出来；有些错得让人十分吃惊。现在大家都承认狄更斯的英文写得不太好，有教养的俄国人还告诉我托尔斯泰和陀思妥耶夫斯基的俄文写得普普通通。世上最伟大的四个小说家各自的语言都写得不好，真奇怪。文章写得好似乎不是小说家的标准配置；那股子精力和活力、想象力、创造力、观察力，以及对人性的关心与同情更加重要。不过文笔好还是胜过文笔差吧。

第三讲

亨利·菲尔丁及其《汤姆·琼斯》

Henry Fielding（1707—1754）: Tom Jones

菲尔丁虽容忍别人的错，但讨厌残酷无情和口是心非。他不因成功而趾高气扬……他精神奕奕，和善地面对人生的各种处境，尽情享受人生。

——毛姆（摘自本文）

要撰写亨利·菲尔丁其人其事，难处在于我们对他所知不多。1762年，也就是他去世八年后，亚瑟·墨菲写了一篇他的简短生平，作为他某一版作品的导论。但墨菲似乎不认识他本人，手头资料也很少，可能为了凑足八十页的文章，他拼命说些冗长乏味的题外话。他叙述的事实不多，后续的研究证明那些说法并不正确。后来的作家辛辛苦苦证明菲尔丁不是传说中那种浪荡汉。可惜他们为了把他说得可敬些，竟使他变得不太迷人了。他显然是活力充沛、欲壑难填的男性，他们想必会为这个事实大摇其头吧。但我们没有理由寄望一位作品令我们仰慕的作家必定是中规中矩的人。他的道德特性无助于也无损于作品的优劣。人生是小说作家的题材，为了诚实描写人生，他必须尽情参与人生的兴衰浮沉；只由钥匙孔窥视是学不了多少东西的。不过大家其实用不着为菲尔丁粉饰，他的过错很合乎人性，只有过分拘礼的糊涂人才会感到大惊小怪。

菲尔丁出身于绅士阶级。他父亲是军官，曾升到将军的职位，是索尔兹伯里大教堂教士约翰·菲尔丁的第三子，而约翰·菲尔丁又是德斯蒙德伯爵的第五子。德斯蒙德家是自称传自哈布斯堡皇室的登比家族中较为年轻的一支。写过《罗马帝国兴衰史》的吉本曾在自传中说："查理五世的后继者可能不肯认他们的英格兰弟兄；但《汤姆·琼斯》这部人类风尚的绝美写照会比西班牙的埃斯科里亚尔王宫和奥地利王室的鹰徽标志更能流传久远。"这话说得好极了，可惜这些贵族老爷的权利主张缺乏根据。他们把自己的姓氏拼成Feilding（费尔丁）——正确的拼法为Fielding（菲尔丁）。我曾在某处读到，有一回，当时的伯爵问亨利·菲尔丁怎么会这样，他答道："我只能猜想是因为我这一支脉的人比殿下您家那一支更早学会拼字吧。"

菲尔丁的父亲娶了英国高等法院法官亨利·古尔德爵士的女儿萨拉，我们的大作家1707年在父亲的乡间宅邸出生。三年后，菲尔丁一家搬到多塞特郡的东斯托尔，当时家里除了亨利还添了两个女儿，搬家后又生了三女一男。菲尔丁太太在1718年去世，亨利大约在这个时候进了伊顿公学。他在那儿交了几个宝贵的朋友。他离校时就算没有像亚瑟·墨菲说的"精通古希腊文，很早就通晓拉丁古典作品”，也已学到不少东西，日后足可用名著引言来点缀文章了。十八岁时他可能已经离校，当时就看得出他日后有希望出人头地。他有个可靠的仆人，随时准备为主人“痛殴、打残或打死”来犯的对手。一个偶然的机会，他们主仆在莱姆雷吉斯过夜，亨利·菲尔丁爱上了集美貌与财富于一身的萨拉·安德鲁斯小姐。他想出一套计谋要带她走，必要时不惜使用武力，然后娶她为妻。结果事情败露了，少女被匆匆送走，平安地嫁给了一位更合适的追求者。

时当1725年。菲尔丁仪表堂堂，身高超过六英尺（1英尺=0.3048米），强壮活泼，有一双深邃的黑眼珠和罗马人的鹰钩高鼻梁，短短的上唇有点玩世不恭地微微上翘，还有个倔强突出的下巴。他身体好，尽情享乐，各方面漫无节制也不至于受不了。大家可能不知道，接下来的两三年里，他在伦敦纵情享受城市的欢喜热闹——广结豪门的年轻人若长得帅又风度翩翩，大抵都会如此吧。1728年，他推出一部剧本，名叫《歌舞会中的恋爱》。演出相当成功。我们不妨猜测：他父亲对他施压，希望他安稳谋生，不必靠写舞台剧这么冒险的方法维生，于是他进入莱登大学研习法律。但他父亲再婚了，可能不愿或无力提供给儿子他原先答应的津贴，所以大约一年后菲尔丁被迫回到英格兰。他陷入困境，照他自己的描述，除了当一个马车车夫或者受雇的作家，他没有别的选择。

为“英国作家系列”撰写菲尔丁传的奥斯丁·都布森说：“嗜好和机遇引导他走向舞台。”他具有剧作家所需要的对当时生活的敏锐观察力，此外他似乎还有一些巧思和幽默感。奥斯丁·都布森所说的“嗜好”很可能是指菲尔丁与他人相处时种种爱出风头的表现，这成为他性格的一环，他把写剧本当作快速赚钱的快捷方式。“机遇”也许是婉转地指出：他长得帅、活力充沛，吸引了一位当红的女演员。1730到1736年之间，他每年出两三部剧本，都是滑稽剧或喜剧。菲尔丁所写的最后两出戏攻击了当时的政治腐败，攻击很有效，导致内阁通过一项《剧院检查法案》，规定剧团经理必须取得内务总管大臣的许可才能演出一出戏。这项法案至今未废，仍在折磨着英国的作家。此后菲尔丁难得撰写舞台剧，偶尔提笔，可能只因为他手头紧得不得了。

我不敢冒充读过他的剧本，但我随手翻过几页，对话似乎很自然、很生动。我看过最好玩的一段是他在《大拇指汤姆》的“剧中人物表”名单内，照当时的风尚形容一个角色：“一个毫无瑕疵的女人，除了有点嗜酒之外。”很多人对菲尔丁的剧本往往带点轻蔑，两百年后在图书室阅读那些剧本的批评家希望它在文学上不同凡响，事实确实并非如此。但剧本是写来演出的，不是用来阅读的；剧本在文学方面杰出当然不错，可是好剧本是写给人演的，说不定有文学气息反而不容易演出。

菲尔丁的剧本现在可能已失去原先的优点，因为戏剧非常仰赖现实性，所以生命很短暂，几乎跟报纸一样朝生暮死；但这些剧本一定有其优点。除非大众喜欢，否则一位青年想写剧本或一个当红女演员施压都不可能诱使剧团经理一出又一出演出他的戏。这方面大众是最后的判官。假如经理不能评估观众的口味，必破产无疑。菲尔丁的剧本至少有大众爱看这个优点。

他对于剧本价值不存什么妄想，曾亲口说过他本该开始写作却舍写书而就舞台。他写剧本赚钱，对于观众的理解力并不怎么敬重。墨菲说：“当他签约要出产一部剧本时，许多现在还活着的朋友都知道，他常很晚才由旅馆回家，第二天就交给演员们一场写在香烟纸上的戏，他还一副扬扬得意的样子。”

墨菲还写过一件逸事，生动显示出菲尔丁对大众态度的一斑。有一次，排练一出名叫《结婚日》的喜剧时，扮演其中一个角色的加利克[1]反对某一场戏，要求菲尔丁删掉。菲尔丁说：“不行，如果那场戏不好，让他们自己去发现吧。”

那场戏照样演出，观众闹哄哄地表达他们的不快，加利克退到后台休息。菲尔丁正在纵情发挥其天分，喝一瓶香槟自我安慰。此时他已喝了不少，嘴角上还沾着烟丝，斜眼看着这位演员说：“加利克，怎么回事，他们正在嘘什么？”

① 大卫·加里克（David Garrick，1717—1779），英国演员，剧场经理，因在当时最早出演莎士比亚戏剧而闻名。

“咦，我求你删的那一场戏，我早就知道一定不行。他们那副样子，吓得我一个晚上都魂不附体的。”

“噢，天杀的！”菲尔丁答道，“他们发现了，对吧？”

我细述菲尔丁个人生涯中的一段小插曲，是因为我觉得那件事对他成为小说家有莫大关系。很多卓越的小说家都曾试写剧本，但我想不起谁成功过。事实上两种技巧差别很大，学会写小说对于写剧本没什么帮助。小说家有很多时间来发展其主题；描写人物可以爱多详细就多详细，可叙述动机让读者看清他们的言行；作家若高明，可以把不太可能的事情写得很逼真；他若有叙事天分，可以一步步节节贴近高潮，长期准备，使它读来更为动人；他不必给人看动作，只要写出来就行了；他可以让人用对话来自我说明，爱写多少页就写多少页。可是戏剧依赖动作，我当然不是指跌下悬崖或被地雷炸毁等激烈的动作。递给某人一杯水的动作就可能有最高的戏剧张力。观众的专注力非常有限，必须以一连串事件来吸引他们的注意；必须随时有新鲜事；主题必须立刻呈现，其发展应遵循固定的一条线，不岔入不相干的偏道；对话必须干脆又直截了当，让听者不必停下来思考就能了解意思；人物必须前后一贯，眼睛一看就懂，无论个性多复杂，必须复杂得合情合理。戏剧不能有混乱松懈的小地方；无论多微小，基础必须稳固，结构必须严谨。

剧作家若有足够的才华撰写我所说的观众肯高高兴兴欣赏到底

的剧本，写起小说来就占了点优势。他已学会长话短说；他已学会情节快速发展的好处；他已学会不在路上流连，坚守要点，继续进行他的故事；他已学会让书中人不借助描述，以言行表现自己。所以当他在长篇小说所容许的更大画布上工作时，他不但可借小说形式特有的优势得到好处，而且剧作家的训练也使他能够把小说写得鲜活、敏捷、灵动又精彩。这些都是绝佳的条件，某些很好的小说家虽然有许多其他的优点，这方面却是欠缺的。我不觉得菲尔丁写剧本的几年是白费光阴，我想正好相反，他那个时候得到的经验对他日后写小说颇有价值。

他一面忙着搞戏剧，一面娶夏洛特·克莱多克为妻。夏洛特跟两个姐妹一起住在索尔兹伯里，大家对她一无所知，只知道她长得标致迷人。菲尔丁借书中人索菲娅描绘她，《汤姆·琼斯》的读者因此可以确切知道，她在自己的爱人兼丈夫眼中是怎样一个人物。他是很温柔、很热情的丈夫，只是他生性风流，大概不太忠诚吧。他行为不检一定会懊悔，但下次碰到漂亮女人，可能还是会动心。夏洛特·克莱多克嫁给他，还带来了一千五百英镑。有人说是嫁妆，有人说是遗产。菲尔丁创作的一部喜剧失败后，他便带着这笔钱归隐东斯托尔的小庄园。根据亚瑟·墨菲的说法，他在那边随时欢迎亲朋来访，养了一群狗，雇了一批穿着“昂贵黄制服”的仆人。后来的传记家努力证明这个故事太夸张，不过1736年——也就是他婚后两年——那笔钱已经花完，他回伦敦再写剧本，在干草市场[1]经营剧场，这是不争的事实。

一年后《剧院检查法案》生效，这些活动因此停止，他有妻有儿，却只有一点点钱来养家糊口。他必须寻找生计。他进入中殿律师学院，虽然“早期爱玩的习性偶尔会复发，与他的精神和活力合谋，带他去享受城里的荒唐乐趣”，但他在恰当的时机进入律师行业。他勤奋工作，可惜早年花天酒地毁了他的身心健康，他跟当时许多人一样深为痛风所苦，所以他只能断断续续出庭。他再度提笔写作：写政治短文，写一两部剧本，还为一家名叫“冠军”的报纸写文章。1742年，他写出《约瑟夫·安德鲁斯》。这是他出版的第一部小说，但一般认为这不是他最先写的小说，最先写的应该是《大伟人江奈生·魏尔德传》。《约瑟夫·安德鲁斯》出版后不久，美丽的妻子因热病在他怀里咽气，令他伤心得发狂。他好几年没写出重要的东西。

他替《真爱国者》和《詹姆斯二世党人报》这两份报纸写文章支持政府，两报停刊时他获赠一笔养老金。但他不节俭，生性又挥金如土，以致持续陷入窘境。有一个故事颇能表现菲尔丁的个性：为了付钱给收税员，他从出版商那里要了一笔预付款。他拿钱回家途中碰到一个处境比他更惨的朋友，于是他把钱给了对方。等收税员上门时他送出一则口信：“友谊上门要钱，已经拿走了；请收税

① 干草市场（Haymarket），伦敦的戏院区。

员下次再来吧。”

妻子去世四年后，他娶了她的侍女玛丽·丹尼尔。此事让朋友们大吃一惊，他的表姐玛丽·沃尔雷–蒙塔古夫人更是嗤之以鼻，怪他“跟厨娘也能享受鱼水之欢”。不过这个女子虽然不太有个人魅力，却是个贤妻，菲尔丁每次谈起她，总是又爱又敬。续弦的菲尔丁太太是个非常正派的女人，将他照顾得很好。他本来就需要人照顾，需要个好妻子、好母亲。他们生了两男一女。

菲尔丁就读伊顿公学时交了几个朋友，有几位始终维持着友谊，出身于政治世家（该家族至今依然显赫）且慷慨赞助文学的乔治·利特尔顿便是其中之一。他从1744年到1745年担任亨利·佩勒姆政府的一名财务大臣，1748年举荐菲尔丁去威斯敏斯特当治安法官。菲尔丁受过律师训练，人生经验丰富又有天赋和才能，颇能克尽厥职。他的工作能力很强，任职不久就被选为地方法庭的主席，带着全家定居在波尔街的官员居住区。菲尔丁说他就任前那个差事每年有五百英镑的非法收入，但他一年只赚三百英镑清白的钱。1749年他出版《汤姆·琼斯》。出版商付他七百英镑——这笔钱相当于目前（20世纪40年代）的四千英镑左右。在英国一部小说领这样的稿酬也算不错了。

但菲尔丁的身体此时已每况愈下。他的痛风常常发作，所以他常到巴斯温泉胜地或者伦敦附近的别墅小屋去休养。但他仍写作不辍。他写了一些跟职务有关的小册子，其中一本《对近来盗匪猖獗原因之调查》据说有助于著名的酒类法案之通过；他还写了《阿米莉亚》一书，女主角就是以心爱的亡妻夏洛特为蓝本塑造的。这本书在1752年问世。他真勤奋，竟在同一年跟第三家报纸《考文特花园日报》建立合作关系，该报刊维持了九个月。他的身体愈来愈差，1754年他破获一个令伦敦人人闻之丧胆的“歹徒和杀手帮派”后，辞职让同父异母的弟弟约翰·菲尔丁继任。看来他唯一保命的机会就是离开伦敦，找个气候比较好的地方，所以他在1754年6月乘坐由理查德·威尔担任船长的“葡萄牙女王号”前往里斯本。他在8月抵达，两个月后去世，葬在英格兰墓地。

由于资料不足，菲尔丁的生平我写得很简略。我斟酌他的一生，心头突然涌起一种念头。他是男人，他好酒贪杯，有点好赌，而且喜欢女人。人们谈品德，脑子里想的大抵是性爱方面，但贞节只是德行的一部分，也许不是最主要的。菲尔丁很热情，毫不犹豫地向激情投降。他可以温柔恋爱。爱情跟亲情不同，根植于性爱，但也可能有性欲无爱情。否认这一点只是虚伪或无知。性欲是一种动物本能，不比口渴或肚子饿丢脸，也没理由不予以满足。如果菲尔丁有点滥交地享受性的乐趣，因此就算花天酒地，那他也不比大多数男人糟糕。他跟我们大家一样，会懊悔自己的罪过，但机会来时还会再犯。他性子急，但心地好，慷慨大度，在腐败的时代却很正派；他是深情的丈夫和父亲，为人勇敢又真诚，对朋友很够意思，他们直到他去世都一直对他忠贞不贰。他虽容忍别人的错，但讨厌残酷无情和口是心非。他不因成功而趾高气扬，吃点鸡肉、喝瓶香槟就能坚强地忍受灾难。他精神奕奕，和善地面对人生的各种处境，尽情享受人生。

事实上，他很像自己笔下的汤姆·琼斯。现在我要警告菲尔丁这部伟大小说的新读者：阁下若有神经质且过分拘泥的习惯，最好不要读这本书。奥斯丁·都布森说得好："他不假装塑造完美的典型，他提供的是一般人性的写照，也许偏向粗鲁而不偏向优雅，偏向自然而不偏向人为，他的心愿是完全真实做到这一点，不减轻也不掩饰瑕疵和缺点。"事实上，他首次在英文小说中刻画一个真实的人。

汉娜·摩尔在其回忆录中叙述道，她只见过约翰生博士生过她一次气，就是她暗指《汤姆·琼斯》某一段妙语如珠的内容时。约翰生说："听你引述这么邪恶的一本书，我感到震惊。听说你读过，我很遗憾：贤淑的女士不该做此告白。我很少见到比这更堕落的作品。"现在我要说贤淑的女子婚前不妨看看这本书。此书可好好告诉她人生须知的一切事实，以及很多跟男人有关的资料，在她进入婚姻这个困难的处境前对她必有用处。大家都知道约翰生博士是偏见很强的人。他不承认菲尔丁的文学优点，有一次还说他是笨蛋。鲍斯韦尔提出抗议，约翰生说："我说他是笨蛋，意思是说他是沉闷无趣的流氓。"鲍斯韦尔反问道："阁下，您不承认他刻绘出了非常自然的人生图画吗？""咦，阁下，那是非常低级的人生。理查森曾说，要不是他知道菲尔丁是谁，他会以为他是旅馆的马夫呢。”

不过现在我们已习惯了小说里的低贱人生，《汤姆·琼斯》那种内容现代小说家写得很多，我们早已司空见惯。过分守礼的批评家试图以道德败坏、生活腐化来解释汤姆·琼斯一生最该受到谴责的事件：贝拉斯通夫人爱上他，发现他并不反对满足她的欲望。当时他一文不名，而她很有钱，她慷慨纾解了他的匮乏。对，男人接受女人的钱确实是件可耻的事，而且很划不来，因为那种情况下富家贵妇人要求的代价远超过那些金钱。道德上，此事并不比女人接受男人的金钱更叫人震惊，一般人把男人用女人的钱看得比较严重未免愚蠢。我们也不该忘记：现在发明了一个名词——小白脸——来形容靠外表魅力赚钱的男子。所以，汤姆·琼斯思虑欠周尽管应该受谴责，却也不能算是独一无二的特例。

汤姆·琼斯的风流史有一点很有趣，或许值得指出来。他真心实意地深深爱上了迷人的索菲娅，但是跟其他美貌又容易上手的女人纵情享乐却没有丝毫的不安。尽管有这些插曲，他照样深爱索菲娅。菲尔丁明察事理，不会把男主角塑造得比普通人更加清心寡欲。他知道我们晚上若跟白天一样清醒谨慎的话，大家的品德都会提高很多。

《汤姆·琼斯》一书结构严密，各种事情一件接一件，创造得十分巧妙。菲尔丁跟同类的传奇小说家前辈一样，不太关心概率的问题——最不可能的事情发生了，最荒唐的巧合把人凑在一起；但他兴致勃勃带着你往前走，你几乎没有时间，而且不太会有意愿去抗辩。书中人被草率又华丽地漆上三原色，若说他们有点不够细致，却非常生动鲜活，足可弥补其缺憾了。我想奥尔华绥先生有点好得不真实了，不过这方面菲尔丁的失败跟每位想刻画完美贤人的小说家差不多。经验告诉我们，此人一定会显得有些愚笨，善良到连最明显的骗术都识破不了的书中人，读者应该最受不了。据说普利奥庄园的拉尔夫·艾伦是奥尔华绥先生的原型。

如果事实真是这样，对他的描述也准确，那么由此可见，直接从真实人生借用的人物在小说中也不见得叫人信服呢。

另一方面，布利菲尔却被认为坏得不像真人。菲尔丁讨厌欺骗和虚伪，他十分憎恨布利菲尔，所以把他渲染得太过火了；可是布利菲尔这种卑鄙无耻、鬼鬼祟祟、唯利是图、冷血的家伙并不算是罕见的类型。他没当骗子，完全是怕被发现。但布利菲尔的主要缺点是缺乏生机，他是蠢蛋。我曾自问：是不是因为创作者本能的感受，觉得若赋予他活泼又突出的人格，会使他成为强大又邪门的人物，从而破坏故事的平衡，所以才这样写的？

《汤姆·琼斯》写得十分怡人，文风比五十年后简·奥斯汀写的《傲慢与偏见》还要易读和自然。我想理由在于菲尔丁师法乔纳森，简·奥斯汀则满怀钦佩地阅读约翰生博士的文章，所以可能不知不觉受他的自大影响，也受她那个时代采取约翰生风格的作家们的影响。有人说过——我忘了是谁——好的文风该像有教养人士的谈话。菲尔丁的文风就是如此。他跟读者说话，对读者叙述《汤姆·琼斯》的故事，就像在餐桌旁共饮一瓶酒，对许多朋友说故事一般。他不比现代作家委婉。美丽又贤德的索菲娅显然很习惯听“娼妇”“杂种”“妓女”之类的字眼，而菲尔丁不知为什么把它们都写成“婊子”。事实上，有时候她父亲韦斯顿老爷也随心所欲地对她使用这些字眼。

交谈式的小说写法由作者对你吐露心声，告诉你他对书中人物及其处境有什么感觉，这种写法也有缺点。作者随时在你旁边，妨碍你跟故事人物直接沟通。有时候他很容易教训人，让你十分恼火，一旦他开始离题，可能会变得冗长乏味。你不想听他对这事、那事和其他事的看法；你希望他继续说故事。菲尔丁离题几乎总是合情合理或者很有意思，唯一的缺点是没有那些话也行，幸亏题外话很短，他还大大方方地为此道了歉。

菲尔丁将《汤姆·琼斯》分为几部，每一部都加上了一篇介绍文。有些批评家对此很佩服，认为增加了这部作品的卓越性。我只能猜想他们并不是对这部小说本身感兴趣。散文家会抓住一个主题来讨论。如果他的主题对你而言是新的，他可能会告诉你一些以前不知道的事，但新题材难找，大体上他指望能以他自己的态度和他看待事情的特有方法引起你的兴趣。也就是说，他希望让你对他本人产生兴趣。可是你看小说的时候最不打算做的就是这一点。你才不在乎作者呢，他是要来跟你说故事，向你介绍一群人物的。我读了菲尔丁介绍其各册书的文章，我虽不否认其优点，却看得很不耐烦。小说读者应该想知道引他关切的书中人接下来会发生什么事，否则他根本没有理由看这部小说。我重复再多次也不嫌多，小说不该当作教诲或启发的媒介，该当作思想娱乐的泉源。

重读这些内容，我真怕看介绍文的读者以为《汤姆·琼斯》是一部描写冒险、浪荡女人和一般民众的粗劣作品。那样的印象大错特错。菲尔丁对人性太了解了，不会只看人的表面，他的经验告诉他，人性不会完全公正客观。完全不自私是美事，但世间少有，期待这样可就太天真了。但他把索菲娅·韦斯顿刻画成了小说读者所见过的最讨人喜欢，又迷人又温柔的少女画像。她单纯但不傻，品德高尚却不是假正经；她有个性，有决心，有勇气；她有一颗爱人的心，而且容貌美丽。得知菲尔丁塑造她正是追忆自己心爱的（恐怕也是长期吃苦的）妻子后，实在让人很感动。

我想我最好引用颇有智慧的批评家乔治·圣斯伯瑞（George Saintsbury）的话来作为这篇介绍文的结束语：

《汤姆·琼斯》是生命的史诗——不见得是最高尚、最罕见、最慷慨激昂的人生场景和过程，却是一般自然人健康的普通生活史诗；不是完美无瑕，却像莎士比亚在模拟世界呈现给他的东西那样合乎人性，那样真切实在。

第四讲

简·奥斯汀及其《傲慢与偏见》

Jane Austen（1775—1817）: Pride and Prejudice

可见你尽管能轰动全世界，很遗憾仍不能打动自己的家人。

——毛姆（摘自本文）

简·奥斯汀一生的大事几句话就可说完。奥斯汀家族是古老的世家，跟英格兰的许多大户人家一样，靠羊毛业起家，羊毛业一度是这个国家的主要产业。他们赚了钱，也像其他比较重要的家族一样，买土地，不久就晋升到地主士绅阶层。简1775年生于汉普郡的史蒂文顿村，她父亲乔治·奥斯汀担任该地区的教区长。父母生下八个小孩，她是老幺。她十六岁那年，父亲辞职，带着妻子和两个女儿——卡桑德拉与简搬到巴斯，当时儿子们已经步入社会了。父亲在1805年去世，遗孀和女儿遂定居在南安普敦。不久之后，简的一位哥哥继承了肯特郡和汉普郡的遗产，在两个地方各留了一栋小洋房要母亲择一而居。母亲选择前往汉普郡的乔顿——那是1809年的事——此后简·奥斯汀一直待在那里，只偶尔出门探望朋友和亲戚，直到后来生病，她不得不前往温切斯特，以便找些比小村庄大夫更高明的医生治疗。1817年，她在温切斯特与世长辞，被葬在大教堂里。

据说她的容貌非常迷人："体态高挑苗条，步履轻盈坚定，整个外表显得健康有活力。她肤色浅褐，血色鲜丽，脸颊浑圆饱满，嘴巴和鼻子小小的，形状很好看，一双浅褐色的明亮眼睛，棕色的头发在脸蛋儿四周形成自然的发卷。"我仅见的她的一幅肖像是个面孔胖胖的少女，轮廓没什么特色，眼睛圆圆大大的，胸部突出；但也可能是画家画得不像。她极具幽默感，因为她自称她的谈话跟她写的信一模一样，而她的信充满俏皮、讽刺和刻薄的话，所以她的谈话想必也才气焕发吧。

简留存下来的大部分信件是写给姐姐卡桑德拉的。她们姐妹情深，从小到大都在一起，还共住一个卧室，直到简去世。卡桑德拉被送去上学的时候，虽然简年纪还太小，听不懂女子学校讲授的东西，但见不着姐姐她会难过，所以也跟着去上学。她母亲说："就算卡桑德拉要被砍头，简也会坚持一起受难。"卡桑德拉比简漂亮，性情比较冷淡和平静，不那么善于表露情感，也没那么开朗；她具有"喜怒哀乐永远克制得宜的优点，但简具有从来无须克制的愉快性格"。简·奥斯汀的许多热情仰慕者读了她的信，觉得很失望，认为信件内容显示她冷漠无情，关心的事情很琐碎。我非常吃惊。信上内容很自然嘛。简·奥斯汀从来没想到除了卡桑德拉还会有人看到那些信，她说的全是她觉得姐姐会感兴趣的事。她告诉姐姐人们穿什么服装，她买薄纱花布花了多少钱，她结识了什么人、碰到什么老朋友、听到什么闲话等。

最近几年，好几套知名作家的书信集出版，我阅读的时候偶尔会怀疑那些作家早就觉得自己的信有一天可能会印刷出书。我多次有这样的印象：这些信说不定已在文学期刊的专栏发表过。为了不惹火新近亡故作家的忠诚书迷，我不提他们的名字，不过狄更斯已去世很久了，说说我们对他的看法大概不会冒犯谁吧。每次他出门旅行，总会写长信给朋友，动人地描述他所看到的风景，传记家说得很公道，那些信一字不改就可以刊登。当时的人比较有耐心，但我们还是会觉得，收到一个朋友的来信，你想知道他可曾遇到什么有趣的人，参加过什么聚会，他能不能买到你托他带回来的书籍、领带或手帕，他却以文字向你描绘山川和建筑，读了一定很失望吧。

简·奥斯汀几乎没写过一封不含着笑意或逗乐的信函，为了博读者一乐，我举几则作为她风格的例证。我只遗憾没有篇幅多引述一点。

“单身的女人最容易受穷，这是赞成婚姻生活的一个强有力的理由。”

“想想霍尔德太太竟死了！可怜的妇人，她做了世上唯一能使人不再攻击她的事。”

“谢伯恩的黑尔太太昨天因为受惊吓而提前几个礼拜分娩，生下一个死胎。我猜她恰好无意中瞧了她丈夫一眼。”

“W.K.太太的死讯我们看见了。我想不出有谁喜欢她，所以没为任何遗族感到难过，不过现在我干脆替她丈夫设想，认为他最好娶夏普小姐。”

“我欣赏坎布利尼太太的头发梳得好，但感受不到她更温柔的情怀。兰利小姐就像其他矮个子、宽鼻梁、大嘴巴、衣着时髦、胸部暴露的女孩子。斯坦霍普将军是绅士型的男子，可惜腿太短，燕尾服又太长。”

“理查德·哈维太太就要结婚了，但这是天大的秘密，邻里只有半数知道，你可千万别说出去哟。”

“黑尔医生一身重孝，悲痛欲绝，毫无疑问，不是他妈妈就是他太太去世了。”

简·奥斯汀喜欢跳舞。下面是几则她参加舞会的相关评论。

“一共只有十二支舞，我跳了九支，要不是因为没有舞伴，另外几支也都会跳的。”

“有一位绅士，一位来自柴郡的军官，年轻英俊，听说很希望有人介绍我跟他认识；不过他既然没有热切到花心思付诸行动，我们也就没让它发生。”

“美人很少，少数几个也不够端庄美丽。艾尔芒格小姐气色不佳，布伦特太太是唯一颇受爱慕的人。她跟九月份时一模一样，还是那张宽宽的脸、钻石束发带、白色的皮鞋和胖胖的脖子。”

“礼拜四查尔斯·鲍莱特开舞会，所有邻居当然都受到骚扰，你知道他们对他的财务状况十分关心，成天希望他立即破产。大家发现他太太正如邻居们所愿，蠢兮兮、脾气暴躁，而且挥金如土。”

奥斯汀小姐跟母亲住在南安普敦的时候，母女曾一起出去拜访亲友，下面是她写给卡桑德拉的信：

“我们发现只有兰斯太太在家，看不出她除了一架豪华大钢琴之外，是否有任何子嗣……他们的生活很奢侈，也很有钱，她似乎喜欢富有；我们暗示我们比不上她，所以她很快就觉得我们不值得她结交。”

简的一位亲戚，因某位曼特先生的行为不太检点而惹来闲话，那位先生的太太回娘家去了，简写信描述道：“因为曼特先生是教士，他们的感情尽管不道德，却还是合乎君子的礼仪。”

简伶牙俐嘴，幽默感十足，喜欢笑也喜欢逗别人发笑。让幽默的人想起好事却藏在心里未免太过分了，而且大家都知道，人风趣很难不偶尔带点恶毒。天生慈悲心肠可不太刺激。简·奥斯汀对于别人的荒谬、自抬身价、矫揉造作和不诚恳具有敏锐的评断力；她觉得那些事好玩而不恼火，这是她的长处。她生性和蔼，不会对人说出让人难过的话，但她跟卡桑德拉损损他们来自娱，总觉得无伤大雅。我觉得连她最尖刻、最诙谐的话都找不出什么恶意；她的幽默以准确的观察和坦诚为基础。

有人说她一生虽然遇到几件世界史上最扣人心弦的大事，包括法国大革命中的暴力与恐怖、拿破仑的崛起和覆灭，但她的小说并未提到这些事，她因此被指责为过于遗世独立。我们别忘记，在她那个时代女人谈政治是不礼貌的，政治是男人的事，她们甚至不看报纸；但我们没理由认为她不写这些事就代表未受这些事影响。她热爱家人，有两个哥哥在海军服役，常常身历险境，看她的信就知道她随时挂念着他们。但她不写这些事，不是显示她通情达理吗？她非常谦虚，不会想到自己的小说在死后很久还有人阅读。就算她有这种野心，那她避免处理由文学观点来看影响力稍纵即逝的时势，真是再明智不过了。前几年描写世界大战的小说已是明日黄花。那些书跟每天告诉我们当日新闻的报纸一样很快成为过眼烟云。

在奥斯汀·利为简撰写的传记中有一段话，我们只要运用一点想象力就能从中猜出简多年安静的乡居岁月是怎么过的。“大体上可以认定，留给用人管的事比较少，由男女主人亲手做或监督执行的事比较多。关于女主人们，我相信……她们理所当然亲自参与到烹饪的高端工作中，调配自制的葡萄酒，提取草药作为家庭用药……太太小姐们是不会不屑于用纺纱来织家庭内衣裤的。有些太太小姐早餐或饮茶后喜欢自己清洗精选的瓷器。”简·奥斯汀小姐对于长袍、无边女帽和围巾颇有兴趣；她擅长针线活，素净的和装饰华美的都会做。她喜欢长得好看的青年男子，不反对跟他们打情骂俏。她不但爱跳舞，也喜欢舞台剧、玩牌和其他比较简单的娱乐活动。她“着手尝试的每件事都很成功。我们没有一个人掷游戏棒能掷出那么完美的圈圈，或者手劲儿那么稳当地把它挑起来。她玩杯球才出神入化呢。在乔顿用的那一个球很容易上手，听说她曾一连接了一百次，直玩到手酸才停下来”。难怪她颇受小孩子欢迎：他们喜欢她和他们开玩笑，也喜欢听她说很长、很详尽的故事。

没有人能将简·奥斯汀形容成一个女学究（她并不喜欢这类人），但她一望而知就是有教养的女性。研究她作品的权威查普曼博士曾列出大家确知她看过的书，数量相当可观。她当然也看长篇小说，范妮·伯尼、玛丽·埃奇沃斯、拉德克里夫太太的作品（《尤道夫之谜》）她都看过；她还看法文和德文译过来的小说（包括歌德的《少年维特之烦恼》）；此外她能向巴斯和南安普敦的巡回图书馆借到什么她就看什么。莎士比亚的名作她也熟读，在现代作家中，她阅读司各特和拜伦的名作，但她最喜欢的诗人好像是科伯——他冷静、文雅和明智的诗深深地吸引着她。她也读约翰生和鲍斯韦尔的名作，还有许多史书和不少评论集。

现在我要谈到她最重要的一件事，就是她所写的书。她很早就开始写作。她在温切斯特临终之际，曾留给一个喜欢写作的侄女一个口信，大意是说她若肯听姑姑的忠告，不妨暂时停笔，等十六岁再说，而她自己常希望当年跟侄女现在差不多大时（十二岁到十六岁）多读一点，少写一点。当时女性写书被认为缺乏淑女风范。修道士马修·格雷戈里·刘易斯曾撰文说：“我对所有女性文人有一股厌恶、怜悯和轻视。她们该执掌的工具是针而不是笔，针才是她们唯一曾熟练运用的东西。”小说是被人看得很低的一种文学体裁样式，简·奥斯汀自己对于诗人沃尔特·司各特爵士居然写小说也有点震惊。她“小心不让用人、访客或家属以外的人发觉她从事的工作。她写在小纸片上，这样很容易收起来，或者可以用一张吸墨纸盖住。前门和办公室之间有个双开式弹簧门，推开时会吱嘎吱嘎响；但她反对修理这个小毛病，因为有人来她可以提早知道”。她大哥詹姆斯甚至没告诉当时正在上学的儿子，他津津有味阅读的正是简姑姑的作品。另一位哥哥亨利在其回忆录中说：“她若还活着，再多的名声都没法诱使她将所写的作品署上真名。”所以她出版的第一本书《理智与情感》的扉页上的署名为“一位女士著”。

那不是她最先写的书。最先写的小说名叫《第一印象》。她哥哥写信给一位出版商说要出书，由作者出钱或者用其他方法，是“一份长篇小说稿，共有三册；长度跟伯尼夫人的《伊芙莱娜》差不多”。出版社退稿回绝。《第一印象》于1796年冬天开始提笔，1797年8月完成：一般认为那就是十六年后出版的《傲慢与偏见》。接着她很快就连续写了《理智与情感》和《诺桑觉寺》，但运气也不佳。尽管五年后理查德·克罗斯比先生花十英镑买下了《诺桑觉寺》——当时名叫《苏珊》，但他根本没出版，最后又以原价卖回给作者。由于奥斯汀小姐的小说匿名出版，他根本不知道自己低价让出的书稿是很畅销很热门的《傲慢与偏见》作者所写的。

1798年完成《诺桑觉寺》到1809年之间，她似乎没写出什么大作，只写了名叫《沃森一家》的片段。对于一个这么有才气的作家，隔这么长的时间没写书未免太久了，有人暗示她搁笔是因为谈了一场恋爱，使她对别的事情都不感兴趣。但这纯属猜测。1798年时她年纪很轻——二十四岁——很可能不止一次坠入情网，但她这人很难取悦，可能精神没受到多大的激扰就淡下来了。她长期搁笔最合情合理的解释是找不到人出版，感到灰心。她把作品读给近亲听，他们深深着迷，但她为人谦逊又通情达理，可能认定这些书只能吸引疼她且猜得到书中人物原型是谁的熟人。

反正1809年，也就是她跟母亲和姐姐定居在宁静的乔顿那年，她着手修订旧稿。1811年，《理智与情感》终于问世了。那时候女人写作已不再显得唐突。司布真教授向皇家文学协会发表演说谈简·奥斯汀，引述了伊莱扎·费伊所著的《来自印度的原信》的前言。1782年，有人怂恿费伊女士将稿件出版，可是舆论对“女人写作”很反感，所以她回绝了。但她1816年在文章里说：“后来大众的观点渐渐发生了很大的变化；现在我们不但跟从前一样有许多女性成为文学书中的角色，为女性增光，而且有许多不装模作样的女子无惧于批评风险，大胆地将小舟驶到了浩瀚的大洋，将娱乐或教诲带给读者大众。”

《傲慢与偏见》在1813年出版。简·奥斯汀以十英镑卖出了版权。

除了刚才提到的三部小说，她还写过三部作品，即《曼斯菲尔德庄园》《爱玛》和《劝导》。她依赖这寥寥几部作品，声名稳固。她等了很久才能出书，但一出版，迷人的天赋就获得了认可。此后不少卓越人士齐声赞美她。我只引述沃尔特·司各特爵士的话，颇合他一贯的慷慨作风："那位小姐具有描述寻常人生各种瓜葛、情感和角色的才华，我觉得我没见过更了不起的。壮观热闹的大场面我可以写得不输任何人，但我缺乏细腻优美的笔触使平凡的事情和人物因描写真实、情感真切而变得有趣迷人。"

说来也奇怪，司各特竟没提到简·奥斯汀最宝贵的才华：她的观察力极其敏锐，她的感想可以启迪人心，她的幽默感更使其观察饶富意义，给她的观点带来了端庄又活泼的特性。她的视界很狭窄，所有的书写的都是同类的故事，人物也没有很大的变化，可以说是由不同观点看到的同一批人物。她有高度的常识，比谁都知道自己的局限。她的人生经验仅限于乡间社会的小天地，她只要谈那些就够了。她只写自己知道的事。有人注意到，她从不试图再现只有男性在场时的谈话，因为她肯定从未听过。

她同意当时普遍流行的看法，从她的书和信件中可以看出，她对于时下状况相当满意。她不怀疑社会区别的重要，觉得有贫有富很自然。绅士的小儿子担任神职，获得丰厚的家庭收入，衣食无缺；年轻人为国王服兵役，靠有权有势的亲戚获得晋升；女性的责任是嫁人，当然是为爱结婚，但也要有令人满意的财务条件。这一切都是通则，看来奥斯汀小姐并不觉得有什么不对。她家跟教士和地主乡绅有关，她的小说并未描写其他阶级。

她的作品部部精良，而且每一部都有忠诚甚至狂热的爱慕者，所以很难决定哪一部最好。麦考利认为《曼斯菲尔德庄园》是她最伟大的杰作；另外几位同样著名的批评家则比较喜欢《爱玛》；迪斯累里读《傲慢与偏见》读了十七遍；今天有很多人觉得《劝导》是她最完美的作品。我相信许多读者公认《傲慢与偏见》是她的代表作，所以我想我们不妨接受他们的判断。一部作品成为经典，不是因为批评家加以赞美，教授加以阐释，大学课堂加以研究，而是因为一代一代的许多读者爱读，从中得到乐趣，精神上受益良多。

无论正确与否，我自己认为《傲慢与偏见》整体上可以说是这些小说中最令人满意的一部。《爱玛》的女主角太势利眼，我看了很不高兴；她对于社会地位低于她的人太高高在上，而我对弗兰克·丘吉尔和简·菲尔费克斯的恋情实在提不起特别的兴趣。简·奥斯汀小姐的小说只有这一本我觉得太唠叨。《曼斯菲尔德庄园》的男女主角范妮和埃德蒙是叫人受不了的假道学；我反而同情缺德、活泼、迷人的亨利和克劳福德。《劝导》具有罕见的魅力，要不是有在莱姆里杰斯的科布所发生的那段插曲，我不能不说它是六部中最完美的。

简·奥斯汀在构造非凡人物的事件上确实没什么特殊才华，

我觉得下面这个情节的构思就很笨拙。路易莎·玛斯格鲁夫登上几级陡陡的台阶，在她的仰慕者温特沃斯船长的保护下往下跳去。他没抓住她，她头着地跌倒，失去了知觉。书上说他习惯在“让她跳离”梯凳时伸出双手去扶她，如果他这样做，她不可能上梯超过六英尺，而且往下跳时不可能头着地跌倒。反正她会摔到健壮的海军情人身上，就算吓一跳，也不太可能受伤。不知怎么她竟不省人事，引起一番纷扰，简直叫人无法置信。人人都方寸大乱。参加过战斗且靠战利品横财发迹的温特沃斯船长也吓得瘫痪。所有相关人士接下来的举动简直像白痴，很难相信能坚忍接受亲友病痛和死亡的简·奥斯汀小姐不会觉得他们的举动愚蠢到极点。

一位博学又机智的批评家卡洛德教授说简·奥斯汀没有办法写故事，他解释说他所谓的故事是指一连串浪漫或不寻常的事件。不过简·奥斯汀的才华本来就不在这方面，而她想做的也不是这个。她太有常识，心性太活泼，反而不可能浪漫，她对不寻常的事没有兴趣，比较注意寻常的事。她凭着敏锐的观察力、嘲讽的反话和戏谑的如珠妙语化寻常为不寻常。我们大多数人所谓的故事是指一则有开头、中间和结尾的连贯一致的叙事。《傲慢与偏见》的开场很恰当，两位青年男士跟伊丽莎白·班纳特及其姐姐简·班纳特两姐妹的爱情原是小说的主题，他们在故事开头上场，最后他们结婚，故事便恰当收场了。这是传统的大团圆结局。这种结局引起世故人士的不屑。

当然啦，许多婚姻真的不太幸福，也许大部分如此，而且婚姻并非结局，只是进入另一个人生常态罢了。很多作家的小说都以结婚开始，刻画这桩婚姻的结果。那是他们的权利。但单纯的人把结婚看成小说的圆满结论，我认为该为他们说几句话。我想他们有此看法，是因为深深感觉到男女结合实现了他们的生物功能；在导向这个高潮的各步骤——爱意发生、遇到阻碍、误解、公开告白——所自然感受的兴趣或关心，如今转向其结果，亦即他们的子嗣，也就是未来的世代。对大自然而言，每一对男女只是长链上的一个环节，每一个环节唯一的重要性是可以让另一个环节加上去。这是小说家为大团圆结局提出的正当理由。简·奥斯汀的作品中，知道新郎有可观的房地产收入，可以带新娘住进豪宅，周围有大花园，屋里摆满昂贵典雅的家具，更是大大增强了读者的满足感。

我觉得《傲慢与偏见》是一本结构非常好的书。事情自然而然一件接一件，情节的衔接极为顺畅，没有使读者感到迷惑的地方。伊丽莎白和简教养这么好，言行举止这么恰当，她们的母亲和三个妹妹却这么平庸，也许有些奇怪；可是这一点对于简·奥斯汀所叙述的故事却是不可或缺的。我暗自纳闷她为什么不把伊丽莎白和简塑造成班纳特先生跟前妻生的女儿，把书中的班纳特太太描写成后妻，亦即三个小女儿的母亲，借此免掉这个缺憾。笔下的女主角之中，简·奥斯汀最喜欢伊丽莎白。她曾写道：“我必须坦白承认，我认为她是有史以来书报上出现过的人物中最讨人喜欢的。”有人认为她本人就是伊丽莎白的原型，若是如此，她确实把自己的愉悦个性、兴致和勇气、机智和敏捷、通情达理和正当情感都给了伊丽莎白；我猜她刻画恬静、慈和、美丽的简·班纳特时，心中想的是她姐姐卡桑德拉，这想法应该不算唐突。

达西大体被视为可怕的无赖。他的第一项过失是跟一伙人参加公开的舞会时不肯跟不认识或不想认识的人跳舞。这不算可恶的大罪。他向伊丽莎白求婚的时候，确实傲慢得不可原谅，不过自负——对出身和财富的自负——是他主要的性格特点，没有了这一点根本没故事可说了。而且他求婚的态度让作者简·奥斯汀有机会写出全书最精彩的一个情节；我们可以想象，奥斯汀凭借日后得到的经验，说不定能以另一种方式指出达西的感情，挑起伊丽莎白的反感，却不必借他之口说出不太可能说的话，让读者大吃一惊。

凯瑟琳夫人和柯林斯先生的形象可能有点夸张，但我觉得还在喜剧容许的范围内。比起日常生活来，喜剧看待生活的角度更为活跃，也更为冷静，些许的夸张（也就是诙谐）常常不算什么缺点。谨慎地添点诙谐的成分，就像草莓撒上一点糖，很可能使喜剧更加可口。提到凯瑟琳夫人，我们不要忘记在简·奥斯汀的时代，阶级使得富贵人士对于处境比他们低的人有极大的优越感，寄望人家对他们怀着至高的敬意，事实上人家也是如此待他们的。如果说凯瑟琳夫人把伊丽莎白当作白种穷鬼，不屑一顾，我们别忘了伊丽莎白对于嫁给律师丈夫的菲利普斯姨妈也好不到哪里去。我年轻时代距离简·奥斯汀写小说的年代已隔了一百年，我认识几个上流社会的太太小姐，其自尊自大即使没那么引人侧目，跟凯瑟琳夫人也并不相差多少。至于柯林斯先生嘛，即使今天，谁没认识几个又自大又趋炎附势的人呢？

没有人觉得简·奥斯汀是了不起的文体家，她的语言平实而不做作。我想从她的句子里可以看出约翰生博士的影响。她倾向于使用源自拉丁语的词汇，而非日常的英语词汇。这使得她的词汇带有一点拘泥感，倒也不讨人厌；说真的，往往使如珠妙语更有力，恶毒的话更有不苟言笑的趣味。她笔下的对话非常自然，就是把人家说的话如实写在纸上。可对于我们而言，则似乎显得有点做作。所以我们假定，在18世纪末，年轻女孩子交谈必是以现在人会嫌矫揉造作的方式表达自己的意思。

简·班纳特谈起情人的妹妹们时曾说："她们对于他跟我认识这件事一定不友善，这一点我不惊讶，因为他在许多方面都可以做更有利的选择。"我愿意相信她原本就是这样说话的，但我承认，这颇费精神。

我心目中这本迷人作品最大的优点是：其可读性非常高——比某些更伟大、更著名的小说更可读。司各特说得没错，简·奥斯汀小姐专门描绘平凡的东西，日常生活的牵扯、情感和人物；没什么大不了的事发生，可是你读到一页末尾，会急着翻书，想知道下面发生了什么事；接下来还是没什么了不得的大事嘛，你还是同样焦急地翻到下一页。

这篇论文完成后，有一天我傍晚赴宴，恰好坐在一位女士旁边，她跟简·奥斯汀哥哥的后代有亲戚关系。读者记得吧，这位哥哥继承了一位表亲在肯特郡和汉普郡的大笔产业，照立嘱人的遗嘱必须改姓奈特。他有几个女儿，其中一位名叫范妮，是简·奥斯汀最疼爱的侄女。她长大后嫁给了爱德华·纳希布尔爵士。他们的儿子则升为贵族，获得了布雷伯恩勋爵的封号。我们边吃边谈，话题转到简·奥斯汀身上，邻座的女士跟我说，她这位亲戚有一封纳希布尔夫人寄给她妹妹赖斯太太的信，从未发表过，信上曾谈到有名的姑姑。我当然一心想看那封信，不久好心的女士就寄了一份抄本给我。内容令人吃惊，正是那个时代的典型风格，有独树一帜的趣味性，我觉得该公之于世。我求得纳希布尔夫人的直系后裔布雷伯恩勋爵的允许，现在得以发表。

由信件开头的字句可以猜出赖斯太太曾听人说起一些有损她姑姑简·奥斯汀良好教养的话，感到很不安，就写信问姐姐那些事有没有可能万一是真的。纳希布尔夫人答复如下：

是的，宝贝，依据很多证据，简姑姑确实不如她那种有才华的人所该有的那般文雅，她若活在五十年后，许多方面会更适合我们比较文雅的品位。她们并不富有，她们主要来往的人物出身并不高，换句话说，只不过是二三流货色，当然她们虽在智慧和修养上优于别人，就文雅而言却跟他们同一水平——但我想她们后半生跟奈特太太交往（她很疼她们，对她们很好），应该大有改进。简姑姑很聪明，不可能不收起种种“俗气”（如果这个词汇能容许的话）的表征，教她自己更优雅，至少跟一般人交往的时候如此。

两位姑姑（卡桑德拉和简）都是在完全忽略社会风俗（我是指时尚等方面）的情况下长大的，如果不是父亲的婚姻把她们带进肯特，加上奈特太太又那么好心，常常让其中一位姐妹住在她家，那她们虽然本身聪明怡人，还是会跟不上良好社会的风尚水平。你若讨厌听这些，请你原谅，但我觉得话在笔尖，自然而然道出了实情。现在已经快到更衣的时间了……

……我是你挚爱的姐姐。

范妮 · C. 纳希布尔

可见你尽管能轰动全世界，很遗憾仍不能打动自己的家人。

第五讲

司汤达及其《红与黑》

Stendhal（1783—1842）：Le Rouge et le Noir

写过，爱过，活过。

——司汤达（镌刻于墓石上）

我发现寥寥几页篇幅不可能清晰叙述以“司汤达”这个笔名著称的亨利·贝尔的一生，诉说他的故事需要一整本书。为了使他的事容易让人了解，我必须谈谈当时的社会和政治史。幸亏有下面这本书问世：如果《红与黑》的读者真的有兴趣多认识作者，觉得我这篇短文不足以说清一切，不妨读读马修·约瑟夫森出版的生动又富含史料的传记《司汤达，追逐幸福的人》。那我只要叙述一下司汤达传记中的基本事实就够了。

他在1783年生于格勒诺布尔，父亲是一位有产业还有点势力的律师，母亲是该市大医生的女儿，在他七岁那年去世。

1789年，法国大革命爆发。1793年，法国国王路易十六和王后玛丽·安托瓦内特被处死。

司汤达曾详尽叙述童年和少年时代的生活，研读起来相当有趣，因为这段时期他养成了一些偏见，终其一生都没改过来。他自己说过，他深爱母亲，像情郎爱慕某一女子，母亲死后他由父亲和亲姨妈照顾。他父亲是正经又谨慎的人，姨妈也十分严格而虔敬。他憎恨他们。他们虽属中产阶级，却颇有贵族倾向，大革命使他们感到很恐慌。

司汤达说他童年很可怜，但照他自己的记述看来，他好像没有多少可抱怨的地方。他聪明好辩，很难管教。大革命的统治势力抵达格勒诺布尔，司汤达的父亲名列嫌疑犯；他认为是一个想要抢他业务的对手律师阿玛尔搞的鬼。聪明伶俐的小男孩说："可是阿玛尔把你列入不爱共和国的嫌犯名单，你确实不爱共和国嘛。"当然没错，可是脑袋有搬家危险的中年绅士听到自己的独生子说这句话，总是不太高兴的。

司汤达指控父亲视钱如命，但他要钱的时候总能从父亲那儿骗到手。大人禁止他看某些书，但他照看不误。他最大的牢骚是大人不准他跟其他小孩自由自在地混在一块儿，但他的生活不可能像他说的那么寂寞，他有两个姐姐，还有其他小男孩跟他一起上耶稣会教士担任家教所授的课。事实上，他成长的方式跟当时一般富裕的中产阶级小孩差不多。他跟其他小孩一样，把正常的限制看成荒唐的暴政，当他不得不学习课业时，当他未能照自己的意思我行我素时，总认为自己受到了残酷的对待。

这方面他跟大多数小孩没有多大的差别，可是大多数小孩长大后就忘了自己的委屈。司汤达不寻常的地方在于，他五十三岁时还旧怨未消。因为他憎恨耶稣会的老师，所以强烈反对教权主义，终其一生都无法相信信奉宗教的人是真诚的。因为他父亲和姨妈都是虔诚的保皇党人，所以他变成了热烈的共和政体拥护者。

可是他十一岁那年，有一天傍晚他溜出家门去参加一个革命党聚会，大受震撼。他发现劳动阶级又脏又臭，说话下流，行动粗俗。他写道："简言之，我当时跟今天一样，我爱人民，我憎恨他们的压迫者，可是跟人民一起生活将是永无休止的折磨……我的品位非常贵族化，如今依旧如此；我愿意做每一件为人民谋幸福的事，但我相信我宁可每个月在狱中过两个礼拜，也不愿跟小店主们住在一起。"

司汤达初到巴黎时年仅十六岁。他父亲把他介绍给一位姻亲达鲁先生，他有两个儿子在军部任职。大儿子皮埃尔身居要职，过了一段时间就雇用小表弟为他的众多秘书之一。拿破仑在意大利发动第二次战役，达鲁兄弟追随拿破仑，司汤达不久也到米兰加入他们的部队。司汤达干了几个月文书工作之后，皮埃尔·达鲁在重骑兵团给他安排了一个职位。但他喜欢米兰的热闹，没打算到部队报到，还趁皮埃尔不在，哄一位米查德将军派他担任副官。皮埃尔·达鲁回来后，下令司汤达赴部队报到，可是司汤达找了一个又一个借口回避，拖延六个月不肯复命，最后勉强去了，却感到非常厌烦，称病求情，获准请假回家，辞去了军职。他没参加过战斗，但他后来几年却胡乱吹嘘自己作战是多么勇猛；1804年他找工作的时候，竟自己写了一份推荐书（由米查德将军签名），宣称他在多次战役中表现英勇，事实证明他根本不可能参与过那几次战役。

他父亲给了他一笔数目不大但是够用的生活费，他靠那笔钱住在巴黎。他眼前有两个目标，其中一个是要成为当代最伟大的戏剧诗人。为此他研究编剧手册，几乎每天上剧场看戏。他在日记中记下他看过的戏，以及他的观后感，他屡次说自己可以把他刚刚看的戏改编成他自己的作品。他似乎没什么点子，而且不是诗人。他的另一个目标是成为一个伟大的情人。但这方面老天爷没给他好的先天条件：他个子有点矮小，又胖又难看，腿短身子大，大脑袋配上浓密的黑发；嘴唇薄薄的，鼻子粗大又突出；但他的棕色眼珠子显得十分热切，手脚很小，皮肤细得像女人。他颇为自豪地宣称他的手握剑会长水疱。此外他害羞又笨手笨脚。在他的表兄弟马夏尔·达鲁——亦即皮埃尔的弟弟——引领下，他得以光顾几位丈夫发了革命财的名媛贵妇的沙龙，但他在人前口齿很笨拙。他满脑子聪明话要说，却没勇气说出口，这使他的风格施展不出来。

他对自己的乡下口音深感恼怒不安，他进戏剧学校也许就为了矫正口音吧。他在那儿认识一位名叫梅勒妮·古依尔伯特的女演员，比他大两三岁。经过一番犹豫之后，他决定跟她恋爱。他之所以踌躇，一方面因为他不太确定她的心灵是否跟他一样伟大，另一方面也因为他怀疑她有梅毒。两方面都澄清后，他追随她到马赛——她受聘在那儿演出，他则在那边的一家杂货批发店工作了几个月。后来他断定她在气质上和智力上都不是他所想的那种人，当她因为缺钱不得不返回巴黎的时候，他松了一口气。

我没有足够的篇幅讨论司汤达一生的许多风流韵事，只谈谈其中两三件可看出他性格的恋情。他的性意识很强，性欲却不特别强，有人怀疑他性冷淡，直到他给后来的某位情妇所寄的露骨信件被发现，大家的印象才改观。他的热情是理智上的，拥有一个女人主要是满足虚荣心。尽管他说了许多言之无物的华丽辞藻，却没有迹象表明他会献殷勤。他坦白承认他的恋情大抵很不幸，理由不难了解。他怯懦，欠缺果断。

在意大利期间，他曾请教一位军官弟兄如何做才能获取女人的“欢心”，还郑重写下对方给他的忠告。他照规则刻板地追求女人，正如他曾试图照规则写剧本。当他发现人家觉得他可笑时，他深觉受辱；人家察觉他没有诚意，他竟感到吃惊。他虽然聪明，却好像从来没想到女人所了解的语言是情感的语言，理性的语言让她们心冷。只有真感情才能求得的东西，他竟以为可以靠谋略和欺骗达成。

梅勒妮·古依尔伯特离开他之后几个月，司汤达回到巴黎，靠皮埃尔·达鲁的势力在军需处谋得一个职位。他被派驻布伦瑞克。他放弃了当大剧作家的念头，决定开始在官场仕途谋取事业前程。他希望当帝国的男爵、荣誉勋章爵士、薪水可比王侯的部门长官。

他虽是一名热心的共和党人，把拿破仑看作剥夺法国自由的暴君，但他仍写信求父亲替他买个爵位。他在姓氏上加了个贵族才有的德（de）字，自称亨利·德·贝尔。

他是一个能干又足智多谋的行政官；1810年升官后，他回到巴黎，在“荣军疗养院”[①]的豪华套房拥有一间办公室。他买了一辆活动顶篷马车，有两匹马、一个车夫和一个男仆。他跟合唱团里的一个女演员同居，这样还不满足；他觉得自己有必要找个地位可以匹配其身份又能提高他声誉的情妇。他断定皮埃尔的妻子亚历山德琳·达鲁是恰当人选。她容貌俏丽，比自己的伯爵丈夫年轻很多，为其生了四个小孩。司汤达好像完全不考虑皮埃尔表哥对他的恩德和长期的容忍，既然他升官要归功于表哥，事业前途也要靠他帮忙，却没想到诱奸人家的妻子实在是既不礼貌也非君子。他根本不懂感恩的美德。

他以整套求爱技巧着手进攻，可是仍无法摆脱害羞的毛病，所以没什么进展。他时而活泼，时而悲哀；时而打情骂俏，时而冷冰冰；时而热烈，时而漠然……一切看来似乎徒劳无功，他无法弄清伯爵夫人爱不爱他。他怀疑自己太害羞，所以她在背后嘲笑他，他觉得屈辱。最后他去找一位老朋友，把烦恼告诉他，请教追求的策略。他们讨论了一遍。那位朋友提出问题，司汤达一一答复，由那

---

① 荣军疗养院（Palace of the Invalides），又名巴黎伤残老军人院，是法国国王路易十四建造以收容7000名老兵荣军的疗养院，占地极广。

位朋友写下来。

下面是马修·约瑟夫森摘录的问题及答案：

“引诱德·B夫人有什么好处？”（德·B夫人是他们对达鲁伯爵夫人的称呼。）

“好处如下：他可顺应性格的喜好；他可赢得很大的社交优势；他可进一步研究人类的情感；他可满足荣誉与自尊。”

司汤达为这份文件做了批注：“最好的忠告就是进攻、进攻、进攻！”

真的是很好的忠告，但你若有克服不了的胆怯毛病，就不容易执行了。

过了几个礼拜，他受邀到达鲁家的乡村宅邸“巴切维尔”小住。他一夜无眠，第二天早上决定冒险一试，就穿上他最好的条纹裤子。达鲁伯爵夫人恭维他的长裤好看。两个人在花园散步，她的一位朋友和母亲及孩子们相隔二十码（约二十米）跟在后头。他们来来回回闲逛，司汤达浑身发抖却下定了决心，选定了某一点——他称之为A点，从他们当时所在的B点算起，发誓他们若走到那儿，他还没说出口，就要自杀。他说出来了，还抓住她的手想要吻一下。他说他已爱上她十八个月，尽全力掩饰，甚至试图不见她，但实在熬不下去了。她客客气气地回答，说她对他只有纯友谊，而且不想背叛丈夫。她叫其他的人走过来跟他们在一起。司汤达输了他所谓的“巴切维尔之役”，我们猜受伤的是他的虚荣心，而不是情感。

过了两个月，失意的感觉仍然很痛苦，他请假前往米兰，那是他第一次到意大利就爱上的地方。十年前他在那边曾喜欢上一个名叫吉娜·佩特拉鲁的女人，此人是司汤达表兄的情妇。但他当时只是身无分文的海军中尉，她根本没把他放在眼里。他想找一找伊人的芳踪。她父亲开了一家小店，她很年轻就嫁给了一位公务人员。此时她已三十四岁，有个十六岁的儿子。司汤达跟她重逢，发现她是"高挑又出色的女人。她的眼睛、表情、额头和鼻子仍有当年雍容华贵的风韵。我发现她比以前更精明、更端庄，令人销魂的美丽姿色倒是少了一点"。她能靠丈夫微薄的薪水在米兰有一间公寓，在乡下有一栋房子，有用人，在斯卡拉歌剧院有个包厢，还有一辆马车，一定绝顶精明。

司汤达很清楚自己长相平平，为了克服这一点，他特意穿得很优雅、很时髦。他一向矮胖，如今日子过得好，身材更变得圆滚滚的；但他口袋里有钱，身上穿着新衣服，显然比当年还是一贫如洗的龙骑兵时更有机会取悦这位雍容华贵的淑女。他决定暂时留在米兰跟她调情取乐，但她不像他预料中那么容易上手。她让司汤达疲于奔命，直到司汤达动身去罗马的前夕她才答应大清早在她家公寓接见他。大家一定以为那不是求爱的好时机。那天他在日记中写道："9月21日11点半，我得到了我渴望已久的胜利。"他还把那个日期写在裤子的背带上——他向达鲁伯爵夫人示爱那天所穿的条纹裤子。

1812年，司汤达好不容易说服达鲁伯爵将他从巴黎舒适的职位调到军需处比较活跃的部门，追随拿破仑军队远征俄国，吃苦受罪，从莫斯科撤退时他的表现十分冷静、积极和勇敢。1814年皇帝退位，司汤达的公职生涯走到终点。他自称婉拒了人家给他安排的重要职位，宁可自我放逐也不愿替波旁王朝服务。但事实并非如此，他向国王宣誓效忠，企图重任公职，结果失败了，只好回到米兰。他仍有钱住在宜人的公寓，爱看多少场歌剧就看多少场歌剧；但他不再拥有以前的头衔、威望和大把现金了。

吉娜很冷淡。她说她丈夫听说他回来了，非常嫉妒，其他爱慕者也起了疑心。她求司汤达为了她的名誉离开米兰。他骗不了自己，她跟他已经完了，但她的行为反而燃起他的热情，最后他想到只有一个办法能夺回她的爱。他筹了三千法郎交给她。他们一起前往威尼斯，由吉娜的母亲、儿子和一位中年银行家作陪。为了顾全颜面，她坚持要司汤达住到另一家旅馆。他和吉娜用餐时银行家竟来凑热闹，使他非常恼火。他不认为这人有权在场。下面是他一则日记的英文版摘录：“她自称她到威尼斯为我牺牲很大。我给她三千法郎到此处旅行，真是太傻了。”十天后则说：“我拥有她了……但她谈起我们的财务安排。昨天早上不可能再存妄想。政治扼杀了我的欲望，显然是精力都被吸到脑部了。”

1815年6月16日，拿破仑在滑铁卢败北。

秋天，一行人回到米兰。吉娜叫司汤达在一处偏僻的郊区租房子。她跟他约会时，他深更半夜乔装前往，中途换好几次马车，甩掉间谍的追踪，然后由一个侍女开门领进公寓。可是侍女大概跟女主人吵架或者被贝尔（即司汤达）花钱收买，突然向他透露了一个惊人的消息，说夫人的丈夫根本不嫉妒；她故布疑阵是要避免贝尔先生碰到其中一位情敌，其实情敌有很多位，侍女还说要证明给他看。第二天，她把贝尔藏在吉娜闺房隔壁的小壁橱，他在那边“隔着钥匙孔亲眼看见女方对他要的诡计，离他的藏身处不过三英尺之遥”。

贝尔说：“你也许以为我会冲出壁橱，用短剑刺他们两个。没那回事……我像来时那般静静离开黑漆漆的壁橱，心里只想着这次奇遇滑稽可笑的一面，内心大笑不止，对女方也充满轻蔑，同时很高兴自己重获自由。”

1821年，由于跟某些意大利爱国志士交情不错，奥地利警方要求司汤达离开米兰。他在巴黎定居，接下来的九年中的绝大多数时间都住在巴黎。他有过一两次乏味的恋爱；他频繁出入崇尚智慧的沙龙。他不再说不出话来，反而变成了妙语如珠、尖酸刻薄的谈话健将，最佳状态下曾跟八到十个人畅谈。但跟许多善谈者一样，他喜欢垄断话题。他喜欢权威表态，有人意见跟他不同，他毫不掩饰心中的轻视。他语不惊人死不休，总是自由自在乱说猥琐和不敬的话。挑剔的批评家认为，他为了助兴或挑衅，往往强装幽默。

接着发生了1830年大革命。查理十世流亡国外，路易·菲利普登基。此时司汤达已将父亲留给他的那点财产用光，他又重拾往日当著名作家的抱负，但文学上的努力没给他带来金钱或盛名。他的《论爱情》在1822年出版，十一年间只卖出十七本。他想谋个政府职位却不可得，随着政权更迭，他最终被派驻意大利的里雅斯特领事馆；但他支持自由派，奥地利当局不肯接纳他，他遂被调往教皇辖地契维塔韦基亚。

他不太把工作当回事，一有时间就去短途旅游。他是永不疲乏的旅行者。他在罗马交了几位很捧场的朋友。契维塔韦基亚的日子烦闷又孤单，他五十一岁那年向一位少女求婚，是他的洗衣女工和领事馆小职员的女儿。没想到对方竟拒绝了，他觉得好屈辱。1836年他说服领事馆上司给他安排了个小职务，让他在巴黎住了三年，由别人暂时替代他的位置。此时他已非常胖硕，脸色很红很红，留着染色的长胡子，为了盖住秃头还戴了一顶大大的紫棕色假发。他衣着时髦，像年轻人一样，只要有人出言藐视他外套的剪裁或裤子的式样，他就非常生气。他继续谈情说爱但少有斩获；他继续赴宴畅谈。最后他不得不回到契维塔韦基亚，两年后在那里中风。康复后他请假到日内瓦去请教一位名医，再由那里前往巴黎安度晚年。1842年3月的某一天，他出席外交部的一场官方大宴，傍晚沿着林荫大道步行时，中风复发。他被抬回住处，第二天就去世了。

我们若斟酌刚才叙述的基本事实，最先想到的就是司汤达一生的兴衰浮沉，所以他获得了小说家很难拥有的各种经验。他在诡谲多变的时代有机会接触不同阶层的人，因此能够在其个性所容的范围内，获得最广泛的人性知识。即使观察力再敏锐的人类研究者也只能透过自己的性格来认识人类。司汤达有不少局限。他有优点：他敏感，易激动，害羞，诚实，有才华，有事可做的时候非常勤劳，勇敢又有卓越的创造力；他是很好相处的朋友。但他性格的缺陷也很严重：他的偏见简直荒唐可笑，他的目标也是毫无价值；他多疑（因此容易受骗），狭隘，苛刻，不太公正，虚荣得愚蠢，自负，耽于酒色而口味粗俗，放浪形骸而毫无激情。不过我们之所以知道他有这些缺点，都是他自己告诉我们的。

司汤达不是职业作家，他甚至不是文人，但他写作不辍，几乎完全是写自己。多年来他一直写日记，大部分片段得以流传至今，他写的时候显然没料到将来会出版。他五十岁出头时写过一本十七岁以前的自传（五百页），虽然在他死前没有修订过，但他是打算给人阅读的。在书中，他有时候把自己说得比实际上重要，声称做过一些他其实没做的事，但整体上相当真实。

他去世的时候只有两家巴黎报纸报道了这件事，看来他可能完全被人遗忘了。要不是有两位老朋友说服一家重要的出版公司发行他主要的作品，说真的很可能没人记得他。尽管极有影响力的批评家圣伯夫专门为此写了两篇文章，大众还是漠不关心。直到后来，司汤达的书才开始有很多人阅读。司汤达本人从未怀疑过，自己的作品将得以流传，但他准备等到1880年甚至1900年才接受他该得的评价。很多作家受同代人冷落，遂自信后代会承认他的价值来自我安慰。

事实难得如愿。后代忙碌又粗心，很少阅读过去的文学作品，总是在出版当时即获成功的作品间选择。作者生前默默无闻，死后却能免于淹没的机会微乎其微。就司汤达来说，他被后人追捧，则是由于一位教授在巴黎高等师范学院授课时极力赞美他的作品，学生之中恰好又有几个聪明的年轻人日后出了名。他们阅读这些书，从中找到一些符合当时年轻人思想趋向的观点，变成了狂热的仰慕者。这些青年中最富才华的是希波利特・泰纳，多年后他变成了家喻户晓又有势力的文人，写了一篇有名的文章，称司汤达为古今最伟大的心理学家。从此有大量文章开始谈论司汤达，如今大家一致同意他是19世纪法国三大小说家之一。

他的名气主要依靠《论爱情》的一个段落和两部小说。其中《帕尔马修道院》读起来比较愉快，有两位书中角色很迷人。滑铁卢战役的描写很有名，堪称实至名归。可是《红与黑》比较突出，比较有创意，也比较重要。因为这本书，左拉称司汤达为“自然主义学派之父”，布尔热和安德烈・纪德则说他是心理小说的鼻祖（此说不正确）。这真的是一本惊人的书。

司汤达一向对自己比对任何人有兴趣，他永远是小说的男主角。《红与黑》中的于连正是司汤达想当的那种人——他把于连写成对女人颇具吸引力、总能得到她们忠贞的爱情的魅力男士。他自己不惜一切代价希望如此，却永远达不到愿望。他让于连使用他自己想出来却一再失败的方法达成追求女人的目标。他把他塑造成才气焕发的健谈者，虽然小心翼翼不举自己才气焕发的例子，却十分肯定这一点。他赋予于连他自己的好记性，他自己的勇气，他自己的腼腆，他自己的自卑感，他自己的野心，他自己的敏感、会算计的脑子，他自己的缺德和他自己的忘恩负义。我想从来没有一位作家将自己放入书中角色中，却刻画出这么坏、这么卑鄙、这么品行不端、这么可恨的人物肖像。

说来也奇怪，除了描述他未参加的滑铁卢战役之外，司汤达的小说似乎很少用到他在拿破仑军服役的经验。他至少曾目睹那些大事，我们以为那些事可以提示他一点他自觉必须描写的主题。读者该记得吧，他想写剧本的时候，全从他看的戏里找题材：司汤达似乎没有天分自己杜撰故事，《红与黑》的情节来自当时大众颇为关切的一桩法庭案件的新闻报道。我小心不在这十部小说的介绍文中透露故事情节，但这回我不得不至少透露一点，才能讨论这本书。

司汤达利用的事件如下：一位名叫安托万·贝尔德的神学院学生先后在米休先生家和德·歌东先生家当家庭教师。他试图或者真的诱奸了前者的妻子和后者的女儿，从而遭到解雇。后来他重拾课业准备当神父，却因为声名狼藉没有一家神学院肯收他。他认为米休夫妇该为此负责，就趁米休夫人上教堂的时候枪杀她复仇，然后举枪自杀。伤势不足以丧命，他被捕受审；他企图牺牲不幸的女人以求自保，但仍被判处死刑。

这则丑恶卑鄙的故事吸引了司汤达；他把贝尔德的行为看成“美好的犯罪”，是一个强有力的反叛性格对社会秩序的反抗。他把受于连恶意伤害的人的身份地位提高，赋予书中男主角比新闻主角贝尔德更高的智力、更坚强的意志和更多的勇气，企图将故事升格。但此事仍然可耻，于连仍然可鄙。不过这个角色非常生动，小说也相当有趣。于连出身于工人阶级，对于特权阶级出身的人既羡慕又憎恶，他代表每一代都有的某一类型。

我们首先瞥见他时，司汤达描绘如下：“他是十八九岁的矮小青年，看来弱不禁风，面貌不同寻常却很清秀，鹰钩鼻。他大大的黑眼睛在平静时好像在深思和探索，一瞬间突然容光焕发，现出最凶猛的憎恨表情。深褐色的头发垂得很低，使他的额头显得小小的，生气时带点凶相……他细瘦好看的身材看来轻巧而不健壮。”不是迷人的画像，但刻画得体，不会让读者先对于连产生好感来。

小说的主角自然会得到读者的同情，司汤达既然选了反面人物当主角，一开始就要小心不让读者对他过分同情。另一方面他又得让大家对他感兴趣，不能把他刻画得太惹人憎厌。于是他的初步描写一再围绕他好看的眼睛、优美的体形和细致的双手。有时候他形容他长得英俊，但不忘记偶尔提醒：人们跟于连接触常感到不悦，除了那些有理由提防他的人之外，所有人对他也不免心生怀疑。

他受雇所教孩子的母亲雷纳尔夫人，是个描绘得很成功的形象，属于那种极难刻画的类型。她是个好妻子、好母亲、好女人，迷人、贤德又真挚；作者叙述她慢慢爱上于连，内心又惶恐又犹豫，后来变成炽烈的热情，写得真是生动极了。她是小说中最动人的可人儿之一。贵族气很重的玛蒂尔德·德·拉莫尔小姐简直叫人难以置信。司汤达从未在上流社会周旋走动，他不知道教养好的人言行如何。暴发户以为贵族出身的人整天都在想他们高贵的家世。他以为德·拉莫尔小姐的傲慢是贵族作风；其实只是粗鲁。她的行动整个都很荒谬。

夏多布里昂的花哨写作风格蔚然成风，一众小作家竞相模仿，司汤达最讨厌那种风格。他的目标是尽可能明白精确地写出他要说的话，没有虚饰，没有修辞花腔或动人的冗长字句。他说（可能不太真实）他开始写作前先读一页《民法典》，以便磨炼他的语言。他避免用当时流行的风景描写和类似的修饰。他巧妙使用冷静、清晰、自制的文风，增强了故事的恐怖性，使它更添迷人的兴味。我觉得处理于连在雷纳尔家生活的部分和神学院的部分真是精彩无比；等场景转到巴黎和德·拉莫尔侯爵的府邸，我才觉得有些不可信。作者指望我接受许多我无法容忍的不真实的东西，许多我实在咽不下去的情节，而且要我对一些无意义的插曲产生兴趣。司汤达成功地采取了写实风格，可是无论他多么努力，都不可能不受当时的精神分析气氛所左右。当时浪漫主义十分盛行。

司汤达虽然欣赏18世纪的理性作风和高尚文化，仍深受浪漫主义影响。他颇醉心于意大利文艺复兴时代那种冷酷无情之人，他们不顾虑什么也不为悔恨所苦，不择手段地实现野心，满足情欲或复仇雪耻。他十分重视他们的意志力、他们对传统的蔑视和心灵的自由。就因为这种浪漫主义的偏好，《红与黑》的后半部内容才不能叫人心悦诚服。

当于连凭着虚伪、权谋、手段和自我克制眼看要达到他的一切野心热望时，作者司汤达犯了我认为很大的错误。作者告诉我们，于连既聪明又狡猾，可是他向未来的岳父自荐，居然叫准岳父写信给他爱恋过的雷纳尔夫人要一份人品鉴定书。他应该想到她可能会恨情人伤害她，那么她也许想报复，或者她可能仍然爱他，那就一定不喜欢听到他要娶别人的消息，对不对？我们知道她是行事凭良心的女人，他该想到她可能自觉有义务揭发他不顾操守的行为。

她真的这么做了。她写了一封信，道出跟他有关的事实。他既没有否认，也没说是情妇被遗弃而起嫉妒，竟拿起手枪，乘车到她住的地方对她开枪。没有任何解释。他凭冲动行事，我们知道司汤达过分崇拜热情的冲动行为，这很好；可是我们从小说开头就看见于连的力量正在于他具有强大的自制力。他的热情、羡慕、憎恨、自尊、虚荣从未主宰他，而其中最强烈的激情——情欲——也跟司汤达本人一样，与其说是迫切的欲望，不如说是虚荣的满足。在书中的紧要关头，于连做了小说里最要命的事：他的行事跟性格不符。

司汤达紧守着安托万·贝尔德的真人真事，无疑打算一路跟到底。但他似乎没有注意到：首先，他已把于连塑造成跟主角原型——那位勒索犯——截然不同的人。其次，贝尔德相信米休夫人毁了他追求前程的机会，他有委屈，于连却没有。如果雷纳尔夫人毁了他的野心，他只能怪自己笨，而他根本不是愚笨的人；何况他手上还握有王牌，足以化解他莫名其妙的错误所造成的后果。事实上司汤达缺乏创造力，所以想不出恰当的办法以读者信服的方式作为小说的收尾。但我已指出，没有一本小说是十全十美的，一方面因小说这种文体天生是不完善的；一方面也因为写小说的人自身的缺憾。不过《红与黑》仍是有史以来最出色的长篇小说之一。读这本书是一种独特的体验。

第六讲

艾米莉·勃朗特及其《呼啸山庄》

Emily Brontë（1818—1848）: Wuthering Heights

我看着，一片灰色的墓碑之林，

远远地延伸，延伸……

我所踩踏的草地之下，

孤寂地躺着，无声的亡魂。

在青草底下，在土地深处，

只有永远的黑暗，和永远的冰冷……

——艾米莉·勃朗特

帕特里克·普朗蒂，1777年生在唐郡。他父亲是个农民，单靠寥寥几亩地的收成要养活十个小孩，帕特里克稍微大一点就得出去工作，先当织工，后来当村庄小学的老师，接着在一位教士家当家教。他很有野心，急于想在社会上出人头地；在教士雇主的帮助下，他筹到足够的钱进了圣约翰学院。当时他已二十五岁，上大学已经算老，长得高高壮壮，相貌英俊，颇因自己的相貌而自负。

在圣约翰学院的时候，他将“普朗蒂”这个庶民姓氏改为“勃朗特”——勃朗特原是西西里地区的一个小镇，最近连同一处专用的地产被斐迪南四世赐给纳尔逊作为公爵领地。帕特里克·勃朗特拿到学位，被任命圣职，先后在不同的地方担任助理牧师，后来定居在哈特谢德。

他在那里娶了一位康沃尔郡贸易商的女儿玛丽亚·布兰威尔，生下两个小孩，一个叫玛丽亚，一个叫伊丽莎白。接着他又被调到布拉德福附近的另一个助理牧师的职位上，勃朗特太太在这儿又生下四个小孩，分别叫夏洛蒂、帕特里克·布兰威尔、艾米莉和安妮。1820年，帕特里克·勃朗特先生被任命为英国北部约克郡霍沃斯村的“终身助理牧师”，年收入两百英镑。我们认为他的野心已经实现，他就在那边一直住到老死。他从未回爱尔兰看望留在家乡的父母和兄弟姐妹。

1821年他的妻子去世，他两三次企图再婚不成，大约一年后怂恿亡妻的妹妹伊丽莎白·布兰威尔离开她居住的彭赞斯，前来代他照顾小孩。

霍沃斯牧师公馆是一间教堂附近的小石屋，位于陡峭的山脊之处。地板和楼梯是石头砌的，到了冬天又冷又湿。布兰威尔小姐怕着凉，在屋里走动总是穿着木套鞋。楼下是客厅、勃朗特先生的书房、厨房和一间储藏室，二楼有四间卧室和一个休息室。除了客厅和书房，屋内都没铺地毯，窗户也没挂窗帘，因为勃朗特先生怕失火。勃朗特先生的书房有桃花心木的桌子和椅子，但其他房间只有稀稀落落的家具。房子前面有一片小花园，两侧则是坟场。放眼所及，四面尽是凄凉的荒野。

勃朗特先生喜欢在荒野中散步，走远路逛很长的时间。他怕跟人接触，除了附近的一位教区牧师偶尔顺着山丘下来拜访他，他只接见教堂执事和教区居民。妻子未去世前他就喜欢自己一个人在书房用餐，这个习惯终身未改。他在晚上8点宣读家庭祈祷文，9点锁上前门并加闩。他经过孩子们住的房间时，会嘱咐他们不要太晚睡，走到楼梯拐弯的地方会停下来给时钟上发条。他脾气暴躁，自私，“严厉又专横”。

他跟妻子结婚后，对她冷淡不理睬；他不喜欢小孩，孩子们打岔他很容易生气；他们体弱多病，但他希望他们强壮起来，别在意吃穿的享受；他自己不吃肉，也不许他们吃，他们像他童年一样主要吃土豆填饱肚子。他是赤贫的爱尔兰农夫之子，不让孩子们跟村中小孩来往。他们被赶到二楼冰冷的休息室，亦即“儿童书房”去静坐，只能看书或低声说话，免得打扰他。他生气的时候会绷着脸不讲话。他早上教孩子们功课，布兰威尔小姐跟他们在一起之后，则教他们做针线活或家务活。

他们在荒野徘徊，写剧本、诗、散文或传奇故事自娱。1824年，玛丽亚和伊丽莎白被送到新近成立、专教穷教士女儿的柯文桥修女学校，不久夏洛蒂和艾米莉也被送去。那个地方有碍健康，食物很差，管理也不称职。大姐二姐因此去世，夏洛蒂和艾米莉的健康也受影响，虽未立刻辍学，但不久就被带回家。她们此后所受的教育几乎都是姨妈给予的。她们读了不少书，阅读限于英文经典名作，包括莎士比亚和弥尔顿，还有夏洛蒂无论如何也不喜欢的波普，以及司各特、拜伦、华兹华斯、鲍斯韦尔、约翰生的《诗人传》以及摩尔的《拜伦传》。他们唯一读过的小说是司各特写的，夏洛蒂说：“读了他的小说之后，所有长篇小说都一文不值。”

儿子帕特里克·布兰威尔被视为家中最聪明的人，父亲对他远比三个女儿看重，不肯送他上学，费心亲自教他。这男孩很早熟，有天分，仪态也迷人。他的朋友F. H. 格伦迪对他描写如下：“他个头很小——这是他一生最伤脑筋的事情之一。他有一头浓密的红发，由额头高高往后梳——我猜是想增加一点身高吧；额头又大又高，看来很聪明，几乎占掉整张脸的一半；眼睛细小如雪貂，深深凹下去，眼镜从不取下来，鼻子突出，但下半截轮廓不明显。他经常低垂着眼睑，除了隔很久飞快瞄一眼，很少抬头望。身体又小又瘦，初看非常不吸引人。”他多才多艺，姐妹们都佩服他，指望他有大作为。他很健谈，说话才气焕发，大概遗传到某一位爱尔兰祖先的社交天赋，因为他父亲是沉默的闷葫芦。当有旅客来黑牛旅馆过夜，显得很寂寞的时候，店主会问他：“先生，你要不要找人陪你喝两杯？如果需要，我派人去叫帕特里克。”帕特里克·布兰威尔总是乐于去助兴。

十五岁时，夏洛蒂再度上学，这次是到伍勒小姐在罗海德办的学校读书。她在那边很快乐，但她只念了一年就回家教两个妹妹了。家里很穷，而且布兰威尔小姐仅有的一点小钱都要留给有趣的外甥，姑娘们的前途没什么指望。她们断定要赚钱糊口只有一个办法，就是自修将来当家庭教师或学校教员。帕特里克·布兰威尔年届十八岁，必须决定要干哪一行了。跟姐姐们一样，他有一点绘画天分，一心想当画家。后来大家决定他该到伦敦的皇家学院就读。他去了，而且在那边“挥金如土一个月”，然后辍学返回霍沃斯。他说服父亲给他在布拉德福开了一间画室，为当地人画肖像，以此谋生。可这也失败了，没什么人委托他作画。之后他在巴罗佛内斯的一位波斯尔思韦特先生家当他儿子的家庭教师。十个月后他又在利兹到曼彻斯特铁路的索沃比桥车站担任售票员。由于严重玩忽职守，他后来被解雇了。

这时候夏洛蒂已经回到伍勒小姐的学校当老师，把艾米莉也带去当学生。可是艾米莉想家想得厉害，大病一场，只得被送回家，由天性比较冷静、恭顺的安妮代替她。可是三年后夏洛蒂身体不行了——勃朗特先生努力要使孩子们强壮起来，但他们还是体弱多病——只好回到霍沃斯。

那年夏洛蒂二十二岁。帕特里克·布兰威尔不但叫人担忧，也很会花钱。夏洛蒂身体一好转，马上自觉有责任去托儿所当保姆，那种工作她其实不喜欢。事实上，她们姐妹都跟父亲一样不喜欢小孩。她写信给一位亲密的朋友说：“拒绝这些孩子的无礼亲近可真够难的。”她痛恨寄人篱下，一直留心有没有人冒犯她。由她的信件来判断，有些事雇主们自然而然以为有权叫她做，她却似乎指望人家特意开口求她帮忙。她干了三个月就离开，回到牧师公馆，大约两年后又接了另一份差事，还算快乐，不过她写信给同一位朋友说："只有我自己知道家教保姆的生活在我眼中是多么艰辛——因为只有我知道自己的整个心灵和天性对这项工作是多么憎恶。"

她早就考虑要跟两个妹妹一起办学校，如今又重拾旧念；她的雇主们似乎是和善又高尚的人，他们鼓励她，但却建议她应该先取得某种资格才有希望成功。她会看法文书，却不会说法语，也不懂德文，于是她决定出国学法语。她的姨妈先垫钱给她，她在妹妹艾米莉的陪同下前往布鲁塞尔，成了黑格寄宿学校的学生。十个月后，姨妈布兰威尔小姐生病，两姐妹奉召回英国。后来姨妈去世，外甥帕特里克·布兰威尔因行为不检而被取消继承权，遗下的一点钱就留给了三个外甥女。这些钱已够她们实现长期讨论的办学计划。父亲年纪大了，视力也愈来愈差，于是她们决定把学校设在牧师公馆。夏洛蒂觉得自己的经验还不够，就接受黑格先生的邀约回布鲁塞尔教英文。安妮正在当保姆，艾米莉留在家中。夏洛蒂在布鲁塞尔待了一年，回到霍沃斯后，三姐妹发出招生简章；夏洛蒂还写信给朋友们，请人家帮忙宣传她们正要办的学校。可惜没有学生上门。

她们从小就勤于写作，1846年她们三个分别用柯勒·贝尔、埃利斯·贝尔和阿克顿·贝尔为笔名自费印行了一册诗集。一共花掉五十英镑，结果只售出两本。接着她们各写了一部小说：夏洛蒂（柯勒·贝尔）的作品叫《教师》，艾米莉（埃利斯·贝尔）的作品叫《呼啸山庄》，安妮（阿克顿·贝尔）的作品叫《艾格尼斯·格雷》。她们先后被许多出版商回绝，夏洛蒂的《教师》最后寄到史密斯·埃尔德公司，退回时附了一封信说，她若写一部长一点的小说，他们会考虑。她当时正在写一部较长的作品，一个月内就寄到了出版商那儿。他们接受了。书名叫《简·爱》。

艾米莉和安妮的小说最后也被一位叫牛拜的出版商接纳，“条件在两位作者看来真够寒酸”。她们改正校样时，夏洛蒂还没将《简·爱》寄给史密斯·埃尔德公司。《简·爱》出版后，书评不看好，读者却很喜欢，结果成了畅销书。这时候牛拜先生将《呼啸山庄》和《艾格尼斯·格雷》一起出成三册，他想骗大众这两部作品是《简·爱》的作者写的。不过《呼啸山庄》和《艾格尼斯·格雷》没给读者留下好印象。说真的，有不少批评家以为那是柯勒·贝尔早期不成熟的作品。

时为1848年。现在我们再往回推一点：1842年，帕特里克·布兰威尔被一位有钱的教士埃德蒙·罗宾逊先生聘为家庭教师，当时安妮也在那家当保姆。罗宾逊先生年老卧病在床，太太相当年轻。虽然她比帕特里克·布兰威尔年长十七岁，但帕特里克却爱上了她，她也对他生出了情愫。别人只微妙地暗指他们的关系，所以实在不知道他有没有变成她的情人。反正不管怎么样，他们被发现了。

罗宾逊先生叫帕特里克·布兰威尔打包回家，并命令他："永远别再见孩子们的母亲，永远别再踏进她的家，永远别写信给她或跟她说话。"帕特里克·布兰威尔"狂怒、咆哮，发誓没有她就活不下去；大声指责她不该留在丈夫身边；还祈祷病老头赶快死掉，他们会很开心"。帕特里克·布兰威尔一向酗酒成性，如今伤心忧虑，竟吃起鸦片来。

不过看样子他另有办法跟罗宾逊太太通消息，他离职几个月后，两人还在哈罗门见了面。"据说她提议一起私奔，不惜丧失她一切的权势、地位。帕特里克·布兰威尔反而劝她要有耐心，再等一段日子。"突然，他收到一封信，得知罗宾逊先生去世了。"他一路跳舞到教堂墓地，像疯子一样；他实在太喜欢那个女人了。"有人告诉艾米莉的传记作者玛丽·罗宾逊。

"第二天早晨，他起床后精心打扮，准备远行。可是他还没从霍沃斯出发，就有两个人快马加鞭赶到村子里。他们派人来找帕特里克·布兰威尔过去，他兴奋至极抵达碰面地点，有一位骑士下了马，陪他一起走进黑牛旅馆。"那人拿出一封新寡妇的字条，请他不要再接近她，说她只要再见他一次，就会失去财产和小孩的监护权。帕特里克·布兰威尔借酒浇愁，一直喝到醉死。

当他知道死神将至的时候，想站着断气，坚持要从床上起来。他只在床上躺了一天就去世了。夏洛蒂非常难过，大家只好把她带走，但她父亲、安妮和艾米莉一直看着帕特里克·布兰威尔站起来，挣扎二十分钟后死亡，如其所愿， 是站着断气的。我要提醒读者，帕特里克·布兰威尔恋爱与死亡的故事是从几位可能知道事实的人那里收集来的；可是事隔多年，为英国《国家人物传记大辞典》撰写勃朗特家族事迹的作者却说没有这回事。他若多一点想象力，对帕特里克·布兰威尔少一点偏见，也许就不会这么肯定了。

自帕特里克·布兰威尔去世后那个礼拜天开始，艾米莉从未踏出家门。她得了重病。夏洛蒂写信给一位朋友说：“她缄默的性格使我非常非常不安。问她也没用，得不到任何答案。推荐的治疗方法也无济于事，她从来不采纳。”家人请医生来，她不肯见。她不诉苦，不要人同情，也不要人帮助。有人试着帮她，她反而愤愤不平。有一天早上，她像平常一样起床，穿好衣服开始干针线活儿。她呼吸短促，眼神呆滞，但仍继续工作，后来病情一直恶化，中午她要求找医生。可惜一切都太迟了。两点钟，她去世了。安妮也在几个月后死亡。

自帕特里克·布兰威尔去世到艾米莉去世的这段日子里，夏洛蒂正在写另一部小说《谢利》，但她暂时收起来照顾生病的安妮，安妮死后她才把这本书写完。她于1849年和1850年前往伦敦，颇受推崇。有人为她引见著名作家萨克雷，还找了乔治·里奇蒙给她画肖像。1853年，她写了《维莱特》一书，1854年结婚。先前有人提过几次亲事，是她父亲的助理牧师，因为父亲身体每况愈下，不得不在教区找帮手。但艾米莉会给追求者泼冷水（因为她应付他们非常有效，姐妹们称她为“少校”），而她父亲也不赞成，所以她全部回绝了。不过她最终还是嫁给了父亲手下的助理牧师。此人喜欢她好几年，如今艾米莉去世，她父亲也辞了职，她终于接纳了他。他们在6月结婚，来年3月她死于分娩。

帕特里克·勃朗特牧师埋葬了妻子、亡妻之妹和六个儿女之后，只能照他喜欢的孤独方式一个人用餐，体力渐弱，在荒野能散步多远就走多远，看看书，宣读布道文，回房睡觉的半路上拨拨时钟。有一张他老年时的照片：穿着黑西装，脖子上围个大大的白领巾，白发剪得短短的，眉头很好看，鼻子又大又挺，嘴巴绷紧，镜片后面是一双暴躁易怒的眼睛。他八十四岁死在霍沃斯。

我撰文介绍艾米莉·勃朗特的《呼啸山庄》，却谈了这么多跟她父亲、她哥哥和她姐姐夏洛蒂有关的事，可不是没有用意的——在谈论这一家人的书籍中，我们听这几位的事听得最多。艾米莉和安妮很少被牵扯进来。安妮是一个温和漂亮的小姑娘，但无关紧要，她的才华不高。艾米莉完全不同。她可是一个古怪、神秘、阴森森的人。从未有谁当面见到她，看到的都是荒野池塘映出的倒影。你必须从零零落落的影射和散列的逸事中猜想她是一个什么样的女人。她很清高，是个冷酷、叫人不安的人；她在荒野散步时偶尔会放纵地雀跃狂喜，你若听见了，可能会觉得很不自在。夏洛蒂有朋友，安妮有朋友，艾米莉一个朋友都没有。

玛丽·罗宾逊形容她十五岁的时候是“手臂很长的高挑女孩，发育成熟，步履轻快；苗条的身材若穿上她最好的衣裳，简直有女王风采。但她无精打采地在荒野行走，对狗吹口哨或大步走过崎岖的地面时就显得散漫如男孩。一个高高瘦瘦、行动灵活的女孩——长得不丑，但五官不规则，肤色苍白。她的深色头发美得很自然，后来有人见她用一把梳子将头发松松束于后脑勺。但1833年她又留起了紧密的发卷，似乎不太适合她。她有一双美丽的淡褐色眼睛”。

她跟父亲、哥哥和姐妹们一样戴眼镜，鹰钩鼻，嘴巴大大的，面部表情丰富。她穿衣不顾时尚，羊腿袖早就没人穿了她还穿着；直直的长裙紧贴着她过瘦的身子。她讨厌布鲁塞尔，朋友们尽量善待她们两姐妹，请她们到家里来过星期天和假日。但她们很害羞，去做客对她们反而是一大折磨。过了一段时间，朋友们觉得不请她们还仁慈些。她们会害羞很自然；她们幽居长大，不太有社交经验。不过害羞是一种有点复杂的心理状态，其中含有缺乏自信的成分，但也含有自负，至少艾米莉不能摆脱这一点。

在学校的休闲时段，两姐妹经常一起散步，但总是默默无语。有人跟她们说话，总是夏洛蒂回答。艾米莉难得跟任何人讲话。黑格先生认为她头脑灵活，但很固执，若有碍她的愿望或信念，她什么理由都不肯听。他觉得她以自我为中心，过于苛求，对夏洛蒂很专横。但他看出她有不寻常的地方，她应该生为男人才对，他说：

“她坚强又蛮横的意志遇到任何反对或困难都不会退缩；除非死亡绝不让步。”

姨妈去世后，艾米莉回到霍沃斯。从此她没再离开过。

她早上比别人起得早，会赶在年老体衰的女佣泰比下楼前做完一天当中最繁重的活儿。家人的衣物由她熨烫，做饭也大都由她承担。她做的面包很好吃。她常一边捏面团一边看眼前撑起的书本。

“跟她一起在厨房干活的人——忙时被找来帮忙的年轻女孩子——记得她手边常放一张纸条、一支铅笔，她做饭或熨衣服若有休息的空当，就匆匆写下一些急切要记的想法，然后继续干活。她对这些女孩子总是很友善、很热情。提供我资料的人说：‘她很快活，有时候像男孩子一样风趣好玩！她和蔼可亲，有点男性气概，但对陌生人非常胆怯，如果屠宰商的小厮或烘焙店的男子来到厨房门边，她立刻像小鸟般躲进走廊或客厅，直到听见他们鞋子的平头钉沿小路踩过去才肯出来。’”我想她在同时代人眼中显得古怪的许多举动，今天心理分析学家一定能够了解。

有人告诉夏洛蒂·勃朗特的立传者盖斯凯尔夫人：艾米莉“从未对任何人表示过关心；她的爱完全留给了动物”。她喜欢动物野性强、难驾驭的样子。有人送她一只名叫“管家”的牛头犬，盖斯凯尔夫人讲了一件跟这只狗有关的奇事。我照她的话引述如下：

“‘管家’对朋友们忠贞入骨；但是谁若用棍子或鞭子打它，一定会引发它无情的兽性，立刻扑向那人的喉咙，斗个你死我活。

‘管家’的缺点是喜欢偷偷上楼，把结实的黄褐色四肢舒舒服服摊在铺有雪白床单的床铺上。牧师公馆布置得干干净净，‘管家’的这种习惯实在令人讨厌。艾米莉听了泰比的牢骚，就宣布它若再犯规，她一定不顾大家的警告和这只狗出了名的凶性，亲自狠狠打它一顿，让它不敢再犯。

“一个秋日黄昏，泰比半得意半颤抖但却怒气冲天地进来告诉艾米莉：‘管家’正躺在最好的一张床上昏昏欲睡，舒服得很呢。夏洛蒂看见艾米莉面孔发白，嘴唇紧闭，但不敢开口说什么；当艾米莉的双眼在苍白的脸上露出凶光，嘴唇压缩如石头，谁也不敢管闲事。她上楼，泰比和夏洛蒂站在下面幽暗的走廊，四周满是暮色的暗影。

“艾米莉拖着不情不愿的‘管家’下楼了，‘管家’后腿沉重地抗拒着，颈背被人揪住，一直低声激烈地嚎叫着。旁观者想说话却又不敢，怕分散艾米莉的注意力，一时无法提防这头狂怒的畜生。她放开‘管家’，让它站在楼梯底的黑暗角落。她没时间去拿棍子，怕大狗扼住她的喉咙，就握起拳头，趁它还来不及跳起，赤手空拳地打它凶猛发红的眼睛。套一句赛马场的话来说，她狠狠‘修理’它，直到它两眼肿胀，半失明恍恍惚惚地被牵到它住惯的窝里，由艾米莉亲手为它鼓鼓的脑袋热敷和疗伤。”

夏洛蒂这么描写她：“她确实公正客观又精力充沛；如果她不如我希望中那么温驯、那么容易接受信念，我千万要记得人不可能十全十美。”

夏洛蒂显然不太知道《呼啸山庄》是怎么写出来的；她全然不知道妹妹已写出创意惊人的作品，就连她自己的作品也相形失色。她自觉该为《呼啸山庄》道歉。有人提议重新出版这本书，她答应负责编辑工作。“我也强迫自己重读一遍——妹妹死后我是第一次打开这本书。她写得气势磅礴，让我再一次感到佩服。但我的心情很沉重：读者简直没法体验到纯粹的乐趣，每一道阳光都是透过一条条险恶的乌云洒下来的，每一页都充斥着一种道德上的磁力；作者对这一切浑然不觉——她无论如何都没法意识到这一点。”

还有，“如果她作品的审核员阅读原稿，被书中人本性如此无情又不宽容吓得发抖——为这些灵魂如此失落和沉沦而颤抖；如果有人抱怨光听听其中某些生动又可怕的场景就会彻夜难眠，白天心灵也不得安宁，埃利斯·贝尔（艾米莉的笔名）会纳闷是什么意思，会怀疑抱怨者矫揉造作。她若还活着，她的思想会像一棵强壮的树一样自己成长——更高、更直、蔓延更广——成熟的果实会更醇、更熟，花开得更灿烂；可是只有时间和经验能对她的思想发生作用，其他的才智影响是不会改变它的。”

我们认为夏洛蒂对妹妹了解不多。《呼啸山庄》是一部非凡的作品，是很糟的一本书，也是很好的一本书。它很丑陋，却含有美，是一本让人可怕、使人痛苦、充满激情的书。有人认为，一个过着隐居的单调生活、认识人很少，也不识世事的牧师女儿不可能写出这么一本书。我觉得很荒谬。《呼啸山庄》极其狂野，极其浪漫。如今浪漫主义避开了写实主义的耐心观察，恣意让想象力狂飙，时而热忱时而忧郁，沉迷在恐怖、神秘、可怕的激情和暴力行为中。考虑到我曾指出的艾米莉·勃朗特的性格，以及我们凭资料猜得出的凶猛、压抑的热情，《呼啸山庄》正是我们料到她会写的那种书。

但从表面看来，《呼啸山庄》更像她的无赖哥哥帕特里克·布兰威尔可能写的那种书，很多人相信整本书或者一部分内容是他写的。弗朗西斯·格伦迪便是其中之一，他记述道："帕特里克·布兰威尔向我宣称，《呼啸山庄》大半由他写成，他姐姐的话可为佐证……我们以前在路登顿特长途散步的时候，他常给我讲患病天才的怪异幻想，这些内容都出现在了小说当中，我相信书中情节是他想出来的，不是他妹妹。"

有一次，帕特里克·布兰威尔的两个朋友迪尔登和里兰德约好在通往基思利路上的一家客栈跟他碰头，互读诗作；大约二十年后，迪尔登给哈利法克斯《卫报》的信函如下：

"我读了《魔后》第一幕。帕特里克·布兰威尔以为帽子里放有诗稿，就伸手去掏——帽子是他装纸屑的容器，发现里边错放了几页他正尝试写作的一部长篇小说的文稿。他懊恼自己扫了大家的兴，连忙动手把纸张放回帽子里。我们恳切地要求他朗读，因为我们好奇想看看他如何挥动小说家之笔。他犹豫一番后答应了我们的要求。他专心读了一个钟头左右，读完就一张张丢进帽子里。念到一个句子中间，故事猝然中断，他口头告诉我们结局，以及书中人物原型的真实姓名。可是因为有些人还活着，我忍着不公之于众。他说他的作品书名未定，生怕没法遇到有胆识的出版家将它公开出版。帕特里克·布兰威尔朗读的片断场景以及里面所介绍的人物，跟夏洛蒂·勃朗特信心十足咬定为妹妹艾米莉作品的《呼啸山庄》一模一样。”

这可能是一派胡言，也可能是真话。夏洛蒂瞧不起弟弟，而且在不违反基督教慈悲的情况下憎恨他；但我们知道，基督教慈悲一向能容忍不少善良正直的恨意，夏洛蒂未获证实的这番话，我们难以采信。许多人往往会说服自己相信他们想相信的东西，她大概也是如此。上述说法很详尽，任何人没有特殊理由竟会捏造这种话，未免太奇怪了。这该如何解释呢？根本没有答案。

有人暗指前四章是帕特里克·布兰威尔写的，后来他因为酗酒和吸食鸦片而放手，艾米莉便接过去并完成了。他们举出的论据是，这几章比小说其他部分写得不自然。我倒看不出来。整部书都是用业余人士易采取的浮夸而迂腐的风格写成，文笔拙劣。我们要记得，艾米莉·勃朗特以前没写过书，业余人士坐下来写作的时候会以为一定要用宏伟的文字，不能用一般的词汇。故事的主体部分由约克郡的一个女仆叙述，但是所有语句却和她的身份极不相符。也许艾米莉·勃朗特自己也察觉到她正在借迪恩太太之口说出此人不太可能知道的字句，为了解释这一点，就让她说她在帮佣期间有机会读了不少书。

即便如此，迪恩太太的那种故弄风雅的言辞依然令人吃惊。她从来不说“我想试着……”，而是说“我尝试着……”或者“我试图……”；她不说“走出房间”，而是说“从房间中离去”；她不说“碰见”某人，而是说与某人“邂逅”。我认为，写头几章的必然也是其他篇章的作者，如果说前面几章的写法更自大，我猜那也是因为艾米莉企图以此来证明洛克伍德是一个愚昧、自负的年轻人，而她的这种尝试做得还算成功。

我曾在某个地方读到一项臆测：如果小说开头是帕特里克·布兰威尔写的，那他本来的打算是要让洛克伍德在情节中占有更大的比重。书中确实暗示他被小凯瑟琳吸引，他若爱上她，情节显然会更复杂。实际上，洛克伍德只是讨人嫌的家伙。小说的结构相当别扭。不过这一点令人惊讶吗？艾米莉·勃朗特以前没写过小说，她有个牵涉两代人的复杂故事要说。这种事很难处理，因为作者必须使得两套人物和两套事件的叙述和谐统一；必须小心翼翼不让其中一套的兴味把另一套弄得黯然失色；还得把多年的时移世易压缩到读者全面一瞄就能接受的一段时间内，就像人站在高处综观一幅大壁画一样。

我想艾米莉·勃朗特并未特意想出要怎么样让散乱伸展的故事产生和谐统一的印象，但我猜她一定曾纳闷要怎么让它连贯，而她可能觉得最好的方法就是由其中一个人物向另一个人物叙述长长的连串事件。这是很方便的叙事方法，不是她发明的。我刚才指出过，这种叙事方法的短处是叙述者必须说一大堆事情，例如场景的描写之类，这是心智健全者不会想要做的事，对话模式几乎不可能维持。当然啦，你若有个叙事者（迪恩太太），就得有个聆听者（洛克伍德）。经验老到的小说家可能会找到更好的方法来诉说《呼啸山庄》的故事，但若说艾米莉·勃朗特使用上述办法是因为她仰赖别人的创造来写作，我可不相信。

不仅如此，当你斟酌艾米莉·勃朗特极端且不正常的害羞与缄默时，很可能料到她会用这个手法。有什么别的选择呢？

一个办法是由全知的视角来写这部小说，例如乔治·艾略特的《米德尔马契》①和福楼拜的《包法利夫人》②就是这种写法。把这个骇人听闻的故事当作她自己的创作来诉说想必会大大震撼她严厉、不妥协的正直天性；而且她若这么做，几乎没法避免叙述主角希斯克利夫离开呼啸山庄所度过的几年，亦即他设法受教育和赚钱的岁月。她根本不知道他是怎么过的，所以她没法叙述。作者要读者接受的事实很难令人信服，她只管说出来不再多解释什么。

① 《米德尔马契》（*Middlemarch*）是英国著名女小说家乔治·艾略特（George Eliot，1819—1880）的作品。

② 《包法利夫人》（*Madame Bovary*）是法国著名小说家居斯塔夫·福楼拜（Gustave Flaubert，1821—1880）的作品。这部小说亦列入本书毛姆所选的“世界十大好小说”。

另一个选择是由迪恩太太之类的向艾米莉·勃朗特叙述这个故事，然后以第一人称来告诉读者；但我想这样也会使她和读者的接触太密切，不是她紧张敏感的天性所能承受的。故事开头由洛克伍德叙述，由迪恩太太向洛克伍德透露，她自己躲在双重面具后面。帕特里克·勃朗特牧师告诉盖斯凯尔夫人一个故事，与此前后对照来看意味深长。孩子们小时候，他想找出他们因害羞而未能为他所见的一些本性，就叫每个人轮流戴上一个旧面具，在面具的掩护下他们可以更自在地回答父亲所提出的问题。他问夏洛蒂世上最好的书是什么，她回答说是《圣经》。他问艾米莉他最好用什么方法对待她那棘手的哥哥帕特里克·布兰威尔，她说："跟他讲理，他不听就鞭打他。"

艾米莉写这部气势磅礴又恐怖骇人的书，为什么需要隐藏自己呢？我想是因为书中揭露了她内心深处的本性。她深深探测自己内心寂寞的底层，在里面看到了不能揭露的秘密，而作家的冲动却驱使她不得不把这些秘密遮遮掩掩地讲出来，以此卸下心中的负担。她父亲常说起青年时代在爱尔兰的怪诞故事，她在比利时上学期间开始读霍夫曼①的故事，听说她回到牧师公馆，坐在火炉边的地毯

① 霍夫曼（Ernst Theodor Wilhelm Hoffmann，1776—1822），德国小说家、音乐家、画家。法国音乐家奥芬巴赫从其童话小说《金罐》（*Der goldene Topf*）第三篇故事中，剖析自现实的缝隙窥出霍夫曼心中奇异幻想的世界，并以此题材完成脍炙人口的歌剧《霍夫曼的故事》（*The Tales of Hoffmann*）。

上，手臂搂着“管家”的脖子，还继续读那些书，听说她的想象力就是被这些故事点燃的。

夏洛蒂曾认真地说明过：尽管艾米莉听到许多跟周围人有关的事，但她本人跟那些可能让人想起书中角色的人物并没有什么交往。我愿意相信这是真话，我愿意相信她在德国浪漫作家的神秘和恐怖故事中发现了一些吸引她自己狂热性格的东西；但我认为她是在自己灵魂深处找到了希斯克利夫和凯瑟琳·恩萧这两个主角。也许林顿和他妹妹、恩萧之妻和希斯克利夫之妻等小角色，亦即她嫌其软弱而轻鄙的对象，她是借自己认识的人找到暗示的，但读者很少称赞一位作家有创造力，她也可能是由自己专横而睥睨一切的想象力创造出这些人物的。我想她自己就是凯瑟琳·恩萧，狂野、波涛万丈又热情；我想她也是希斯克利夫。

她把自己放进书中的两位主角身上是不是很奇怪呢？一点也不奇怪。我们没有一个人是全然统一的；不止一个心灵驻留在我们体内，局促不安地跟其他灵魂伙伴在一起。小说作家的特性就是有能力把构成整个他的几重人格角色具现为书中不同的人物；其不幸在于书中人物无论对于故事多么不可或缺，作者都没法写活不含他自己一部分的书中人物。作家写第一部小说——像《呼啸山庄》这样——不但把自己当主角没什么稀奇，主题有点自我实践的意味也不稀奇。于是作品变成了孤寂散步或夜晚失眠时的冥想忏悔录，把自己想象成圣人或罪人、大情圣或大政治家、英勇的将军或冷酷的杀手。正因为大多数人的冥想中有许多荒谬的成分，所以大多数作家的第一部小说有不少无稽之谈。我想《呼啸山庄》正是这样的自白。

我想艾米莉·勃朗特把整个自己放在了希斯克利夫这个人物身上。我想她把自己狂野的热望、自己激烈却受挫的情欲、自己未满足的激情、自己的嫉妒、自己的恨和对人类的轻蔑、自己的残酷、自己的虐待狂特质都给了他。读者应当记得她曾赤手空拳痛殴她疼爱甚于人的爱犬脸部。夏洛蒂的朋友艾伦·纳西说过另一件奇事：“她喜欢领着夏洛蒂到她自己怎么也不敢去的地方。夏洛蒂很怕她没有见过的动物，艾米莉最爱带她到近郊，然后告诉她刚才做了什么事、如何做的，笑她胆小，并以此为乐。”

我想艾米莉以希斯克利夫那种男性的、纯兽性的爱来爱凯瑟琳·恩萧，她化身为希斯克利夫猛踢猛踩辛德雷·恩萧先生，一再拿他的脑袋去撞石板，我想她一定在笑，就像她嘲笑夏洛蒂胆小害怕一样；她化身希斯克利夫打小凯瑟琳的脸，一再羞辱她，我想她也在笑；当她欺凌、辱骂、恫吓她所创造的人物时，一定会有一种解放的快感，因为现实生活中她在同胞面前受尽了屈辱。她兼演两角，化身为凯瑟琳时虽然对抗希斯克利夫，虽然瞧不起他，虽然知道他是坏人，她还是以身体和灵魂来爱他，欣喜自己对他有魔力，觉得他们是至亲（我猜他们俩都是艾米莉·勃朗特的化身，如果我猜得没错，他们真的是至亲）。由于虐待狂往往也有点受虐狂的成分，她深深着迷于他的暴力、他的残酷和不驯的天性。

但我已说得够多了。《呼啸山庄》不是一本给人谈论的书，是一本给人阅读的书。挑毛病很容易：此书非常不完美；但它拥有极少小说家能给你的东西，那就是力量。我没见过一部小说描写爱的痛苦、狂喜、狠心、执着描写得这么令人着魔，16至17世纪的西班牙画家埃尔·格列科（El Greco）有一幅伟大的名画：雷霆大作的乌云下，景色阴暗荒瘠，颀长消瘦的人体呈现扭曲的姿态，被一股阴森森的情绪魅惑，屏息不敢吐气；一道闪电划过铅灰色的天空，使场景带有一股决绝的神秘恐怖的气氛。《呼啸山庄》就让我想起那幅画。

第七讲

居斯塔夫·福楼拜及其《包法利夫人》

Gustave Flaubert（1821—1880）: Madame Bovary

包法利夫人就是我！

——居斯塔夫·福楼拜

居斯塔夫·福楼拜是非常不平凡的人，法国人认为他是天才。但今天“天才”一词用得很不严谨：《牛津英语大词典》将之形容为一种想象创作、原创性思考、发明或发现的本能的非凡能力。与“才华”一词相比较，天才是靠本能的自发活动得到成果，不是靠可以清楚分析的过程来达到。照这个标准看来，一个世纪可能只产生三四位天才，用这个词来指创作悦耳曲调的作曲家、能写鲜活喜剧的作家或创作迷人图画的画家不免会使人对这个词产生怀疑。这些人各有出色的地方，也许画得很好，写得很好，作者也许颇有才华——才华是好东西而且很稀有，但天才又是另外一回事了。若硬要我说出20世纪产生了什么天才，我能想起的只有爱因斯坦一个。19世纪则天才较多，但福楼拜能不能算是拥有这种特殊天赋的人，读者不妨记住词典上的定义，你们应该可以自己来判断。

有一点是毋庸置疑的：福楼拜创造了现代写实主义的小说，直接或间接影响了从他那个时代至今的一切小说作家。托马斯·曼[①]写《布登勃洛克一家》的时候、阿诺德·本涅特写《老妇人的故事》的时候、西奥多·德莱塞写《嘉莉妹妹》的时候，都是效法福楼拜的。我们认识的作家没有一位这么热烈和坚强不屈地努力献身于文学的艺术。他不像大多数作家，虽把文学当作最重要的活动却容许其他活动来栖息心灵、恢复体力或充实知识。他不觉得活下去是人生的目标，对他而言人生的目标是写作：福楼拜为创作艺术作品而牺牲人生乐事的雄心让人叹服，即使是再虔诚的僧侣，也做不到像他那样心甘情愿为上帝的爱牺牲世间的欢乐。

一个作家能写出什么样的作品，要看他是什么样的人而定，所以我们不妨尽可能探查他的个人历史。对福楼拜而言，这一点特别重要。他于1821年生于法国鲁昂，父亲是一家医院的院长，与妻儿一起住在医院。那是个幸福、受敬重又富足的家庭。福楼拜跟同阶层的其他法国男孩一样快乐成长，正常上学，跟其他孩子交朋友，功课做得不多却看了不少书。他容易激动，想象力又丰富，生性敏感的人终身甩不掉的内在孤寂感，他跟许多其他孩子一样深深感受到了。

他写道："我十岁入学，很快对人类产生深刻的憎恶。"这不只是俏皮话，他是说真的。他从少年时代起就是个悲观主义者。没

① 托马斯·曼（Thomas Mann，1875—1955），德国小说家、散文家，1929年诺贝尔文学奖得主，另有代表作《魔山》。

错，当时浪漫主义正达到高峰期，悲观主义盛行；福楼拜的学校有一个男生对着脑袋开枪自杀，另一位用领带上吊。可是福楼拜有舒适的家、慈祥的父母、宠爱他的姐姐和他热爱的朋友，我们不太懂他为什么真的觉得人生难以忍受、周围人惹人憎恨。他身体健康、强壮，发育良好。但福楼拜的悲观确实不是装出来的，也不能归因于外国的影响，他天生就是一个悲观厌世的人。

他十五岁那年发生一件事，影响了他的整个人生。他们一家人到当时只有一家旅社的海边小村特鲁维尔避暑，发现有个带点投机性格的出版商莫里斯·施勒辛格带着妻子暂住在那儿。福楼拜对施勒辛格太太的刻画值得转述一下："她个子很高，是浅黑发色的白种人，一头顺直的黑发一缕缕垂在肩膀上；鼻子是希腊式的（希腊鼻是比较完美的鼻型，其特点是鼻梁比较高，鼻头微微上翘），眼睛炯炯有神且饱含激情，眉毛很浓且弧线很迷人，皮肤红润，体态苗条优雅，棕色带紫的喉咙处能看见蓝色的血管弯弯曲曲流过。此外她的上唇有细毛，使她的面孔带有男性化和活力充沛的表情，连金发碧眼的美人儿也要相形失色。她说话很慢，声音抑扬顿挫，柔和而富有音乐感。"我一直犹豫要不要把"pourpré"这个法文字译成"紫色"，因为听来实在不太有诱惑力，但译出来就是如此。我想福楼拜用这个字时，是忆起龙萨[1]最有名的诗，但却没想到用来

① 龙萨（Pierre de Ronsard，1524—1585），法国著名的爱情诗人。

描写女性的喉部会给人什么样的印象。

他疯狂爱上了这位女子。她当时二十六岁，正在抚育一个婴儿。但福楼拜胆子很小，若非她丈夫是个风趣又开心的家伙，很容易跟人交朋友，他连跟她说话都没勇气呢。莫里斯·施勒辛格常常带他去骑马。有一回，三个人一起乘船航行。福楼拜和伊莉莎·施勒辛格并肩坐着，肩膀相接，她的衣服触及他的手；她以低沉甜美的嗓音说话，但他心里乱得像一团麻，她说的话他一个字都记不得。夏天过去了，施勒辛格一家人走了，福楼拜一家则回到鲁昂，福楼拜回学校上课。他一生最重要、最持久的激情开始了。两年后他回到特鲁维尔，听说她来过又走了。当时他十七岁。他觉得先前他心情七上八下，没法真正爱她；如今他对她的爱截然不同；怀着男性的欲望，她不在眼前只会加深他的热情。他返家之后，重新写他之前着手的《狂人回忆录》一书，叙述他爱上伊莉莎·施勒辛格那年夏天的故事。

他十九岁那年，父亲为庆祝他毕业，送他和一位克劳盖医生结伴到比利牛斯山区和科西嘉岛旅行。当时他已完全长大成人。同龄人都说他宛如巨人，其实他还不到六英尺高，若是在美国加利福尼亚州或得克萨斯州，人家会把这种身高的男人叫作娇小的汉子；他体形瘦削，仪态优雅，黑睫毛罩着海青色的大眼睛，长长的美发落在肩头。当时认识他的一个女人四十年后说他美如希腊神像。由科西嘉岛返程的路上，两位旅行者在马赛停留。有一天早上福楼拜游泳回来，发现一个女人坐在旅馆庭院里。她很年轻，懒洋洋的媚态十分迷人，福楼拜跟她打招呼，两人交谈起来。她叫尤拉莉亚·傅科，正等着到法属圭亚那和她的军官丈夫会合。那天晚上福楼拜和尤拉莉亚·傅科一起度过，照他自己的说法，那夜是火辣辣的热情之夜，美得像雪地里的落日。他离开马赛，从此没见过她。这是他第一次有此类体验，印象非常深刻。

这段插曲过后不久，他前往巴黎研究法律，不是真心想当律师，而是不得不选个职业。他在巴黎很无聊，厌烦法律书籍，也讨厌大学生活，而且瞧不起其他同学，嫌他们平庸，嫌他们做作，嫌他们有小资产阶级的品位。这段时期他写了一本中篇小说，名叫《十一月》，描述他跟尤拉莉亚·傅科的短暂奇遇。但他对女主角的描述为：双眼亮晶晶，眉毛又弯又高，上唇有泛蓝的细毛，脖子又圆又白，完全像伊莉莎·施勒辛格。

他到出版商办公室拜访，又跟施勒辛格夫妇搭上了线。施勒辛格每星期三在他的公寓宴客，某一次他邀请福楼拜去参加。伊莉莎美丽如昔。上回她看见福楼拜的时候，他是笨手笨脚的年轻人，如今他已是恳切、热情又英俊的男人了。没过多久她就发现这个男人爱上了自己。他很快与他们夫妻熟络起来，固定在星期三到他们家用餐。他们还一起做短程旅行。但福楼拜腼腆如昔，一直没有勇气公开他的爱情。最后他终于表白了，生怕她生气，结果她并未生气，只是拒绝当他的情妇。

她的事情也很令人费解。1836年福楼拜遇见她的时候，他和别人都以为她是莫里斯·施勒辛格的妻子；其实她不是。她的丈夫名叫埃米尔·朱迪亚，朱迪亚惹祸上身，施勒辛格拔刀相助，拿出足够的钞票让他免于被起诉，条件是朱迪亚必须离开法国，放弃他的妻子。朱迪亚照办了，于是施勒辛格和伊莉莎·朱迪亚同居了。当时法国还不能办离婚，1840年朱迪亚死后他们才结婚。据说埃米尔·朱迪亚虽然不在自己身边，后来又死了，但伊莉莎仍然爱他。也许这段旧爱加上不忍背叛收留她又跟她生下一个小孩的恩人，她才不肯顺从福楼拜吧。但福楼拜很热情，最后终于说服她在某一天来到他的公寓；他焦虑至极地等待她，长久的真情好像终于要得到报偿了。但是她没有露面。

到了1844年，又发生一件对福楼拜有重大影响的事情。某个黑漆漆的夜晚，他跟哥哥驾车探访母亲的一处产业之后回到鲁昂。比他大九岁的哥哥跟父亲选了相同的行业。突然，福楼拜毫无预兆地“感觉自己身上一阵发热，失去了知觉，像掉进陷阱底部的石头一样摔倒在地”。他恢复知觉时，浑身是血；哥哥已把他扛进附近的人家，为他放血。他被带到鲁昂，父亲再为他放血一次。他们给他服缬草和木蓝，不许他抽烟、喝酒和吃肉。有一段时间，他持续发作了好几回。每次发作后他都精疲力竭，神经系统处于狂热紧张的状态。这种病被人说得神秘兮兮的，医生们从各种不同的观点加以讨论。有人坦白说是癫痫症，他的朋友们就持这种看法；他的外甥女在其回忆录中刻意不提这件事；身为医生且曾写过有关福楼拜重要评述的雷内·杜梅尼勒先生则认为，福楼拜得的不是癫痫症，而是所谓的“癔症性癫痫”，我想他内心深处认为承认一个杰出的作家是癫痫症患者多多少少会减低其作品的价值吧。

他发病，家人也许并不完全感到意外。据说他曾告诉莫泊桑，他十二岁那年第一次出现幻听和幻视症状；十九岁父亲送他远游便是与医生同行，既然改变场景是他父亲后来采取的疗法之一，很可能他已经患过神经疾病之类的。福楼拜从小就觉得自己跟他接触的其他人不一样。他少年时代即有奇怪的悲观想法，起因很可能是当时已有神秘疾病影响其神经系统。反正他现在面对了身罹可怕怪病的事实，什么时候发病无法预料。他的生活模式必须改变。他决定放弃法律——可能是心甘情愿的，而且决定永远不结婚。

1845年他父亲去世，过了两个月，他深爱的姐姐凯洛琳生下一个女儿后也去世了。他们从小形影不离，她嫁人之前他们一直是亲密的伙伴。

福楼拜医生去世前一段时间曾在塞纳河畔买了一处房地产，名叫克鲁瓦塞，内有一栋有两百年历史的精美石屋，前面有个阳台，还有个小亭子俯视河面。福楼拜医生的遗孀带着儿子居斯塔夫、女儿凯洛琳生的小外孙女一起住在这里；长子阿希尔已经结婚，继承父志当了外科医生，接下了鲁昂的医院业务。克鲁瓦塞成了福楼拜终身的居所。他从早年开始就一直断断续续地写东西，如今患病无法过大多数人的那种日子，更下定决心完全从事文学创作。他在楼下有一间很大的工作室，窗户面对塞纳河和花园。他养成了有规律的作息习惯：每天大约10点起床，看看信件和报纸，11点吃顿简便的午餐，在阳台上懒洋洋地斜倚或在凉亭坐着看书到1点钟；1点开始工作，直到7点钟才停下来吃晚餐，然后在花园散步，再回去一直工作到深夜。他不见任何人，只偶尔请一两个朋友到他家住几天，这样他就可以和他们共同讨论自己的作品，此外他没有任何的娱乐活动。

但他深知要写作必须有社会经验，他不能完全过隐士的生活。所以他特意每年到巴黎待三四个月。后来他渐渐成名，结识了当时的不少知识分子。我猜人家佩服他却不见得喜欢他。朋友们发现他很敏感、易怒。他受不了反驳，若是人家胆敢反驳他的意见，他发起脾气来很吓人，所以他们小心尽量不跟他闹意见。他对待别人的作品颇为苛刻，跟许多作家一样有种错觉，总认为自己不能做的东西就是没价值的。另一方面，若有人批评他的作品，他就会大发雷霆，说人家是嫉妒、恶意或愚蠢。这方面他跟许多杰出的作家并无不同。他受不了想靠写作赚钱谋生或努力推销自己作品的作家。他认为艺术家赚钱会自贬身价。那段时期他有一笔殷实的家产，当然不难坚持这种不讲私利的态度。

但是一件预料中的事发生了。1846年他造访巴黎的时候，在雕刻家帕拉迪尔的工作室结识了一位女诗人——路易丝·柯莱夫人。

其夫希波利特·柯莱是音乐教授，她的情人维克多·库辛是哲学家。她属于那种以为单凭热情就足以取代才华的作家，此类文人在文学界并不少见；加上她容貌美丽，在文学圈遂取得了一定的地位。

她有个沙龙，常有名人光临，被人称为“缪斯”。她把金发梳成一缕缕长发卷，框住圆圆的脸蛋；她的嗓音热情、狂烈又温柔。一个月内福楼拜变成了她的入幕之宾，当然不是取代她正式的哲学家情人；我说他变成她的入幕之宾只是某种意义上是这样，因为他一时激动或胆怯，竟无法真正与她燕好，实在太丢脸了。

他回到克鲁瓦塞，写了一封古怪的情书给路易丝·柯莱，这是一连串情书中的第一封。路易丝爱福楼拜，但她苛求又嫉妒，他却不会。我想我们不妨猜测：能当一个美丽又受万众瞩目的名女人的情人，他引以为荣；但他是想象力很丰富的人，跟许多空想者一样觉得现实远不如期望来得美好。他发现他躲在克鲁瓦塞比身在巴黎的时候更爱路易丝，还把这件事老实跟她说了。她要他去巴黎居住，他推说不能离开母亲。于是她恳求他至少也要更加频繁地来巴黎，他说他有合理的借口才能出来。她听了气冲冲地说：“你是说你像小姑娘一般有人看守吗？”她建议由她来克鲁瓦塞，但他无论如何都不同意她来。

她写信说：“你的爱情不是爱，反正在你生命中不占多少地位。”他回信说：“你想知道我爱不爱你？好，没错，我尽可能爱。也就是说，爱情对我而言不是人生第一重要的事，而是第二。”他真的不够圆滑：有一回他叫路易丝·柯莱向一位住在卡延的朋友打听他当年在马赛一夜风流的对象尤拉莉亚·傅科境遇如何，甚至求她找人转信给尤拉莉亚。她接受任务时有些恼火，他还很惊讶呢。他甚至离谱地告诉她自己跟中意且常光顾的妓女邂逅的经过。男人最常撒的谎就是性生活方面，我自问他是不是在吹嘘他的大丈夫气概——其实这方面他颇为欠缺。没有人知道害他软弱沮丧的怪病发作频率有多高，但他经常受镇静剂影响，说不定他不愿意与路易丝·柯莱常常见面——别忘记他当时才二十几岁——就是因为性欲的需要并不急迫。

这段情缘历时九个月。1849年，福楼拜跟马克西姆·迪康动身前往近东旅游。两位好友探访埃及、巴勒斯坦、叙利亚和希腊，于1851年春天回到法国。之后，福楼拜跟路易丝·柯莱恢复关系，又像以前一样通起信来，用字愈来愈尖刻。她继续逼他来巴黎或者让她到克鲁瓦塞，他继续找理由不从命也不许她来；最后他在1854年写信跟她说他不再见她。她赶到克鲁瓦塞，被粗声粗气地撵走。这是福楼拜最后一次认真的恋爱事件，个中文学性大于生活，逢场作戏的成分大于激情。

福楼拜一生真正爱的女人只有伊莉莎·施勒辛格。她丈夫的投机以惨败收场，施勒辛格夫妇带小孩住在巴登。福楼拜二十年没再见到伊莉莎。这时候两个人都变了很多。她十分消瘦，皮肤失去柔美的光泽，头发也白了；他则变得臃肿，留一把大胡须，戴一顶黑色帽子遮盖秃头。他们见面又分开。1871年，莫里斯·施勒辛格去世。福楼拜单恋伊莉莎三十五年，这才第一次写情书给她：他没照平常的习惯以“亲爱的女士”开头，倒先写“我的旧爱，我永远爱恋的人”。她有事必须来巴黎。他们在克鲁瓦塞会面，也在巴黎会面。就大家所知，后来他们从此未再见过面。

在近东旅行途中，福楼拜脑子里一直构思着一部小说，对他而言那是全新的出发。此书便是《包法利夫人》。他写这本书的经过有个奇怪的说法。前往意大利途中，他在热那亚[1]看到了《圣安东尼的诱惑》这幅画，深受感动，回法国之后就买了一幅同题材的版画。接着他开始阅读一切相关的资料，等他取得所需的信息，就动笔写出了这两幅画启发他写的书。

写完之后，他找人请两位最亲密的朋友到克鲁瓦塞来听他朗读。他读了四天，每天下午读四个小时，晚上读四个小时。他们讲好整部作品听完才能发表意见。第四天半夜，福楼拜读到结尾，用拳头捶桌子说：“怎么样？”其中一位答道：“我们认为你该把它扔进火里，提都别再提起。”这真是莫大的打击。第二天，这位朋友想缓和一下紧张的气氛，就对福楼拜说：“你何不写欧仁·德拉玛的故事呢？”福楼拜惊跳而起，脸孔一亮说：“是啊，为什么不？”德拉玛是鲁昂医院的实习医生，他的故事家喻户晓。他在鲁

---

① 热那亚（Genoa），意大利西北部的一个港湾都市。

昂附近的一个小镇行医，第一位太太是一个比他大很多岁的寡妇，她去世后他娶了附近一个年轻漂亮的农家女当继室。此女自命不凡、挥霍成性，很快就对乏味的丈夫心生厌烦，先后找了好几个情夫。她为自己的衣着乱花钱，结果负债累累。最后她服毒自杀。福楼拜非常忠实地写下了这个可鄙的故事。

他开始写《包法利夫人》时，正是三十岁盛年，还没发表过任何作品。除了《圣安东尼的诱惑》，他早期比较重要的作品都跟个人有关，事实上是自己性爱经验的小说化而已。如今他的目标不只要写实，还要客观。他决心不带好恶或偏见地说出实情，自己不以任何方式介入叙事中。他决心写下他必须说的事例，展现他必须刻画的人物性格，不加自己的意见，不予谴责也不予赞美；他若同情某一个人，也绝不表现出来；如果某个角色的愚蠢害他生气，某个角色的恶毒惹他愤怒，他也不用任何言语显示。他就是这么做的，难怪许多读者觉得这部小说好像冷冰冰的，有着刻意打算好的、固执到底的超然，毫无温暖人心的地方。可能是我们自己软弱吧，我总觉得我们身为读者，若知道作者让我们感受的情感他自己同样感受到了，我们会觉得获得安慰。

不过每一位小说家企图完全冷静客观、去除个人色彩都会招致失败，福楼拜也不例外，因为要做到完全冷静客观是不可能的。小说家让书中人解释自己的意思，尽可能让他们的行动符合个性，这一点十分可取；当作者存心要你注意女主角的魅力或歹徒的恶毒，当他说教或说些不相干的题外话，当他本人成为所叙故事中的角色，都不免会讨人嫌。但这只是方法问题，某些非常好的小说家先后用过这种方法，如果此刻刚好不再流行，也不代表这个方法不好。避免这一套的作家只不过使自己的人格脱离小说表层而已；题材的选择、人物的选择和他描写人物的角度无论如何还是会透露出他的人格来。

就我们所知，福楼拜是悲观主义者。他受不了愚昧。小资产阶级、平庸的人、普通人让他看了就有气。他全无怜悯之心，也无恻隐之念。他成人以后所过的尽是给病魔逼压的屈辱生活，他的神经经常处于混乱状态，他暴躁、无耐性，他是浪漫派，却害怕自己的浪漫主义。他满怀愤怒地投入爱玛·包法利的悲惨故事中，像一个人为了向生命报复，在阴沟里打滚，只因人生未能满足他热爱理想的要求。他决定写德拉玛的故事，并未将自己的性格置于小说之外。在五百页的小说里，我们接触了很多人物，除了小角色拉里韦耶医生之外，没有一位具有可取的地方，他们卑鄙、小气、愚蠢、琐碎又粗俗。许多人如此，但不是全部；很难想象一个镇上——无论多么小的小镇——竟找不到一两个通情达理、友善、肯伸出援手的人。

福楼拜的意图是选择一组彻底平庸的人物，想出一些必然起源于他们本性和他们环境的事件；但结果可能没有人会对这么乏味的人产生兴趣，他必须叙述的事情也可能会冗长沉闷。他打算怎么应付这一点，我稍后再谈，我要先斟酌他的企图究竟成功了多少。

首先我要指出，书中人刻画得绝顶巧妙，我们心悦诚服地相信其真实性。我们一见到他们，就把他们当作我们熟悉的世界里活生生自行存在的人物，我们把他们当作跟水管工、杂货商、医生一样理所当然，我们从来没想过他们只是小说里的角色。举例来说，他笔下的奥麦先生跟狄更斯笔下的密考伯先生一样古怪滑稽，法国人对他熟悉的程度不下于英国人对密考伯的熟悉程度。我们不怎么相信密考伯先生，却可以相信奥麦，他有一点跟密考伯不同，他永远维持一贯的本色。

但我实在无法相信爱玛·包法利是一个普通农夫的女儿。她身上具有每个女人和每个男人都有的某种特质，这一点没有错。当人家问福楼拜包法利夫人的原型是谁，他说："包法利夫人就是我。"我们大家都喜欢做狂放和荒谬的白日梦，想象自己有钱、英俊、成功，是浪漫奇遇的男主角或女主角，但我们大多数人都太理智、胆小、欠缺冒险精神，不会让白日梦严重影响我们的行为。爱玛·包法利却例外，她设法过她梦中的生活，并且她容貌美丽。书中事件也不太有福楼拜所追求的必然性。当爱玛·包法利被第一任情人抛弃的时候，她患了脑热病，濒临死亡边缘，历时四十三天。长久以来小说家想暂时处理掉某个人物时，总喜欢用"脑热病"。就我了解这不是医药界所熟悉的病名。福楼拜让她害这么严重的脑热病，我想只是要让她卧病很长时间，花很多钱而已。这段插曲叫人难以相信。就此而言，包法利之死也是如此：他死亡只是因为福楼拜想结束这本书了。

大家都知道，作者和出版者以《包法利夫人》为不道德作品的罪名遭到起诉。我读过检察官和辩护律师的谈话。检察官宣读多段内容，说涉及色情；现在那些内容只会叫我们咧嘴一笑，与现代小说家给我们看的爱情动作的描写比起来正经多了；可是我们实在不相信当时（1857年）检察官竟会为此而大惊小怪。辩护律师辩称这些段落都是必要的，因为包法利夫人已因行为不检而自食恶果，所以这部小说的道德寓意很不错。法官们接受了他的看法，被告无罪开释。当时好像没有人想到包法利夫人下场很惨不是因为她与人通奸，而是因为她债台高筑，无钱偿还。书上说她是法国农民，她若具有法国农民的经济本能，那她尽可一个情人接着一个情人地勾搭下去，也不会有这样的下场。

但愿读者不要以为我故意挑剔伟大名著的小瑕疵；我要强调的是，福楼拜并未成功达到他尝试达成的目标，因为他想做的是一件不可能的事。小说是用来展现剧情中的人物并吸引读者兴趣的一种安排，并不是真实人生的复印本。小说的对话不可能照真实人生一模一样复制，而必须摘要出来，只写出主要的重点，且写得清晰简明，而清晰简明正是真实人生所欠缺的。还有，事实也必须换个面貌，以便符合作者的计划，牢牢抓住读者的注意力。不相干的事情必须省略；重复的地方要避免——天知道，事实上，生命中可充满了重复啊。真实人生中相隔一段时间发生的非关联性事件，在小说中往往必须安排得很紧凑。小说中难免涉及那些现实中似乎不可能发生的情节，其中比较常见的，读者们已习惯了，就当作理所当然予以接纳。小说家无法提供人生的忠实抄本，他会为你画一幅画；若是写实主义者，会尽量画得像真实人生；你若相信他，他就成功了。

福楼拜是成功的。《包法利夫人》给人一种非常写实的印象，我想这不仅由于他笔下的人物都极为逼真，也由于他的观察力特别灵敏，描述每一个他要达到某个用意所不可或缺的细节都极为准确。这本书结构严密，有些批评家认为，爱玛虽是中心人物，但这本书却以包法利的少年时代和第一次婚姻的描述开始，以他的崩溃和死亡结束，算是一项失误。我想福楼拜的意图是要把爱玛·包法利的故事套入她丈夫的故事之内，就像用画框围住一幅画。我相信他一定是认为这样可以圆满结束叙事，给予它一件艺术作品的统一和谐。他的意图若是如此，假如结束不像现在这样匆忙、草率，这一点就会更明显些。

书中有一个环节我没见批评家提过，但我希望读者注意到，那是福楼拜布局技巧极可佩的例证。爱玛头几个月的婚姻生活在一个名叫托斯特的小村庄度过；她在那边无聊死了，但为了小说内容的平衡，这段时间必须跟其他时期用同样的步调同样仔细地描写。要描写一段烦人的时间却不叫读者厌烦是相当困难的，但你读这段冗长的内容，却兴味盎然。我好奇地想知道作者是怎么办到的，所以又读了一遍。我发现福楼拜叙述了一连串非常琐碎平庸的事情，每一件都是新鲜的，没有一件重复。因为你一直在读新鲜的东西，所以你不会感到厌烦。但是每一件小事都很平庸、很不刺激，你对爱玛的厌烦就有了生动甚至犀利的感受。书中对包法利夫妇离开托斯特村后落脚的永镇描写得极落俗套，但也仅止于那一回；此外一切乡村或城镇的描写都很高明，跟叙事巧妙地交织在一起。此类描写本来就该符合搭配故事的目标，而福楼拜的描述确实达到了目的。福楼拜在剧情中介绍人物，我们遂得知他们的外表、他们的生活方式、他们在人生轨迹中的定位，其实我们在真实人生中认识人也是通过这样的方法。

我在前几页曾说过，福楼拜意识到他着手写一部谈平凡人物的小说，可能有写成乏味劣作的危险。他决心写出一部艺术杰作，他认为他只能以文体之美来克服题材可鄙、人物低俗所造成的困难。现在我不知道所谓天生的文体家是否存在，反正福楼拜绝对不是就对了；他生前未出版的早期作品似乎都显得冗长累赘、乱用华丽辞藻，他的信件满纸错误的法文，很难看出他对母语的优雅和卓越有什么感觉。写了《包法利夫人》这本书，他遂成为法国最伟大的文体家之一。外国人就算对某一种语言很熟悉，也无法准确判断这种事，比较精微的地方几乎一定会为他所忽略，译成别种文字后原著的音韵、贴切性、节奏感都会失去大半。但我还是认为值得告诉读者福楼拜志在什么、如何着手达到目标，因为我们从他的理论和实践中可以学到不少对任何国家的作家都很有用的东西。

布封[①]曾说过："要写得好必须先好好感觉，好好思考以及好好说话。"福楼拜非常赞同，他认为，说一件事没有两种方式，只有一种，遣词用字必须跟思绪相符合，就如手套合手一般。他的愿望是写出合乎逻辑、精确、敏捷又富变化的文章，像诗一样有节奏、洪亮、富音乐性，却又不失散文的特点。只要能用来产生美的效果，他哪怕使用日常生活的字句也可以，必要时用粗话亦无妨。

这一切都值得赞叹，容我们说一句，他有时候讲究过头了。他说："当我发现某一用语音韵不和谐或者有重复，我就知道自己忍不住又犯错了。"他不准许自己在同一页上两次使用同一个词。这似乎很荒谬：那个词若是在每个地方都恰当，就该予以使用，换成同义词或迂回的说法可能就会词不达意。他小心翼翼不让自己被节奏感所困，煞费苦心地对之进行调整变化。他特别擅长结合字句和声音给人创造一种快速或呆滞、没精打采或紧凑强烈的效果，事实上这就是他想要表达的状态。就算我够清楚，这边也没有足够的篇幅来进一步详述福楼拜文风的特质，但我想再说几句，他是如何成为现在这样一位大师的。

首先他工作勤奋。开始写一本书之前，他会勤读每一份他能找

① 布封（Buffon，1707—1788），法国博物学家、作家，著有《自然史》。

到的相关资料，成篇累牍地记下笔记。写作时他先大略草拟他想说的东西，然后照他拟的大纲着手详细阐述、删节、重写，达不到他要的效果绝不罢休。写完了他就来到外面的阳台上大声朗读刚才写的东西，并深信，那些文句若听起来不悦耳，或因形式而不易说出口，就一定有什么不对劲。如果是那样，他就会拿回去重新写，直到他满意为止。他在一封信里曾说："整个礼拜一和礼拜二都花在搜寻两行字上。"这当然不是说他两天只写两行，他可能写了十页或十二页；这句话的意思是说，他花了一大堆工夫只成功写出两行如他所愿一般完美的句子。难怪《包法利夫人》花了他五十五个月才大功告成。

我没有多少话可说了。《包法利夫人》之后他写了《萨朗波》一书，一般公认是失败的作品。然后他又改写了《情感教育》——那原是他多年前写的小说，他不太满意，因此改写，内容仍是描写他对伊莉莎·施勒辛格的感情。很多法国批评家认为这是他的代表作。由于书中许多片断谈到今天外国人不可能感兴趣的东西，外国人一定觉得很难读完。在这之后，他第三度写《圣安东尼的诱惑》。说来也奇怪，这么伟大的作家能阐发以供撰述的点子竟这么稀少。他显然甘于再三处理青年时代执着的题材：仿佛要等他以明确的形式把它写下来，才能把自己的灵魂从重压下解放出来。

时间过得很快，他的外甥女凯洛琳结婚了，他和母亲孤零零地度日。后来他母亲也去世了。1870年法国战败后，他的外甥女婿陷入财务困境。福楼拜为了不让他破产，把所有财产移交给他，自己只留下了舍不得离开的旧宅。他只要手头宽裕，总对钱看得很轻。可是他因无私的举动而变得拮据窘困时，十年来几乎没再犯的怪病又因担忧而发作了。每次他在巴黎外出用餐，莫泊桑总会去接他，完事再送他安全返家。他谈恋爱大体上不太如意，好在他有几个热心、忠贞又重感情的朋友。后来他们大多一个个相继死亡，因此他晚年很寂寞。他很少离开克鲁瓦塞，而且抽烟抽得很凶，暴饮暴食，不注意身体。

他最后出版的作品是三部短篇小说合成一册的集子。当时他正着手写一部书名为《布法与白居榭》的长篇小说，决定以此断然嘲弄人类的愚蠢。他跟平常一样周详，读了一千五百本书，以求得他认为必要的资料。内容要分为两册，他快要写到第一册结尾了。1880年5月8日早晨，女佣11点走进图书室给他送午餐，发现他躺在长沙发上喃喃地说些听不清楚的话。她赶紧跑去找医生，但医生也无能为力了，居斯塔夫·福楼拜不到一个小时之后就与世长辞了。

一年后，他的老朋友马克西姆·迪康在巴登避暑。有一天，他外出打猎，来到伊莱诺精神病院附近。大门敞开着，病患正每天一次例行散步，两个两个一排走出来。其中有一位向他鞠躬，原来是伊莉莎·施勒辛格，那个福楼拜长期爱恋却没有结果的女人！

第八讲

查尔斯·狄更斯及其《大卫·科波菲尔》

Charles Dickens（1812—1870）：David Copperfield

那是最美好的时代，也是最恶劣的时代；是智慧的时代，也是愚蠢的时代；是信仰的时代，也是怀疑的时代；是光明的季节，也是黑暗的季节；是充满希望的春天，也是使人绝望的冬天；我们的前途充满了一切，但什么也没有；我们一直走向天堂，也一直走向地狱。

——查尔斯·狄更斯（摘自《双城记》）

查尔斯·狄更斯个子虽然矮小，外貌倒很讨人喜欢。有一幅他二十七岁那年麦克利斯为他画的肖像，现藏于伦敦国家肖像馆。他坐在写字台边一张精美的大椅子里，一只手优雅地放于一份手稿之上。他衣着高贵，脖子上打着大大的缎子领带；棕色的头发卷卷的，披在脸的两边，直垂到耳朵下方。他的脸很长、很苍白，眼睛相当漂亮；深思熟虑的表情正符合书迷大众对一位著名青年作家的期望。他一向有点花花公子的范儿，年轻时喜欢天鹅绒外套、鲜艳的马甲、彩色领带和白帽子，但他从未达到他所追求的效果；大家对他的衣着品位感到惊讶甚至震惊，认为他的服装又随便又俗气。

他的祖父威廉·狄更斯做过仆役，娶女仆为妻，最后在切斯特城议员约翰·克鲁的宅邸当上了管家。他有两个儿子，一个叫威廉，一个叫约翰。我们只关心约翰，因为他是英国最伟大的小说家的父亲，也因为其子创造的最生动的书中人物密考伯先生就是以他为蓝本的。老威廉在约翰出生时去世，遗孀继续留在克鲁府当管家，料理家务。三十五年后，她拿着养老金退休。克鲁家让狄更斯家的两个儿子受教育，还提供他们谋生方法。他们替约翰在海军出纳室找了份差事，他跟一位同事交上朋友，很快就娶其妹伊丽莎白·巴罗为妻。有人形容约翰·狄更斯衣着考究，老在拨弄手表上挂的一大串印章。他第二次欠债被捕是遭酒商控诉，可见他大概喜好美酒。打从他结婚开始，手头儿就没有宽裕过，只要有人傻乎乎愿借钱给他，他随时准备向人借钱。

约翰和伊丽莎白的第二个孩子查尔斯于1812年生在波特西，两年后他父亲搬到伦敦，再过三年又搬到查塔姆。童年的查尔斯在那边上学，开始读书认字。他父亲有少量藏书，包括《汤姆·琼斯》《威克菲尔德牧师传》[①]《吉尔·布拉斯》《堂·吉诃德》《蓝登传》和《皮克尔传》。查尔斯一读再读，由他写的小说可看出这几本书对他的影响有多大。

---

① 《威克菲尔德牧师传》（*The Vicar of Wakefield*）是哥尔德史密斯（Oliver Goldsmith）传世的名作。

1822年，当时已有五个孩子的约翰·狄更斯搬回伦敦，但查尔斯继续留在查塔姆上学，过了好几个月才与家人团圆。当时他们定居在市郊康登镇的一栋房子里，后来他把那栋房子描绘成了密考伯夫妇的家。约翰·狄更斯虽然一年能赚三百多英镑（约等于20世纪40年代的五千美元），但经济上依然拮据，没有钱再供查尔斯上学。查尔斯被送去照顾幼童、擦皮靴、洗外套、做家务，他觉得非常厌烦。不过间歇期他常在“田野和沟渠围绕的荒凉地方”——康登镇以及邻近的萨默斯镇和肯特镇游荡；后来走得更远，到过苏荷区和莱姆豪斯区。

家庭的经济状况实在糟透了，狄更斯太太决定办个学校，专收父母住在印度的儿童。她借钱租房子，叫人印传单，让孩子们塞进附近的信箱；可是却没收到一个学生。债务逼人，查尔斯奉命把还能换点钱的东西都拿去典当；对他非常重要的珍贵书本则卖给书商。后来，狄更斯太太的远方姻亲詹姆斯·拉莫特在他入股的鞋油工厂给查尔斯安排了一个差事，周薪六先令。父母满怀感激地接受了，查尔斯绝望到极点。他们竟这么明显地为摆脱他而松了一口气，他觉得好难过。那年他十二岁，敏感、热情又聪明，他有一种“深沉的被弃感”。

此后不久，约翰·狄更斯因债务被捕，被送到马萨尔监狱。他太太典当了仅存的一点东西后，带着孩子跟他一起坐牢。马萨尔监狱肮脏污浊、拥挤不堪，不但关犯人，如果愿意也可以全家一起住进来。这样做到底是为了减轻牢狱生活的辛苦，还是因为可怜的妻儿没有别的地方可去，我也不知道。债务人若有钱，所要忍受的不便至多是失去自由而已，甚至特定的犯人若遵守某些条件，还可以住在监狱外。不过债务人若一文不名，日子就不好过了。

美国读者可能都知道，最先出力改善这种骇人情况的是欧格棱普将军。好像是他的一位朋友被监禁，没钱给负责看管囚犯的警察，就被关在了天花猖獗的牢房，传染上天花去世了。欧格棱普将军恳请议会进行调查，发现监狱警察习惯向犯人巧取豪夺，常常虐待他们。等约翰·狄更斯坐牢的时候，最严重的虐待已经革除，他已过得相当舒服了。狄更斯太太带了一个小女佣过去，女佣虽住在外面，但天天来监狱帮忙带孩子和做饭。

约翰·狄更斯每周仍有六英镑的薪水，却不打算还债。我们不妨猜想他乐得让债主们奈何他不得，并不怎么想出狱。传记家们想不通他在这种情况下还能继续领薪水。唯一的解释看来好像是，政府职员都靠权势关系任命，因债务坐牢之类的意外不算严重的大事，不至于招来停薪之类的严厉措施；也可能发薪的部门跟约翰·狄更斯工作的部门不是同一个，所以这个部门没发现他并未执行他支领薪水所该做的工作。

父亲坐牢初期，查尔斯·狄更斯寄宿在康登镇。但是鞋油工厂位于查令十字街的哈格佛桥处，离那儿有一大段路，所以他搬到了南华克，这样可以跟关在马萨尔监狱的家人一起吃早餐和晚餐。工作不算辛苦，要洗瓶子、贴标签，然后捆起来。傍晚他在伦敦附近乱逛，找路到泰晤士河边附近的奇特与神秘地点，不自觉地接受了这个伟大城市的浪漫传奇的熏陶，往后一辈子忘不了。

1824年4月，在克鲁家担任管家的威廉·狄更斯太太去世，所有积蓄留给了两个儿子。约翰·狄更斯的债务（由哥哥）付清了，他重获自由。他再度举家住在康登镇，并回海军军需处上班。查尔斯·狄更斯继续在工厂洗了一段时间的瓶子，不久由于约翰·狄更斯跟詹姆斯·拉莫特发生争吵，查尔斯就被解雇了。多年后他记述道："我回家大大松了一口气，简直像压抑许久之后释放的感觉。"母亲尽量打圆场，好让查尔斯保住工作和六先令周薪，她无疑需要那笔钱；为此他永远不原谅母亲。"后来我永远没忘记，永远忘不了，永远无法忘记我的母亲热心于把我送回工厂。"结果，约翰·狄更斯不肯，坚持送儿子去上学。

很难弄清查尔斯·狄更斯在鞋油工厂干了多久：他是1824年2月初去那儿的，6月份已回到家人身边，满打满算他在工厂的时间也不会超过四个月。不过这件事给他留下了深刻的印象，他觉得这段经历太屈辱了，根本不想提起。他的立传者约翰·福斯特偶尔提到一点这方面的事，狄更斯说对方触及了一个非常惨痛的话题，"即使此时此刻"，亦即二十五年后，"他回忆往事时总忘不了那一段刻骨铭心的经历"。

我们习惯听显赫的政治家和工业巨头们夸耀自己少年时代洗过

盘子或卖过报纸，所以我们很难理解查尔斯·狄更斯为什么把父母送他去鞋油工厂的事视为一大伤害，视为必须隐瞒的可耻秘密。他是个快活、淘气、机灵的男孩子，我们以为他已见识过人生黑暗的一面。他的父母出身卑微，他从很小就见过父亲因不谙理家而害全家濒临绝境的惨况。他在康登镇被送去替人扫地擦洗；父母打发他去典当东西，换钱买晚餐的食物；他跟其他男孩一样，一定曾和同阶层的男孩在街头玩耍。很难理解他为什么会觉得跟其他在鞋油工厂干活儿的男孩子为伍是如此自贬身价，那一年龄段的少年对社会地位肯定没有什么概念。我猜他当时并不怎么难受，日后出了名，高尚文雅，是公众人物，这才痛感自己小时候吃过大苦。他活在从事“粗活”被视为有辱人格的时代，而且常被指为粗俗，所以对出身很敏感。那个时代当士绅等于是上帝特选的子民。

约翰·狄更斯在马萨尔监狱坐牢期间，竟以身体状况不佳为由厚着脸皮恳求雇用他的部门首长推荐他领一笔养老金；最后当局考虑他服务二十年，又有六个小孩，基于同情而每年发给他一百四十五英镑的养老金。靠这个要养一家人还不太够，他必须另想办法增加收入。他可能在坐牢期间学会了速记，然后靠新闻界有熟人的大舅子拉拔，找到一份议会记者的工作。查尔斯上学上到十五岁，便受雇到一家律师事务所当见习生。他在那边干了几星期，之后他父亲安排让他在另一家律师事务所当上了职员，周薪十五先令。闲暇时间他学习速记，十八个月后已经足以胜任常设法庭记者的工作了。他二十岁已具备议会记者的资格，加入一家报社，报道众议院的演说，博得“记者席最快、最准确人士”的美名。

此时他爱上一位银行经理的女儿——玛丽亚·比德内尔；她是一个喜欢卖弄风情的少女，似乎给了他不少鼓励。他们甚至可能秘密订过婚，不过就算有这回事，女方也不是认真的。有个情人她觉得受宠若惊而沾沾自喜，但查尔斯·狄更斯一文不名，她不可能真心打算嫁给他。两年后这段恋情结束了，他们退还了彼此的礼物，查尔斯伤心欲绝。他写《大卫·科波菲尔》，把玛丽亚化身为书中的朵拉。事后有位女性朋友曾问他是否曾“非常非常非常”爱这个女人，他回答说：“世上没有女人能理解他爱得多深，能理解的男人也没几个。”他们很久没再见面。多年后，早已嫁人的玛丽亚·比德内尔跟名人狄更斯夫妇同桌吃饭，此时的她又胖又蠢又平庸。后来她化身为《小杜丽》中弗洛拉·芬琴的原型。

为了离报社办公室近一点，查尔斯·狄更斯住进了与斯特兰德相隔不远的一条肮脏的街道，但又觉得不满意，就在弗尼瓦尔宾馆租了没有家具的房间。可是他还没备妥家具，他父亲又欠债被捕，他只得出钱支付父亲在拘留所的开支。由于父亲可能要关一段日子，查尔斯遂找了个便宜的住所安顿家人，自己跟靠他照顾的弟弟弗里德里克暂住在弗尼瓦尔宾馆的“三楼后屋”。“只因为他出手大方、慷慨好施，似乎能轻易应付这一类的困境，所以他的家人以及日后妻子的家人都习惯仰仗他替一大票没骨气的人找钱找差事。”①

查尔斯·狄更斯在众议院的记者席工作一年左右，开始撰写一系列有关伦敦生活的文章。最先的几篇在《月刊》上发表，后来的则在《晨报》上发表。他没拿到一分钱稿费，但这些文章引起了大众的注意。当时流行滑稽人物的逸事类小说，每月附漫画插图发行，一份一先令，出版商会找出名的作家写文字部分。那就是今天连环漫画的前身，其受欢迎的程度跟现在差不多。

有一天“查普曼与霍尔出版公司”的一位股东来找狄更斯，请他写一篇跟某业余运动员俱乐部有关的小说，以搭配某知名画家所绘的插图。他出月薪十四英镑，外加销售提成。狄更斯说他对运动一窍不通，怕没法照要求写，但“酬劳实在太诱人，难以抗拒”。我不用说大家也知道，写出来的就是《匹克威克外传》：再也没有别的杰作是在这种情况下产生的。前五期不太成功，但附加上萨姆·韦勒所写的导言后，发行量便急速蹿升。这部作品以单行本方式出版的时候，二十五岁的查尔斯·狄更斯已非常出名。虽然批评家们持保留态度，但他已成名了。我们不妨记录一下，《季度评论》提到他说：“用不着预言的天分就可以预言他的命运——他像烟火般升空，也必会像木棒般掉下来。”说真的，在其整个写作生

① 尤纳·蒲柏-亨尼希《查尔斯·狄更斯传》。

涯中，大众热切阅读他的书，批评家们却拼命挑剔。

1836年，《匹克威克外传》第一期问世前两天，查尔斯·狄更斯与报社同事乔治·贺加斯的长女凯特结婚。乔治·贺加斯有六个儿子和八个女儿，女儿们都娇小、丰满、容光焕发、蓝眼睛，只有凯特已到适婚年龄。他娶她而没娶别的姐妹，理由似乎在此。度过短暂的蜜月之后，他们在弗尼瓦尔宾馆住下来，并邀请凯特十六岁的漂亮妹妹玛丽·贺加斯来同住。查尔斯对玛丽产生了依恋，当凯特怀孕无法跟丈夫到处走动时，经常由她做伴。狄更斯接下另一部小说《雾都孤儿》的写作契约，一面仍在写《匹克威克外传》，一面着手写新的小说。这部小说也要以每月一期的方式出刊，他用两个礼拜的时间写出其中一部，两个礼拜的时间写另外一部。大多数小说家只专注于当前创作的人物，以至于会不知不觉把脑中的其他文学思想推回潜意识里；狄更斯竟能轻松自如地从一个故事转换到另一个故事，真是拥有非凡的本领。

凯特的宝宝出生了，大家也许料想到她还会生好几个孩子，他们就从弗尼瓦尔宾馆搬进道蒂街的一间住宅。玛丽一天比一天迷人和讨喜。5月的某一天傍晚，狄更斯带凯特和玛丽去看戏；大伙儿非常开心，兴致盎然地回到家。玛丽突然生病，他们请医生来，可是没过几个钟头她就去世了。狄更斯脱下她手上的戒指，戴在自己的手上，终生戴到老死。他悲痛欲绝。不久他在日记中说：“此刻她若跟我们在一起，还是那个迷人、快乐、和蔼可亲的伙伴，比我的任何亲友更同情我的想法和感受，我想我再也别无所求，只求这种幸福继续下去。但她已经走了，祈求上帝发发慈悲，愿我有一天能与她重逢。”他安排自己死后葬在她旁边。

玛丽骤逝的打击造成凯特流产，她有所好转之后，查尔斯·狄更斯带她出国短暂旅游，让彼此恢复原来的精神。无论如何，到夏天他已恢复过来，还跟一位埃莉诺·P女士狂欢调情。

文学界人士成名后的生活不见得都很有趣，往往会遵循单一的模式。职业迫使他每天要花若干小时专心写作，而他也会找到一个适合自己的惯常方式。他会跟当时文学界、艺术界和上流社会名人接触，不少贵妇人对他产生兴趣。他赴宴，也宴请别人。他旅行。他公开露面。大体说来这就是狄更斯的生活模式。他享受到极少作家能幸运体验的成功滋味。他一向为剧场着迷，说真的，一度还认真想过要上舞台呢；他背诵台词，向一位演员学习演讲，对镜练习怎么进入房间、怎么落座和怎么鞠躬。当他被引介到上流社会时，这些技艺对他很有帮助。吹毛求疵的人嫌他有点粗俗，说他的衣着太花哨，但不少人喜欢他的美貌、明亮的眼睛、充沛的活力、活泼和热闹的笑声。他为自己所受的谄媚眼花缭乱，脑袋倒没有发昏，他始终谦逊自持。

说也奇怪，他虽有极敏锐的观察力，后来还跟社会地位较高的人密切往来，但他的小说从未把这一阶层的人物写得真实可信。他笔下的牧师和医生既不像他描述的在律师事务所工作或在常设法庭当记者时所认识的律师和律师助理那般具有一种鲜明的特征，也不像他描述的青少年时代接触的弱势人物那么栩栩如生。看来小说家似乎只能密切认识他早年接触的人，好好用来当他创造人物的蓝本。童年岁月的一年远比成年后的一年长，他因此有很多很多时间去感知构成其环境的那些人的特殊癖性，他得以从内部了解他们，后期却只从外部认识人，遂漏掉了一些可以把他们塑造成生动人物的东西。成功有一项弊害，就是把作家带入不属于他的圈子，带入他不可能像个中成长的人那么熟悉的社交圈，害他隔绝了原先的世界，也隔绝了他最真切的灵感泉源。狄更斯很幸运，由于早年丰富的阅历，他总能从后来碰见的男男女女中挑选恰当的人物，照自己独特的方式运用在文学上。

他工作努力，有好几年常常一本书尚未完成就着手写另一本新书。他写东西来取悦人，也一直留意刊登他大部分小说的月刊会得到什么样的公众反应。说来有趣，起先他没打算把《马丁·瞿述伟》拿到美国出版，直到其月刊销量下降，可见他的故事不似以前吸引人了，他才改变主意，他不是那种觉得畅销很可耻的作家。大量生产需要劳力，狄更斯的精力并未因此耗竭，他一生创办及编纂过三本周刊杂志。他努力工作，也拼命玩。他觉得一天步行二十英里算不了什么，他兴致勃勃地骑马、跳舞、搞恶作剧，他变魔术逗孩子开心，还参与业余的戏剧演出。

等条件允许，狄更斯一家立刻搬到了高级住宅区的新房子，并从知名公司订购接待室和卧房的全套家具。地板上铺了厚绒毛地毯，窗户挂上蕾丝窗帘。他们雇了一位名厨、三个女仆和一个男仆，还备了一辆马车。他们设宴请客，很多高贵显赫的人士都来参加。奢豪的程度吓坏了托马斯·卡莱尔[1]的太太，杰弗里勋爵写信给他的朋友科伯恩勋爵说，他到狄更斯的新居赴宴，那筵席“对有儿有女又是刚开始有钱的人来说排场稍嫌太大了”。这一切都很费钱，但他还有别的开销：父亲一家都靠他养，继续成为他的负担。他的父亲还做了不少叫名人儿子尴尬的事：借他的名气向人借钱啦，卖他的亲笔签名和几页手稿啦……查尔斯·狄更斯断定不把他们请出伦敦他永远不得安宁，于是替他们在艾瑟斯特附近的阿尔芬顿找了间房子，把他们安顿在那边。他们很不高兴。他创立了第一本杂志《汉普雷老爷的钟》，原因之一是为了应付庞大的开销，而且为了促销，他在上面刊登了他写的《老古玩店》，销路好极了。

1842年，狄更斯把四个孩子交给凯特的妹妹乔吉娜·贺加斯照顾，他带着凯特前往美国。查尔斯·狄更斯受到了作家以前从未受过、往后也没再出现过的追捧，但此行不见得完全成功。一百年前的美国人虽然乐于贬低欧洲的一切，但别人若批评他们，他们却很敏感；一百年前的美国新闻界会无礼侵犯任何倒霉的“新闻人物”

---

① 托马斯·卡莱尔（Thomas Carlyle，1795—1881），苏格兰思想家、史学家，代表作有《论英雄》。

的隐私权；一百年前的美国，注重宣传的人把有名气的外国人看成促销的天赐良机，对方若不太愿意被当作动物园的猴子来要，他们就说他自负；一百年前的美国是个只要言论不冒犯别人的脆弱情感或影响别人的利益就可自由发言的地方，人人都可拥有自己的观点，只要这些观点和其他人的保持一致。

查尔斯·狄更斯对这一切浑然不知，他犯了严重的失误。没有国际版权使得英国作家拿不到书籍在美国销售所得的利润，而且书商自然喜欢出版可免费刊印的英国作家的作品，不喜欢出版必须付费才能刊印的美国作家的作品，所以美国作家也大受伤害。不过查尔斯·狄更斯在为他接风的宴会上演说，提到这个话题时确实太不圆滑了。大家的反应很激烈，报纸把他描述为“不是绅士，而是唯利是图的无赖”。

虽然他被仰慕者团团包围，在费城跟想见他的人握手握了两个钟头，但他个人并没有完全成功：大多数人固然对他的青春、俊美和快乐深深着迷，但很多人嫌他外表娘娘腔，他的衣着、戒指和钻石别针太俗气，他的言行举止缺少修养。不过他倒交了几位好朋友，一直到死都和他们关系亲密。

狄更斯夫妇度过四个月波澜起伏却很累人的时光，终于返回了英国。孩子们已喜欢上乔吉娜姨妈，倦游归来的夫妇遂求她长期住在他们家。她那年十六岁，正是玛丽到弗尼瓦尔宾馆来住的年龄，长得跟玛丽很像，远看简直会被当成是玛丽。凯特·狄更斯又怀孕了。乔吉娜·贺加斯漂亮、迷人、不摆架子；她有模仿的天分，常逗得狄更斯捧腹大笑。不久，“经常思念玛丽、把她当作‘自己的心跳’一般自然的狄更斯在乔吉娜身上看到了玛丽的影子，觉得往日时光又回来了，‘过去与现在简直没法分割’”。[①]

狄更斯久处贫穷的境遇，有能力过体面的生活当然不放过，结果他在这期间负债累累。他决定把房子租出去，到意大利去节省开支。他在意大利住了一年，主要待在热那亚，在半岛尽情旅行；但他的思想太狭隘、教养不足，所以那次经验未能对他产生精神上的影响。他始终是典型的英国游客。在此期间，他跟一位住在热那亚的瑞士银行家夫人狄拉露太太交上了朋友。她似乎患了妄想症，狄更斯对催眠术有兴趣，自认他可以借催眠术去除她的妄想。他们天天见面，有时候一天见两次，好让他着手治疗。凯特觉得很不安。不管狄更斯夫妇到什么地方短程旅游，狄拉露夫妻都一同前往。查尔斯·狄更斯的帮助很有效，狄拉露太太终于恢复了健康。他们回到英国，凯特终于松了一口气。

凯特生性忧郁，喜欢安静，不容易适应新环境。狄更斯带她去旅游，两人同赴宴会，设宴由她当女主人，她都不喜欢。看来她这人索然无趣、相当笨拙。一心想跟知名作家为伍的大人物们可能觉得要忍受乏味的作家太太实在很烦人。有些人总是把她当作无足轻

① 尤纳·蒲柏-亨尼希《查尔斯·狄更斯传》。

重的人物，使她非常恼火。当杰出人物的妻子并不容易，除非她机智圆滑或者具有幽默感，否则她不太可能扮演好这个角色。凯特没有这些优点，而且看不出她深爱丈夫的迹象，她好像未曾爱上过狄更斯。他们订婚期间狄更斯写过一封信给她，指责她冷冰冰的。说不定她嫁给他只因为当时婚姻是女人唯一能寻求的归宿，也许是她身为八个女儿之中的长女，父母曾对她施压，要她接受一个可以保障其未来生活的求婚者。她是个亲切、有礼貌、温和的小女人，但无法达到丈夫出名后大家对她的要求。

这时候乔吉娜取代了玛丽一度占有的地位。后来狄更斯愈来愈依赖她，他们一起长途散步，他还跟她讨论自己的文学计划，她则担任他的抄稿人。狄更斯既已知道住在外国多么愉快（又省钱），就开始在欧洲大陆停留很长的时间。乔吉娜以家中一分子的身份陪他们到意大利，后来又到洛桑和巴黎。有一回他们打算在巴黎住一段相当长的时间，她曾单独跟查尔斯·狄更斯去找公寓，凯特则在英国等他们安排好一切再过去团圆。凯特怀孕期间，乔吉娜陪狄更斯旅游，陪他赴宴，还常常代替凯特跟他一起宴客。我们以为凯特会觉得愤慨，但她好像没有。

岁月一年年过去。1857年，查尔斯·狄更斯已四十五岁。他是英国最受欢迎的作家，还是知名的社会改革者，他活在大众的瞩目之下，这倒很迎合他做作的本性。他的儿女已长大。一件预料不到的事情发生了。他一向喜欢演戏，不止一次出于慈善的目的在一出又一出的戏剧里做客串演员。这次他受邀在曼彻斯特演出《冰冷的海洋》一剧，该剧由威尔基·柯林斯撰稿，他也帮了忙，且在德文郡戏院为女王、女王的丈夫和比利时国王演出过，深获好评。狄更斯特地蓄了胡子出演一位具有自我牺牲精神的北极探险家，他很欣赏这个角色，演得悲凄万分，剧院里没有人不落泪的。后来他答应在曼彻斯特再演一遍，他的女儿在剧中扮演少女。他觉得在大剧场里自己女儿的声音很小，观众可能听不见，就决定找职业演员出演她的角色。一位名叫爱伦·厄娜的年轻女子被选中了。几个月前，他见过她在《亚特兰大》剧中的演出，上舞台之前他到更衣室看她，发现她因为要露出一截小腿而落泪。他对她的端庄娴雅深深着迷。

爱伦·厄娜那年十八岁。她个子娇小、容貌姣好、蓝眼睛。排练在狄更斯家进行，由他导演。他对爱伦敬重他的态度感到受宠若惊，看她楚楚可怜一心想讨他高兴更是感动。排演还没结束，他已疯狂爱上了她。他要送她一个手镯，却被误送到他太太手上，她自然跟他大闹了一场。但查尔斯·狄更斯对此似乎采取了已婚男人们在这种尴尬的节骨眼觉得最方便的态度，即坚称自己是无辜的。

凯特未能符合他的一切期望，如今他迷上爱伦·厄娜，对妻子的缺点愈来愈不能忍受，他在文章里说：“她和蔼可亲又顺从，但她无论如何没法了解我。”他渐渐认为她从来不适合他。他告诉约翰·福斯特：“重点是太年轻结婚原本就不恰当，多年过去了，事态并未轻松分毫。”如今他成长了，她仍停留在起初的层次。狄更斯深信他自己没什么可责怪的地方，他告诉自己他是好父亲，已尽可能为孩子们出力了——有点他笔下伪君子佩克斯尼夫的味道。他好像觉得生这么多孩子完全怪凯特一个人。虽然他不太高兴养这么多孩子，不过他们小时候他还算喜欢；等他们长大，他就对他们失去了兴趣，到恰当的年龄便打发大多数男孩到遥远的世界上的各个角落去。

此时他跟谁在一起都阴森森、坐立不安、忍不住动气，只有对小姨子乔吉娜例外。最后他认定自己再也没法跟凯特共同生活，但他在大众面前地位崇高，生怕公开决裂会惹人非议。他的焦虑不难理解。多年来他一直是温暖家庭的拥护者，比任何人更努力地把圣诞节塑造成一种颂扬家庭美德与赞美家庭幸福的象征。于是，他提出几种建议：其一是凯特该另有自己的套房，不跟他共用，他宴客由她当女主人，公开聚会由她陪同参加；其二是他住在盖德山庄（他最近在肯特郡买的房子）时她住在伦敦，他在伦敦她就住在盖德山庄；其三是她到外国定居。这些建议她都回绝了，最后他决定彻底分手。凯特被安顿在康登镇边缘的一间小房子里，每年有六百英镑收入。不久，狄更斯的长子查尔斯被派去跟母亲同住。

这种安排令人吃惊。我们想不通凯特为什么容许自己被赶出家门，又同意留下孩子们不带走。她知道查尔斯·狄更斯迷恋爱伦·厄娜，我们总以为她手上握有这张王牌，可以爱提什么条件就提什么条件。她虽然文静，虽然可能很笨，但她这么顺从唯一的解释是：狄更斯神秘暗指一种心理疾病“使其妻自认为最好离开”。我不知道有何根据，但有人认为他是审慎提及凯特酗酒的事实的。她若真是酒鬼，就可以解释为什么由乔吉娜理家和照顾孩子，为什么母亲离家孩子们却留了下来，为什么乔吉娜会写道：“可怜凯特没能力照顾孩子们这件事在谁眼中都不算秘密。”说不定长子查尔斯被送去跟她同住是要抑制她没有节制的酗酒行为。

狄更斯太有名，他的私事不可能不惹来闲话。很多朋友觉得他的行为太差劲，他因此对他们心生反感。我们以为闲话是冲着爱伦·厄娜来的，结果不是，引人非议的是乔吉娜。狄更斯气得要命，深信闲话是凯特和乔吉娜的家人贺加斯氏传出来的，就威胁要让凯特净身出户，并且逼他们签署一份声明，表示不相信他和乔吉娜之间有什么该责难的地方。贺加斯家花了两星期才接受这一恐吓。他们一定知道，狄更斯若分文不付赶走凯特，凯特打官司稳赢；如果他们不敢让事情发展到这步田地，一定是因为凯特这一方有他们不愿泄露的过失。

事件中最难解的人物是乔吉娜。闲话发展到相当严重的地步，狄更斯觉得必须向大众说明他自己对夫妻分手的看法。他在《纽约论坛》上发表了一封信，后来又刊登在英文报纸上，信中提到乔吉娜：“以我的灵魂和名誉担保，世上没有一个人比她的品德更好、更纯洁无瑕。”这话当然是指他跟她没发生性关系，此话很可能不假。也许乔吉娜爱他，她嫉妒姐姐凯特，所以查尔斯·狄更斯死后她编纂他的书信集时把赞美凯特的话都删掉了；但教会和国家反对信众娶亡妻之姐妹，因为这种关系带有乱伦的意味。乔吉娜可能连想都没想过自己和她共同生活十五年的姐夫之间有任何超出正常兄妹之情的关系，而且查尔斯·狄更斯正热恋着爱伦·厄娜。也许乔吉娜觉得能当这样一位名人的心腹知交又能完全掌控他已经够了。最奇怪的是她竟欢迎爱伦·厄娜来到她已当上女主人的盖德山庄，还跟她成了朋友。

狄更斯以查尔斯·特林汉姆之名，在佩克姆替爱伦租了一栋房子。爱伦在那边住到他去世，还为他生了一个儿子。从盖德山庄前往佩克姆并不难，狄更斯常在爱伦这边住个两三晚。有一回他们一起到过巴黎。

大约在夫妻分手期间，狄更斯开始公开朗诵自己的作品，为此周游英伦列岛，然后再度前往美国。他的演戏天赋对他的朗诵很有帮助，他因此大获成功。但他辛劳过度又不断舟车劳顿，简直累坏了，大家渐渐发觉才四十多岁的他看来已像个老头子。这些朗诵会还不是他唯一的活动：跟妻子分居到去世之间的十二年，他写了三部长篇小说，办了一份很成功的杂志，名叫《一年四季》，难怪他的身体状况愈来愈差。医生警告他要好好保重，但他痴迷于大众的掌声，坚持要做最后的巡回朗诵；无奈中途病重，只好放弃。他回到盖德山庄，专心写《德鲁德疑案》。但为了向朗诵会经理人补足他中途缩减的朗诵场次，他安排在伦敦再朗诵十二场。时为1870年1月。“圣詹姆斯宫的观众极多，他入场和离开的时候观众全体起立欢呼。”[①]回到盖德山庄，他埋头继续写《德鲁德疑案》。6月的某一天，他跟乔吉娜一起用餐时突然生病，她说：“来，躺下吧！”他回答道：“好的，就躺在地上吧！”这是他生前说的最后一句话。他由她的臂弯中往下滑，倒在地上。乔吉娜派人找来医生和他当时在伦敦的两个女儿，次日二女儿凯蒂被足智多谋又能干的姨妈遣去向狄更斯太太报信。凯蒂带着爱伦·厄娜回盖德山庄。第二天，亦即1870年6月9日，他断了气，遗体安葬在威斯敏斯特教堂。

我这篇狄更斯小传没提到他持续又有效地关怀社会改革，以及他满腔热情地捍卫穷人和受压迫者的利益。我尽可能只谈他的私生活，因为我觉得稍微了解他的私生活一定能使我恳请读者看的这本书多些趣味。《大卫·科波菲尔》大体上自传色彩甚浓，但狄更斯写的是小说，不是自传。虽然题材有不少来自他自己的生活经历，但他照自己的目标加以利用，其余部分他完全靠丰富的想象力。我已经说过，密考伯先生和朵拉是以他父亲和他的初恋情人玛丽亚·比德内尔为蓝本；艾格妮丝的塑造一部分来源于玛丽·贺加斯，一部分来源于乔吉娜。查尔斯·狄更斯很小就被父亲送去做

① 尤纳·蒲柏–亨尼希《查尔斯·狄更斯传》。

工，书中的大卫·科波菲尔也是十岁就被恶毒的继父送去干活儿，同样不得不跟被他视为社会地位与自己不匹配的同龄孩子为伍。

狄更斯是用第一人称写的《大卫·科波菲尔》。这是小说家常用的手法。由于故事情节很容易变得十分复杂，有时候读者的兴趣会转向跟故事进程无啥关系的人物和事件上，所以这个手法对狄更斯很有用处。《大卫·科波菲尔》只有一个地方严重离题，就是斯特朗先生同其妻、岳母和妻子的表亲之间关系的记述；这些描写跟大卫毫不相干，本身也冗长乏味。上述手法还有一项优点，可以使故事显得逼真，让你同情叙事者。你可能赞许他也可能对他不以为然，但他将你的注意力集中在他身上，逼得你不得不同情他。

这一手法有个缺点：叙事者也是主角，他若跟你说他英俊迷人，一定会显得很不谦虚；当他叙述自己的英勇事迹，很容易显得自负虚荣；读者一眼就看出女主角爱上他，他却看不出来，他会显得很笨。还有一项更大的缺点，这类小说的作者没有一个能完全克服，那就是中心人物——主角兼叙事者——跟他接触的人比起来可能会显得苍白无力。我自问为什么如此，结果只想出一种解释：由于主角是作者本人，作者从内在主观看他，说出他的所见所闻，把自己感受到的困惑、软弱、犹豫都给了主角；他看其他角色是透过想象力、客观地从外在观察；若是像狄更斯这样有天赋的作家，看待他们的眼光会紧凑精彩，不失趣味感，对其独特处十分敏锐，使他们生动突出，相对来说刻画自己时不免就会相形失色。

狄更斯全力激发读者对他笔下主角的同情，大卫·科波菲尔会任由每个他遇到的人骗他抢他，我实在感到惊讶。毕竟他已在工厂待了几个月，也曾早晚游荡于伦敦街头，又跟密考伯一家同住过，代他们典当东西，还到马萨尔监狱探望过他们。我们不禁认为：他若是书中所描述的机灵少年，即便那么小，也该见过点世面，能保护自己了。不过大卫·科波菲尔从头到尾都表现得窝窝囊囊，他继续被抢和被骗，似乎从来无法应付困难。他跟朵拉在一起时优柔寡断，处理家庭生活的一般问题时常识不足，简直叫人无法容忍；而且他非常迟钝，竟看不出艾格妮丝喜欢自己。我简直不相信大卫最后成为了书中所说的成功小说家。他若写小说，我想会比较像亨利·伍德太太所写的小说，而不像查尔斯·狄更斯的作品。说也奇怪，他的创造者竟没有把自己的干劲、活力和饱满的精神给予笔下的主角。大卫瘦削俊美；他有魅力，否则他所邂逅的人不会个个钟爱他；他诚实善良、实心实意，但他真的有点傻，绝对是书中最没趣的人物。

但是无所谓：书中有好多好多各色各样、非常生动、原创性十足的角色。他们不真实，但生机勃勃。现实生活中从未出现过密考伯一家、辟果提和巴基斯、特拉德斯、贝特西·特洛伍德和迪克先生、乌利亚·希普母子这样的人物，他们都是狄更斯想象力的怪诞产物，但他们真有活力、前后一贯，刻画得那么逼真，令人信服，使你不自觉地会相信他们。他们夸张却不虚幻，你一旦认识他们就永远忘不了。其中最了不起的当然是密考伯先生，他永远不让你失望。有人责怪狄更斯最后不该让他到澳大利亚变成一位受人尊敬的地方官，有些批评家认为他该到最后一页还维持鲁莽、不顾未来的本色。我觉得他们的指责不太公平。澳大利亚是个人烟稀少的国度，密考伯先生仪容俊美、受过教育，而且出口成章，在那种环境下又有这些优势，我看不出他为什么不可能谋得官职。我比较不愿意相信他这么聪明、这么会暗中活动，竟能揭发乌利亚·希普的恶行。

巧合适用于故事时狄更斯向来会毫不犹豫地利用巧合，现代小说家觉得有必要把事件写得合乎情理，还要尽量弄成不可避免，狄更斯懒得来这一套。当时的读者们不动声色地接受了最最不合情理，认为狄更斯的作品紧凑、叙事技巧棒极了，我们至今仍会接受它们。《大卫·科波菲尔》充斥着许多巧合。史蒂夫乘船从葡萄牙回英国，在离雅茅斯不远的地方遭遇船难，那个时候去看朋友的人偏偏不是别人正是大卫。狄更斯若想避免这么不凑巧的事，凭他的技巧应可办到。他没有这么做，因为这一来才有机会写一个动人的场面。

虽然《大卫·科波菲尔》中耸人听闻的事件比狄更斯其他小说惯用的少一点，但我们不得不承认：某些书中人的确具有以前所谓“通俗传奇悲喜剧”的味道。乌利亚·希普就是一个例子。尽管如此，他仍是一个生动的、强有力又可畏的人物；小人物史蒂夫的仆人有股神秘、邪门的特质，叫人背脊发冷。我觉得此类型中最叫人困惑的是罗莎·达特尔，她被公认为最失败的一笔。我认为狄更斯在故事里本来打算将她派上更大的用场，我猜（没有任何证据）他没这么做是怕冒犯大众。我自问史蒂夫是否是她的情人，她恨他是不是夹杂着渴慕和嫉妒之爱，我不懂还有什么别的理由能促使她对小艾米莉（戏剧性的人物，我心目中她的一切全是自找的）这般铁石心肠。

狄更斯曾说："所有作品中我最喜欢这一本；像许多慈爱的父母一样，我有我最疼爱的小孩，他的名字就叫大卫·科波菲尔。"作家不见得很会判断自己的作品，但这回狄更斯的判断非常明智。马修·阿诺德和鲁斯金认为这是他最好的小说，我想我们不妨赞同。倘若这样，则可以说吾道不孤矣。

第九讲

费奥多尔·米哈伊洛维奇·陀思妥耶夫斯基及其《卡拉马佐夫兄弟》

Fyodor Dostoyevsky（1821—1881）：The Brothers Karamazov

最要紧的是，我们首先应该善良，其次要诚实，再次是以后永远不要相互遗忘。

——陀思妥耶夫斯基（摘自《卡拉马佐夫兄弟》）

费奥多尔·陀思妥耶夫斯基生于1821年。其父为莫斯科玛利亚济贫医院的外科医生，出身于贵族，这一点陀思妥耶夫斯基似乎颇为重视，他一度因被审判有罪而被剥夺爵位，心里非常痛苦，一出狱就极力找有势力的朋友帮他恢复爵位。不过俄国的贵族身份和欧洲别的国家不一样，例如在政府机关任公职达到某一不太大的官阶便可算贵族，其意义不过是让你跟农民和生意人有所区分，容许你自认为是有身份的人而已。

事实上，陀思妥耶夫斯基家属于贫穷的白领阶层。他父亲生性严厉，不但从不享受奢华，连舒适的日子都放弃了，只求让七个儿女接受好的教育。在他们很小的时候，他便教他们必须习惯艰辛和苦难，准备应付人生的责任和义务。他们拥挤地生活在医院医生宿舍区的两三个房间里，大人从来不许他们单独外出，从来不给他们零用钱，他们也没有朋友。医生除了医院薪水另有私人业务，后来他父亲在离莫斯科几百英里的地方购得一笔小产业，此后母亲常带孩子们到那边避暑，那是他们首度尝到自由的滋味。

费奥多尔·陀思妥耶夫斯基十六岁那年，母亲去世，父亲带两个儿子米哈伊尔和陀思妥耶夫斯基到圣彼得堡去读军事工程学校。哥哥米哈伊尔因体格差而被拒，陀思妥耶夫斯基因此跟他唯一喜欢的人分开了，他觉得孤寂、闷闷不乐。父亲可能是不愿或没法寄钱给他，连书本和皮靴等生活必需品他都买不起，学校规定的学费也付不出来。他父亲安顿好大儿子又把另外三个孩子寄养在莫斯科某阿姨家之后，放弃行医，带着两个最小的女儿退隐到乡下庄园。他染上酗酒的恶习，对孩子一向严苛，对农奴也很不人道，终于有一天被农奴们杀死了。

那是1839年。陀思妥耶夫斯基虽然对课业不热衷，倒念得不错，读完军事工程学校就被派往该校工程部门任职。他自己的薪水加上他分得的父亲的地产，如今他一年进账五千卢布。他租了一间公寓，爱上花费颇大的桌球，肆意挥霍金钱，一年后他觉得在工程部门任职“无聊得要死”而辞去工作。他这时已债台高筑，直到晚年仍然欠债，他是个无可救药的败家子。挥金如土害他陷入绝境，但他从未养成自制的习惯，任性的作风终身未改。有一位替他立传的人提到：缺乏自信是他习惯挥霍的原因之一，因为这样能给他短暂的权力感，满足他的虚荣心。我们待会儿再来看看他的惨败害他陷入什么样令人痛心的困境。

费奥多尔·陀思妥耶夫斯基还在军事工程学校念书的时候，曾着手写一部小说，如今他决定当作家谋生，就把书写完，那本书叫作《穷人》。他在文学界没有半个熟人，但一位名叫格里戈洛维奇的朋友认识正要创办评论杂志的涅克拉索夫，就说要把小说拿给这个人看。有一天，陀思妥耶夫斯基很晚回家，他整晚对一位朋友诵读他的小说，共同讨论内容，凌晨4点才步行返家。他实在睡不着觉，坐在敞开的窗前，凝望夜色，这时候有人按门铃，他吓了一跳。“是格里戈洛维奇和涅克拉索夫！他们喜不自胜，几乎噙着泪跑进房间，一再拥抱我。”他们阅读那本书，轮流朗诵，读完后尽管时间已经很晚很晚了，他们还是决定来找陀思妥耶夫斯基。两人互相说：“他若睡着也没关系，我们来叫醒他，这件事比睡觉重要。”第二天，涅克拉索夫把稿子拿给当时最重要的文学评论家别林斯基看，别林斯基也跟他们俩一样激动。小说出版了，陀思妥耶夫斯基一举成名。

他对成功并不能淡然处之。帕纳耶夫·格罗瓦切夫夫人曾描述陀思妥耶夫斯基被带到她寓所时给人的印象：“第一眼就看得出来新来的客人是一个非常紧张和敏感的年轻人。他个子又矮又瘦，发色浅淡，肤色不太健康，小小的灰眼睛不安地从这里瞥到那里，苍白的嘴唇一直局促不安地抽动着。在场的每个人他几乎都认识，但他显得很害羞，不参与一般谈话，即使连续有人想逗他说话，解除他的拘谨，让他自觉是我们圈中的一分子，但结果还是徒然。不过那晚之后他常来看我们，拘谨的态度渐渐消失：他甚至喜欢……参与辩论，似乎因为好辩而喜欢指出每个人说法的谬误。事实上，他年纪轻加上性格上的神经质，使他缺乏自制力，过度展现出身为作家的自大与自负。也就是说，他突然光彩地进入文学舞台，不免有些眼花缭乱，又蒙文学界大人物赞美，手足无措，就像众多易受情绪影响的人一样，掩不住他对那些按部就班进入文学界的青年作家的胜利姿态……他吹毛求疵，说话口气傲慢，看得出他自认为远比同伴们优越……陀思妥耶夫斯基尤其怀疑人人都想对他的才华嗤之以鼻；他听到每一句单纯的话都会觉得人家有意藐视他的作品，侮辱他本人，所以他每次来我们家都义愤填膺，一直想跟人吵架，把郁积在胸口的怨气整个发在假想的毁谤者身上。”①

他不是好伺候的客人，也不是讨喜的人物。成名后他乘胜追击，签下一本长篇小说和许多短篇的合约。收到预付款后他就放荡度日，朋友们都规劝他，他跟这些人吵架，连为他出过许多力的别林斯基也不例外，因为他不相信“对方的仰慕是纯洁的”。他自认是天才，是俄国最伟大的作家。他债台高筑，不得不加紧工作。很久以前他就患有轻微的精神错乱，如今生病了，他害怕自己会发疯或染上肺病。这种情况下写的短篇小说都是失败的作品，长篇小说

① 出自《陀思妥耶夫斯基的生平及文学活动》，C. J. 贺加斯翻译。

也不可读，曾经大肆赞美他的人如今纷纷攻击他，大家一致认为他已江郎才尽。

此时他的文学生涯突然被迫告一段落。有一群年轻人浸淫于当时西欧流行的空想社会主义观念，醉心于某些改革措施，尤其是解放农奴、废除审查制度，陀思妥耶夫斯基加入了他们的行列。他们其实无伤大雅，只不过每周聚会一次，讨论他们的想法而已；没想到竟遭警察监控，所有人在同一天被捕。经过审讯，他们全部被判枪决。冬日的某一天早晨，他们被带到行刑的地点，士兵们正准备行刑，一位信使适时抵达，说死刑已赦，他们被流放到西伯利亚服苦役。陀思妥耶夫斯基被判在鄂木斯克监狱关四年，然后去当普通士兵。他被带回彼得保罗要塞之后，写了下面这封信给哥哥米哈伊尔：

今天12月22日，我们都被带往西蒙诺夫斯基广场。狱方向我们宣读死刑判决，拿十字架给我们亲吻，匕首悬在我们头顶，丧服（白衬衫）也准备好了。接着我们之中有三个人奉命站在栅栏前等候执行死刑，我排在第六个；三个三个一组被叫出去处死，我算第二组，没有几分钟可活了。哥哥啊，我想起了你和你的一切；那最后一刻只有你浮现在我脑海中；我第一次知道我爱你有多深，挚爱的哥哥！我还有时间拥抱站在我附近的普莱斯切夫和杜洛夫，跟他们告别。最后我们忽然又奉命被召回，绑在木桩上受死的人被带回来。狱方向我们宣读沙皇陛下的赦免令，接着念出最后的判决……

陀思妥耶夫斯基有一部绝佳的作品描述监狱生活的恐怖。有一点值得注意，他说新来的犯人抵达两小时后就跟其他犯人打成一片，很快就混熟了。“可是一位绅士、一位贵族，可就完全不同了。无论他多么不摆架子、好脾气又聪明，他到头来还是大家一致憎恨和瞧不起的对象，永远不为人所了解，甚至永远不受信赖。没有人会把他当朋友或同志，虽然随着时间推移他至少可实现不再成为大家的出气筒，但他仍无依无靠地生活，无法摆脱异乡人孤单的痛苦思绪。”

陀思妥耶夫斯基其实也不是什么了不得的绅士，他的出身和他的人生都很卑微，除了短期的荣耀，他一直非常贫穷。他的朋友兼狱友杜洛夫深受大家喜爱。看来陀思妥耶夫斯基的孤寂和此事带给他的痛苦至少一部分肇因于他自己性格的缺陷、他的自负、他的自我为中心、他的多疑和喜欢吵架。他在数以百计的伙伴群中仍感孤单，使得他退回内省状态。他在文章中说：“透过这种灵魂的孤立，我有机会重温我过去的人生，把它剖析到最小的细节，探查我迄今的生活，严格又坚决地判断我自己。”《新约全书》是他唯一获准拥有的书，他不断阅读，这本书对他的影响极为深远。从此他宣扬（不违反他倔强性格的情况下）并力行谦逊之道，努力压抑正常人性的欲望。他记述道：“第一要先贬抑自己，深思你过去的人生如何，深思未来你能实现什么，深思你灵魂深处潜伏着多少卑鄙、琐碎和邪恶。”牢狱吓倒了他自大、专横的心灵。他出狱后不再是革命分子，而是坚定拥护王朝权威和既定秩序的人，他出狱时也成了一名癫痫患者。

监禁期满之后，他被送到西伯利亚的一处小驻地当士兵，完成当局的判决。生活极苦，但他乖乖忍受，视为他犯罪惩罚的一部分，因为他得到一个结论：他的温和改革活动是有罪的。他写信给哥哥说："我不抱怨；这是我的十字架，我活该受罪。"1856年，在一位老朋友的求情下，他由士兵升为军官，生活变得比先前略为好些。他交了几位朋友，还谈起恋爱来，他心仪的对象叫玛丽亚·德米特耶夫娜·伊莎耶娃，其夫因酗酒和肺病奄奄一息，他们有个儿子。依据描述，她中等身材、相当漂亮，很苗条、很热情，个性急躁。大家对她所知不多，只知道她像陀思妥耶夫斯基一样生性多疑、好嫉妒又爱自我折磨。

他成了她的情人。过了一段时间，她丈夫由陀思妥耶夫斯基驻扎的村庄转到四百英里开外的另一个边界岗哨所，并死在了那儿。陀思妥耶夫斯基写信求婚，对方犹豫不决，一方面因为他们都很穷困，另一方面因为她心仪一位"格调很高又富同情心"的青年教师佛古诺夫，变成了他的情妇。陀思妥耶夫斯基爱得很深，嫉妒得发狂，但他性喜自残，说不定还有小说家爱把自己当作书中人的特殊癖好，所以做了一件非常独特的事——他宣布佛古诺夫跟他比亲兄弟还要亲，并请一位朋友寄钱给他，让玛丽亚·伊莎耶娃可以嫁给这位情人。

然而他得以扮演伤心欲绝、为心上人的幸福而自我牺牲的角色，且未发生严重的后果，是因为俏寡妇眼睛一直盯着最有利的良机。佛古诺夫虽“格调高又富同情心”，却一文不名，陀思妥耶夫斯基如今已升为军官，不久就会获赦，没什么理由不会再写出成功的作品。他们于1857年结婚，手头没什么钱，陀思妥耶夫斯基一直借钱，直到没人可借了，他又再次开始文学创作。可是他身为一名罪犯，必须先得到许可才能出书，这并不容易。婚姻生活也不轻松，事实上非常不美满，陀思妥耶夫斯基归咎于其妻多疑、爱幻想的本性，他没发觉自己也跟初成名时一样不耐烦、易怒、神经过敏、对自己没信心。他动笔写多篇小说，然后暂时搁在一旁，又开始另写几篇，到头来写成的很少，而且无足轻重。

1859年，在他本人的请求和朋友们的奔走之下，他获准返回圣彼得堡。欧内斯特·西蒙斯在其所著的一本有关陀思妥耶夫斯基的书中，说他重获自由的手段十分卑鄙，并未言过其实。“他写爱国诗，一首恭贺亚历山德拉皇后生日，一首祝贺亚历山大二世加冕，一首哀悼尼古拉斯一世驾崩。求情信寄给当权者和新沙皇本人。信上声称，他仰慕新皇，还把他描述为普照天下正义及不义人士的太阳，并宣称愿为沙皇献出生命。他欣然承认他被判的罪行，却坚称他已忏悔，如今正为他已放弃的主张受苦受难。”

他与妻子和继子定居在首都，跟哥哥米哈伊尔一起创办了一份文学杂志，取名《时代》，还为这份刊物写了《死屋手记》和《被侮辱与被损害的人》。结果大获成功，此后两年，他的经济状况宽裕多了。1862年，他把杂志交给米哈伊尔负责，自己出国游历西欧。他觉得巴黎是“最烦闷的城市”，居民为赚钱不择手段、心胸狭窄；伦敦穷人的惨状和富人虚伪的体面也叫他震惊。他前往意大利，可是他对艺术不感兴趣，他在佛罗伦萨逗留的一个礼拜期间读了雨果的《悲惨世界》。他没去参观罗马或威尼斯就返回了俄国。其妻染上了肺结核，如今成了慢性病患者。

他出国前几个月，有位少女拿着一部短篇小说想在他的杂志刊登，年届四十的陀思妥耶夫斯基因此跟她认识。这位小姐名叫波琳娜·萨斯洛娃，年仅二十岁，还是黄花闺女，长得很漂亮，为了显示自己有学问，她把头发剪短，戴深色眼镜。陀思妥耶夫斯基回到圣彼得堡之后，他们就成为了情人。接着杂志因为登了某位投稿者一篇令人遗憾的文章，遭受打压，他决定再度出国。出国的理由是要治疗这一阵子以来持续恶化的癫痫症，但这只是借口；他发明了一套把庄家的钱赢光的办法，想要到威斯巴登去赌博，而且他跟波琳娜·萨斯洛娃约好在巴黎见面。他向“贫困作家基金”借了一笔钱就出发了。

到了威斯巴登，他输了不少钱，只因为他对波琳娜·萨斯洛娃的热情强过赌博欲，他才勉强离开赌桌。他们打算一起到罗马，可是解除了束缚的少女在等待陀思妥耶夫斯基期间却跟一位西班牙医科学生有了短暂的情缘；那人弃她而去，她心情坏极了。女人往往不会冷静接受失恋这件事，所以她拒绝跟陀思妥耶夫斯基重修旧好。他接受此状况，提议他们“以兄妹身份”同往意大利，她可能没什么事可做，也就答应了。他们很缺钱，有时候连身上的小装饰品都得拿去典当，使得事态更复杂，所以这样的安排并不成功。经过几个礼拜的“折磨”，他们最终分手。陀思妥耶夫斯基回到俄国，他发现妻子奄奄一息，六个月后她去世了。他给友人的信中这样写道：

我的妻，那爱慕我且为我无比热爱的人，已在莫斯科去世，她在肺病死亡前一年迁居莫斯科，我追随她到那儿，整个冬天一次都没离开过她床边……我的朋友，她对我的爱是无限的，我对她的深情难以用言语表达；但我们共同生活并不快乐，改天我遇见你再一五一十说给你听。目前我只想说：尽管我们郁郁不乐生活在一起，但我们从未丧失彼此间的爱，反而随着我们的不幸爱恋益深。你听来可能会觉得奇怪，但这是事实。她是我见过的最善良、最高尚的女性……

陀思妥耶夫斯基有点夸大了他的深情。那年冬天他两度为自己跟哥哥创办的一份新杂志前往圣彼得堡。这本刊物不像《时代》那么倾向自由派，结果也失败了。米哈伊尔生病后不久去世，留下两万五千卢布的债务。陀思妥耶夫斯基发现他必须赡养寡嫂母子以及哥哥的情妇母子。他向一位有钱的姑妈借了一万卢布，1865年他宣布破产，有借条的债务高达一万六千卢布，口头借款也有五千卢布。债主们很难对付，为了躲他们，他又向“贫困作家基金”借钱，而且签合约说好在某一日期交出一部小说稿，因此得到了一笔预付款。有了这些钱之后，他再度到威斯巴登赌博碰运气，并跟波琳娜·萨斯洛娃碰面。他向她求婚，可是波琳娜对他已由爱转恨。

我们不妨猜测波琳娜当他的情妇是贪图他为知名作家，又是杂志编辑，对她可能有利。但杂志卖不出去，他的外貌一向不怎么起眼，如今已四十五岁，不但秃头还有癫痫病。他在性爱方面的欲求使她恼怒到受不了的地步，这不难理解；最叫女人不耐烦的莫过于其貌不扬的男子所表现出的欲望了。她离开他回到巴黎。他在赌桌上把钱全部输光，只好典当手表；惨到没钱吃一顿饱饭，必须在房间里静静坐着，免得引起食欲。他开始写另一本书，照他自己的说法，是基于匮乏不得不写而且要抢时间。他一文不名，生病又潦倒，这种情况下写出来的书就是《罪与罚》。

他已经穷得走投无路了，他向每一个认识的人求援，连跟他吵过架、他又恨又瞧不起的屠格涅夫也成了他借钱的对象；他拿了屠格涅夫的钱，用那笔钱回到俄国。他一面写《罪与罚》，一面想起他签过合约，要在某一天交出一部书稿。依据他签的不公平协议，如果他不交稿，出版商有权出版他随后九年的所有作品，而一分钱都不必付给他。有个头脑机灵的家伙建议他雇个速记人员，他照办了，二十六天就完成一本名叫《赌徒》的小说。速记员年方二十，相貌平庸，但做人做事效率高、实事求是、有耐心，很忠诚又对他十分景仰；他在1867年初娶她为妻。他的亲戚们怕他以后不肯像先前那样帮助他们，因此对此婚姻十分不满，对他年轻的妻子非常刻薄，她遂劝他再度离开俄国。他又欠了一大堆债。

这回他远走四年。起先其妻安娜·格里高利耶夫娜觉得跟知名作家共同生活非常不容易。他的癫痫症恶化了，他很容易生气，不体贴又虚荣。他重新和波琳娜·萨斯洛娃通信，可怜的安娜自然不能心安，但她是一位见识非凡的少妇，一切不满都压在心底没说出来。他们前往巴登-巴登，他在那边又开始赌博，再一次把钱输个精光，照例写信给每一位可能伸出援手的人要钱，一要再要，钱一到手立刻送上赌桌输个精光。凡是值钱的东西他们都典当掉了，一再搬家，愈住愈便宜，有时候几乎没有足够的东西可吃。后来安娜·格里高利耶夫娜怀了身孕。下面是陀思妥耶夫斯基一封信的节选，此时他刚赢了四千法郎。

安娜·格里高利耶夫娜恳求我知足，赢这四千法郎就好了，尽快离开此地。可是天赐良机，好轻松，说不定可赢回一切。例子就在眼前，一个人除了自身赢钱外，每天还看到别人赢两三万法郎（大家是不会看到输钱的人的）。世上岂有圣人？金钱对我比对他们更重要。我下的赌注不只是输掉的那些，我开始失去最后的资源，这令我怒不可遏。我又输了，我把衣服拿去典当，安娜·格里高利耶夫娜已经把她的一切，包括她最后的小饰物都全部典当光了。（好一个天使！）在可厌的巴登我们只能到打铁铺楼上的两个小房间栖身，她安慰我，我们都感到很疲惫。最后，最后一次，一切都输光了。（噢！那些德国人真可恶！他们全都是放高利贷的人、无赖和流氓。房东知道我们收到钱之前无处可去，就提高了价钱。）最后我们只得逃出来，离开巴登。

陀思妥耶夫斯基的第一个孩子在日内瓦出生，他欣喜若狂，但仍继续赌博。意志薄弱害他把原先可供妻子和孩子买生活必需品的钱都输光了，他悔恨至极，不过他只要口袋里有几法郎，还是会回到赌场去。三个月后孩子死了，他非常伤心。安娜·格里高利耶夫娜再度怀孕，可是他自觉不可能像爱夭亡的女儿一般爱其他的子女。《罪与罚》出版后深获好评，而且他已着手写另一本书，名叫《白痴》。出版商每个月寄给他两百卢布，但他仍不断陷入困境，一直要求预支稿酬。《白痴》不受读者喜爱，他又开始写另一部中篇小说《永久的丈夫》，然后是一部长篇小说，英文版叫《群魔》。

这段时间陀思妥耶夫斯基和妻儿依据情况搬来搬去，我的意思是说，信用耗光借不到钱了就搬走，但他们很想家。他始终克服不了内心对欧洲的厌恶。巴黎的文化和殊荣、怡人亲切的气氛、德国的音乐、阿尔卑斯山的壮丽辉煌、瑞士湖泊的深邃妩媚、托斯卡纳的优雅迷人和佛罗伦萨的艺术宝藏，他全都无动于衷。他觉得西方文明有小资产阶级味道，颓废又腐化，相信它终必衰亡。他从米兰写信说：“我在这边渐渐变得迟钝和狭隘，而且和俄国失去了联系，我需要俄国的空气和俄国的人民。”他觉得若不回俄国，他永远没法完成《群魔》一书。安娜好想回家，但他们没有钱，而陀思妥耶夫斯基的出版商所预支的稿酬早已超过出书可能赚到的利润。陀思妥耶夫斯基情急之下又去求他。头两期的连载已刊登在一本杂志上，出版商怕收不到后面的稿子，只好寄钱让他们当路费。就这样，陀思妥耶夫斯基一家回到了圣彼得堡。

时为1871年，陀思妥耶夫斯基五十岁，离去世还有十年。

《群魔》问世后深获好评，书中攻击当时的青年激进分子，使他在保守派的圈子里交上了一些朋友。他们认为政府跟改革派的斗争中他可以派上用场，就在官方支持的《公民报》给他安插了一份高薪的编辑职位。他干了一年，后来有个议案连保守的他也无法接受，他为此跟雇主意见不合，终于辞去职务。此时，能干又脚踏实地的安娜自己创办了一家出版公司，出版丈夫的作品，利润颇丰，他余生终于不再匮乏了。余年我就简短带过，他以《作家日记》这个标题写了不少应景的散文，非常成功，渐渐把自己视为教师和先知，这是很少作家不愿扮演的角色。他写了一部名叫《少年》的小说，后来改叫《卡拉马佐夫兄弟》。他声名大噪，1881年突然去世时，已深获当时许多极伟大作家的推崇。据说他的葬礼是“俄国首都有史以来数一数二的最受大众关注的公共集会之一”。

我尽量平铺直叙陀思妥耶夫斯基一生的主要事迹，不加评论。他给我们的印象是格外讨人厌。无论是作家、画家、音乐家或演员，虚荣是文艺家的职业病，但陀思妥耶夫斯基虚荣自负得荒唐，他似乎从来没想到人家听他谈自己和自己的作品会听腻。除了这些，他还有如今叫作“自卑感”的症候。也许正因为这样他才会公然轻视同辈作家吧。有节操的人不太可能因为坐了几年牢就变得这么温顺可悲；不过他虽把判决视为自己抗拒当局应得的处罚，但仍不妨碍他想尽一切办法希望获得赦免，这好像不太合乎逻辑。我先前已叙述过他向权势者求情曾自贬到什么程度。

他完全缺乏自制，不过这大概要归因于他患上了严重的癫痫症，发病时很难为此负责。他冲动起来根本不知深谋远虑，也不顾一般礼法，所以妻子病危时他弃她而去，跟着波琳娜·萨斯洛娃去了巴黎。等这个轻浮的年轻女子甩掉他后，他才回到妻子身边。不过他的弱点在热衷赌博这点上表现得最明显，赌博害他一次又一次陷入贫困。在日内瓦，他不得不同人借五法郎、十法郎的小钱，买东西给自己和妻子吃。

读者还记得吧，为了履行合同，他写了一部名叫《赌徒》的中篇小说。这部作品写得不好，但有一点很有趣：女主角波琳娜·亚历山德罗芙娜显然是波琳娜·萨斯洛娃的化身，他对这种爱恨交织的女性类型进行了初步描写，后来的作品中他花费较多心血刻画过这一类型的人。文中陀思妥耶夫斯基细腻生动地描述了他所熟悉的赌博欲缠身的感觉，另有一番趣味。读完后你就会明白：尽管好赌给他带来不少屈辱，给他和他心爱的人造成了痛苦，并由此引发诉讼（他向“贫困作家基金”领钱是为保障其写作，而不是用于赌博），害他需要不断向已经给钱给腻了的朋友们求助，但他怎么都抗拒不了这一诱惑。

他这人爱出风头，有创作本能的人无论从事何种艺术，多多少少都是如此；他生动描写了赌场上的好运气如何给这种可耻的癖好带来满足的过程。旁观者围在四周，瞪着幸运的赌客，把他当作高人一等的英雄，他们赞叹和仰慕他，他成了瞩目的中心。对于一个承受病态羞怯心理之苦的不幸者来说，这是何等的宽慰啊！他赢钱的时候会拥有醉人的权力感，觉得自己就是命运的主宰，他的聪明才智和直觉是如此之可靠，简直可以掌控人的命数。

陀思妥耶夫斯基的传记由他的一位老朋友斯特拉科夫执笔，他给托尔斯泰写过一封跟这部作品有关的信，艾尔默·莫德在其所著的托尔斯泰的传记中刊载了这封信，我略做删节，将译文摘录如下：

写作期间，我必须不断对抗一种恶心的感觉，设法压抑我的这种厌恶感……我不觉得陀思妥耶夫斯基是善良或快乐的人。他品行低劣、荒淫、嫉妒心很重，他一生都受一些激情摆布，要是他头脑没这么好、为人不这么坏，他一定会因此变得可笑又可怜。我撰写他的传记，便满怀这种情绪。在瑞士，他当着我的面对待仆人的态度非常恶劣，对方反抗，说道："我也是人啊！"这句话是针对一位经常对他人宣扬人道情感的人士所说的，我的印象非常深刻。这种场景经常发生，他控制不住自己的脾气……最糟的是他居然很得意，并且从未懊悔过他的下流行为。下流行径吸引着他，他为此沾沾自喜。维斯科瓦托夫（一位教授）曾告诉我，陀思妥耶夫斯基曾自称他在澡堂强奸过一位由女家庭老师带来找他的小女孩……尽管这样，他却常有一种自作多情的感伤和言而无物的人道主义梦想，就是这些梦想、就是他的文学要旨和作品倾向使我们喜爱他。简言之，这些小说力求为作者脱罪，证明最可憎的恶行可以跟最高贵的情操并存……

陀思妥耶夫斯基的感伤确实是自作多情，他的人道主义也确实没什么用处。他反对知识分子，寄望"民众"带给俄国新生，但他不太了解他们，对他们悲惨坎坷的命运也不太同情。他猛烈攻击那些想减轻民众痛苦的激进分子，他对穷人悲惨的处境所提出的对策是，"将他们的苦难理想化，从中建立一种生活方式。他不提出实际的改革，倒说要给他们宗教和神灵的慰藉"。[①]

① 西蒙斯《陀思妥耶夫斯基》。

强奸小女孩的故事使陀思妥耶夫斯基的仰慕者非常痛心，他们不相信有这回事。斯特拉科夫的叙述显然是根据传闻；为证实这个说法，有报道说陀思妥耶夫斯基悔恨交加，向一位老朋友倾诉此事，那人劝他向世界上他最恨的人告白，以示忏悔，于是他说给屠格涅夫听。尽管如此，故事可能不是真的。当然啦，这个主题突然持续出现在他的作品中，《群魔》被禁印的一章据说就是描写此题材，这是不争的事实。但这不能证明他真的犯过这种丑恶的罪行。说不定是跟癫痫症相关的幻想，牢不可破，害他充满罪恶感；也许像许多小说家一样，他让书中人做出自己不幸想做却做不出来的罪行。①

陀思妥耶夫斯基爱慕虚荣、疑神疑鬼、爱吵架、畏畏缩缩、自私、爱吹牛、不可靠、不体贴、狭隘又不宽容，但这也只是部分情况。他在监狱得知，人可能犯谋杀罪、强奸罪或偷窃罪，但仍有勇敢、慷慨、善待友伴等好品质；他得知，没有人是整体一致的，人都是高贵与卑鄙、恶与善共生的矛盾体。陀思妥耶夫斯基是最不苛求的人，他很慈悲，他从不拒绝给乞丐或朋友钱，他自己贫困时还设法攒点钱寄给嫂子和哥哥的情妇，给他那不肖的继子，给酗酒的窝囊废弟弟安德烈。他占别人的便宜，这些人则占他的便宜。他对此不愤慨，似乎只抱歉他不能为他们再多尽点力。他对其妻安

① 雅莫林斯基《陀思妥耶夫斯基传记》。

娜·格里高利耶夫娜又爱又敬又佩服，觉得她各方面都优于他，他出国四年，一直怕她只跟他在一起会觉得厌烦，听来真叫人感动。他有爱心，也渴望被爱，他简直不相信自己终于找到一个不嫌他种种缺点而全心爱他的人，安娜给了他一生最快乐的几年。

作为人和作为作家之间具有如此之大的差别，我想不出比陀思妥耶夫斯基更鲜明的例子。这种情况可能存在于所有创造性的艺术家身上，但作家相对而言更为明显，因为他们的创作媒介是文字，他们的行为和表达的信息之间的矛盾遂更加叫人震惊。雪莱怀抱美丽的理想主义，对自由有热情，对不义充满憎恨，但他生性自私，对自己给人带来的痛苦漠不关心。我们不妨将两者做一比较。我相信许多作曲家、画家也跟雪莱一样自私无情，但他们的音乐之美、绘画之美迷住了我们的感官，我们并不为其人与其作品不相符而生气。童年和少年时期是拥有创作天赋的最佳时期，如果过了青春期还历久不衰，也许就是一种要牺牲正常凡人属性才能欣欣向荣的病态了，正如西瓜施了肥料后最甜，天才也是长在邪恶的土壤中最为茁壮。

一方面，陀思妥耶夫斯基是传记家们所描写的虚荣、易怒、意志薄弱的自私人物；另一方面，是他创造了小说中最迷人、甜蜜、温和的可人儿阿廖沙，是他创造了圣徒般的梅诗金公爵。阿廖沙被设计成《卡拉马佐夫兄弟》的中心人物，从书上的第一个句子就可以清晰看出来："阿历克赛·费多罗维奇·卡拉马佐夫是本地区有名的地主费奥多尔·巴夫洛维奇·卡拉马佐夫的第三个儿子。后者生前在地方上很有名，由于他十三年前抑郁悲惨地死亡，至今我们仍记得他。那件事我将在恰当的地方加以描述。”陀思妥耶夫斯基是老练的作家，当然打算以一句凸显阿廖沙的明确话语作为作品的开端，但在书中，他跟哥哥德米特里和伊万比起来，扮演的是次要的角色。他在故事里进进出出，对于在其中扮演各种角色的人物好像没有多大的影响。他自己的活动涉及一群学童，这些小孩的行为除了显示阿廖沙的魅力与和善之外，跟主题的发展毫无关系。

《卡拉马佐夫兄弟》在加内特夫人的译本中长达八百三十八页，说不定这只是陀思妥耶夫斯基打算写的长篇小说的片断而已，这是上述矛盾合理的解释。他打算在后续的篇章继续发展阿廖沙的性格，带他历经多次浮沉兴衰，使他经受罪恶的体验，最后通过苦难获得拯救。可惜陀思妥耶夫斯基提前死亡，没法实现他的计划，《卡拉马佐夫兄弟》依旧不完整，但它仍是有史以来最伟大的小说之一，在少数几本杰出的小说——比如震撼人心的《呼啸山庄》和《白鲸》——之中名列前茅。这是一部非常充实的作品，如果我企图摘要讨论，只会辱没了这本书。陀思妥耶夫斯基曾苦思良久，为这本书下的功夫实在超过财务困境下能为任何小说花费的程度；他把一切磨人的疑惑、对人生意义的焦急探索全部放入书中。我只能告诉读者不要期望过多，因为读者无权要求作者给予他没有力量或意愿给人的东西。这不是一本写实的书。陀思妥耶夫斯基并非有高超的观察力，而他也不追求逼真，书中人的行为不宜以日常生活的一般水准来衡量，他们的行动不合乎常理，动机也猥琐得疯狂。他们不像你在简·奥斯汀或福楼拜笔下认识的熟悉人物；他们是激情、自尊、情欲、憎恨的拟人化，他们不是抄自人生、由作者高明地精心描绘成比实际人生更有含义的人物，而是作者痛苦、扭曲、病态情感的流露，但他们虽不像真人，却跃动着生命。

《卡拉马佐夫兄弟》有啰唆的毛病，陀思妥耶夫斯基也知道他的许多其他作品也有这个缺点，却改不过来，即使看译文我们也感觉到他写得很松散。陀思妥耶夫斯基是伟大的小说家，却是蹩脚的艺术家。他几乎没有什么幽默感，制造轻松场面的霍拉柯夫夫人实在索然无味。丽莎贝塔、波琳娜·亚历山德罗芙娜和格鲁申卡这三位年轻女性不太有个性；三个人都是歇斯底里、坏心眼又恶毒，她们想控制和折磨自己所爱的男人，同时顺从他，在他手中受苦，她们的举动令人费解。我写陀思妥耶夫斯基的简短生平，省略了另外两位跟他有点亲密关系的女人，因为她们虽提供他写作的题材，对他一生的影响却微不足道。他非常好色，但我相信他对女人不太了解，他似乎将她们简单分为两类：一种是饱受恫吓、虐待、欺凌的自我牺牲型女子；一种是热情、残酷、报复性强的傲慢支配型女人。此处他可能想着他深爱的波琳娜·萨斯洛娃，因为她带给他的苦难、屈辱正是他满足被虐狂所需要的振奋剂。

刻画男性角色的描写技法则比较稳健。糊涂蛋老卡拉马佐夫描述得棒极了；他的私生子斯美尔佳科夫是邪恶人物的代表；阿廖沙我已简短谈过了。老卡拉马佐夫另外还有两个儿子：德米特里是被宽容的人视为大敌的那种人——他是粗俗、酗酒、爱吹牛的小流氓，挥金如土，不计后果；他欺凌弱小，跟住在镇上的情妇格鲁申卡狂饮作乐的描述天真得近乎荒唐，他空谈荣誉简直叫人恶心。他可以说是本书的中心人物，我觉得这是瑕疵，因为他这个人一文不值，你不会在乎他的下场如何。这种男人往往对女人很有吸引力，他想必如此，但陀思妥耶夫斯基并未显示他的吸引力何在。他的行为有一点我总觉得意味深长，他把偷来的钱拿给他热恋的格鲁申卡，好让她嫁给最初诱奸她的人，这叫人想起陀思妥耶夫斯基试图向朋友借钱来帮助未婚妻玛丽亚·伊莎耶娃嫁给她那位“格调高又富同情心”的教师情人这个插曲。他把德米特里刻画成跟他自己一样无情的利己主义者，也是被虐狂。

目前为止我一直在吹毛求疵，读者可能会问我：既然提出这些反对意见，为什么还主张《卡拉马佐夫兄弟》是世上最伟大的长篇小说之一？好吧，首先它具有引人入胜的趣味。陀思妥耶夫斯基不只是伟大的小说家，还是非常能干的小说家，一般说来两者不见得永远兼具，而他具有将情境有效渲染的奇才，他喜欢用一种方法激起读者紧张不安的感受，这值得特别指出来。他把故事中的主要人物放在一起讨论某项骇人听闻到无法理解的行动，然后以法国侦探小说家迦柏里欧揭开罪行奥秘的技巧引导你理解那件事。

这些长长的对话有种震撼人心的兴味，他以一则聪明机巧的桥段来增加其刺激性；书中人激动的程度比他们说的话强烈多了；他描述他们激动得发抖，脸色发青或苍白得吓人，所以最普通的话产生了读者所无法解释的一种含义；读者马上被这些夸张的姿态弄得七上八下，等某一件他原该无动于衷的事发生，他自己的神经早已烦躁不安，随时准备接受真正的震撼了。

但这只是技巧问题：《卡拉马佐夫兄弟》之所以伟大，在于主题伟大。很多批评家说这本书的主题是上帝的追寻，我说是罪恶的问题。这一来我要谈谈老卡拉马佐夫的次子伊万，他是书中最有趣，或许也是最没有同情心的人物。有人提过，他可能是陀思妥耶夫斯基基本信念的代言人。书中《争论的问题》这一节里曾讨论此主题，那也是陀思妥耶夫斯基心目中这本小说的高潮部分。其中伊万谈起罪恶问题，就人类思想而言，罪恶似乎跟全能的上帝是不相容的。他举儿童不应受的苦难做例子。大人该为自己的罪恶受苦是很合理的，可是无辜的孩童也该受罪可就叫情感和理智都无法接受了。

伊万对于上帝创造人还是人创造上帝不感兴趣，他愿意相信上帝存在，但他无法接受上帝所创造的世界如此残酷。伊万坚持无辜者没有理由为有罪者的罪孽受苦；若是如此——事实也真是如此——那么上帝不是邪恶就是不存在。陀思妥耶夫斯基从未写得比这更有力，可是他写完却对自己做的事感到害怕。论据强而有力，但结论违反他自己心目中“世界尽管有罪恶、有苦难，但仍然很美，因为是上帝所创造”的信念。“一个人若爱世上所有的生命，这份爱将证明吃苦有理，大家将分担彼此的罪过，那么为别人的罪孽受苦将变成每位真基督徒的义务。”陀思妥耶夫斯基愿相信如此。写完《争论的问题》后，他赶快写了一篇反论，他比谁都知道自己写得不太成功，那一段内容冗长乏味，反驳也缺乏说服力。

罪恶问题仍待解决，伊万·卡拉马佐夫的控诉至今还没有解答呢。

第十讲

赫尔曼·梅尔维尔及其《白鲸》

Herman Melville（1819—1891）: Moby Dick

捕鲸船就是我的耶鲁和哈佛！

——赫尔曼·梅尔维尔

我读过雷蒙德·韦弗的《赫尔曼·梅尔维尔：水手和神秘者》、刘易斯·蒙福德的《赫尔曼·梅尔维尔》、查尔斯·罗伯茨·安德森的《梅尔维尔在南海》和威廉·埃勒瑞·塞奇威克的《赫尔曼·梅尔维尔：心灵的悲剧》，但我对赫尔曼·梅尔维尔的了解依旧没有比以前增加多少。

依据雷蒙德·韦弗的说法，一位“思虑不周全的批评家在1919年梅尔维尔的百岁诞辰”曾撰文说：“由于某些从未清楚说明的反常的心理体验，他的写作风格、他的人生观经历了完全的改变。”我不知道韦弗为什么将这位姓名未被说出的批评家描绘成思虑不周全。这位批评家说中了每一位对梅尔维尔有兴趣的人必感困惑的问题。为了这个原因，我们细察梅尔维尔人生每一项已知的细节，阅读他的信件和书籍，包括某些要运用坚定的意志力才能看懂的书，只求发现一点有助于阐明奥秘的蛛丝马迹。

但我们先接受传记家们告诉我们的事实吧。表面上——仅仅表面上——这些事实非常简单。

赫尔曼·梅尔维尔生于1819年，其父艾伦·梅尔维尔和其母玛丽亚·甘斯沃特均出自名门。艾伦是教养佳、游历广的人，玛丽亚则是优雅、彬彬有礼又虔诚的女人。他们婚后头五年住在奥尔巴尼，后来定居纽约。艾伦是法国纺织品进口商，他在纽约的生意一度很兴隆，赫尔曼·梅尔维尔就是在那里出生的。父母共有八个小孩，他是老三。可是到了1830年，艾伦·梅尔维尔交上了厄运，又搬回奥尔巴尼。两年后他破产去世，听说死前精神错乱。他死后家中一贫如洗。

赫尔曼·梅尔维尔进入奥尔巴尼男子人文学院学习，1834年离校后受雇于纽约州立银行当小职员；1835年，他到哥哥甘斯沃特的皮货店工作，次年转到了叔叔的匹兹菲尔德农场。后来他曾在塞克斯区的公立小学当了一学期的老师。他十七岁出海，大家写过不少东西来解释这件事，但我不懂为什么还需要另找理由，他自己提出的理由很充分嘛："我草拟过几个未来人生的计划，结果令我非常失望；我必须为自己想点办法，加上天生的漂泊性格，两项因素凑在一起，促使我出海当船员。"他试过很多行业都不成功，就我们对他母亲的了解，她大概毫不迟疑道出了心中的不悦。他跟之前或是之后的许多少年一样，是因为在家不开心才去航海的。赫尔曼·梅尔维尔是个非常古怪的男人，但我们没必要在其颇为自然的举动中寻找古怪之处。

他到达纽约时全身湿淋淋，身穿补丁裤和打猎夹克，口袋里一美分都没有，却带了一支他哥哥甘斯沃特交给他卖的猎枪；他穿越城区到哥哥的一位朋友家过夜，隔天再跟这位朋友前往码头区。经过一番搜寻，他们碰上一艘要前往利物浦的船，梅尔维尔应聘当"练习生"，月薪三美元。十二年后他写了《雷德伯恩》一书，描述那趟航程和回程以及逗留利物浦期间的经历。他自己觉得那是为赚稿费而写的平庸作品；不过这部作品内容生动有趣，以简单、率直、轻松、不矫揉造作的风格写成，是他可读性最高的作品之一。

接下来三年他怎么度过，没有多少资料可寻。根据一般可接受的说法，他在好几个地方教过书，其中一处是纽约的格林布什，薪水一季六美元，并且提供住宿。他为地方报纸写过不少文章。有人发掘过其中一两篇，内容没什么趣味，却显示他断断续续地看过不少书。那些文章有种特殊的风格，终其一生他都改不过来，就是不讲节奏、不讲理由地乱用寓言神话、历史人物、传奇人物以及各类作家的典故。正如雷蒙德·韦弗巧妙所言："他呼唤伯顿、莎士比亚、拜伦、弥尔顿、柯勒律治和切斯特菲尔德，也呼唤普罗米修斯、灰姑娘、埃及艳后……把他们漫不经心地挥洒在自己的作品中。"

但他具有冒险精神，我们猜他最后实在受不了环境注定要他过的温驯日子。虽然他不喜欢海员生活，但他下定决心再度出海。1841年，他从新贝德福德搭上捕鲸船“阿库什尼号”前往太平洋。水手舱的人都很粗鲁、野蛮、没有受过教育，只有一个例外——一位十七岁少年，名叫理查德·托比亚斯·格林。下面是梅尔维尔对他的描写：“格林天生具有动人的外表。他穿着蓝色长衣和斜纹布裤子，有史以来没有一位甲板上的瞭望水手比他更帅；他体形特别娇小，不太结实，四肢灵活而有弹性，天生黝黑的肤色被热带阳光晒得更黑，几绺黑亮的头发围在鬓角旁边，使得他的黑色大眼睛色调更暗。”

“阿库什尼号”航行了十五个月，在南太平洋马克萨斯群岛的努库希瓦岛停泊。两名少年实在受不了捕鲸船上的艰苦生活和船长的残暴作风，决定要叛逃。他们尽可能把烟草、船上的饼干和白棉布（要给土著）藏进外衣的前部，匆忙逃往岛屿内部。他们遇到各种奇事，几天后来到泰比族居住的山谷，受到对方热情的款待。由于梅尔维尔在路上小腿重伤，走路会痛，他来此不久便叫格林以寻找医疗救助为理由提前离开，其实是安排逃脱的事。

听说泰比族是食人族，因此他俩很谨慎，觉得长期依赖他们施恩不是聪明的办法。格林没回来，梅尔维尔过了好久才知道他一到港口就被绑架上一艘捕鲸船。照梅尔维尔自己的说法，他在山谷中过了四个月，颇受礼遇。他跟一位名叫法雅薇的女孩交上了朋友，双双一起游泳并乘船出游，除了担心被吃掉，倒是挺快乐的。后来一艘捕鲸船的船长在努库希瓦停泊，听说泰比族手中有一位水手，由于他的手下有很多船员已弃船逃掉，他便送来一船土著，希望泰比族放了这位水手。仍是照他自己的说法，梅尔维尔劝土著们放他到海滩，接着发生一场小冲突，他用船钩打死一个人，便真的逃亡了。

他现在登上了“朱丽叶号”，船上的生活比“阿库什尼号”还要糟糕，抵达塔希提岛之后，船员发生叛变。他们被系上锁链关在一艘法国海军舰艇五天，由塔希提岛的法庭裁判审讯，然后移交当地的监狱服刑。“朱丽叶号”签约雇了新水手，扬帆出海，囚犯们不久就出狱了。老船员中有一位落魄的医生，绰号叫“长鬼医生”，梅尔维尔跟他一起航行到邻近的茉莉亚岛，两个人受雇为两个农场主种土豆。梅尔维尔当年在马萨诸塞州为叔叔干活儿时不喜欢农耕，如今在波利尼西亚的热带阳光下更不喜欢。他跟“长鬼医生”乱逛，靠土生动植物度日，最后还撇下医生，说服一艘捕鲸船“利维坦号”船长雇用他，搭这艘船抵达了檀香山。他在那边做什么不太清楚，大概找到了文书工作吧。接着他登上一艘美国快速小军舰“美利坚合众国号”当普通海员，一年后那艘船返乡，他就被解雇了。

到1844年，梅尔维尔二十五岁。他没留下青年时代的画像，但我们从他中年的肖像可以猜出他二十几岁时个子很高，体格壮硕，强健又活泼，眼睛小小的，鼻子挺挺的，气色很好，有一头飘动的波浪发。

他返乡后发现母亲和姐妹们住在奥尔巴尼郊外的兰辛堡。哥哥甘斯沃特·梅尔维尔已放弃皮货店，成了一名律师兼政客；大弟艾伦也是律师，定居在纽约；小弟汤姆未满二十岁，不久就跟他一样出海航行。赫尔曼·梅尔维尔发现他已成为大家瞩目的中心，以“曾与食人族为伴”而知名，他常向起劲的听众讲述他的冒险故事；他们怂恿他写一本书，他立刻开始动笔。

以前他试写过东西，不太成功，但他这次非赚钱不可。描写努库希瓦岛寄居经过的《泰比》完稿后，已前往伦敦当美国部长秘书的大哥甘斯沃特·梅尔维尔将文稿交给约翰·墨雷，对方接受了，不久威利和普特南出版公司在美国印了这本书。书的反响不错，赫尔曼·梅尔维尔受到鼓励，又写了一本书描述他后来在南太平洋的冒险，名叫《奥穆》。

这本书在1847年问世，同年他跟梅尔维尔家认识多年的大法官肖家的女儿伊丽莎白结婚。小两口搬到纽约，住在第四大街103号艾伦·梅尔维尔的房子里，与赫尔曼及艾伦的妹妹奥古斯塔、范妮和海伦同住。这三位小姐为什么离开母亲和兰辛堡故居，我们不得而知。此后，赫尔曼·梅尔维尔定下心来写作。

1849年，亦即婚后两年，他的第一个儿子马尔科姆出生才几个月，他又横渡大西洋，这回是旅游，顺便见出版商，安排他描述“美利坚合众国号”小军舰上种种经历的《白外套》一书的出版事宜。他由伦敦转往巴黎、布鲁塞尔，直至莱茵河畔。他太太在枯燥乏味的回忆录中记述如下：“1849年夏天我们留在纽约，他写《雷德伯恩》和《白外套》。同年秋天前往英国，出版上述作品。从中我们并未得到多少满足感，因为想家而匆匆赶回家，有尊贵人士邀他造访，也暂时搁下了——原因之一为罗特兰公爵约他到贝尔沃城堡住一个礼拜，要看他的航海日记。1850年夏天我们前往匹兹菲尔德，同年10月迁往箭头庄。”

“箭头庄”是梅尔维尔用大法官岳父代垫的钱所买下的农庄，由他自己命名，他跟妻儿和妹妹定居在这儿。梅尔维尔太太在日记中以实事求是的笔调说：“在恶劣的环境下写《白鲸》或者《莫比·迪克》——常整天坐在书桌前，直到四五点没写出一个字；天黑后骑马到村庄；早上起得早，早餐前外出散步；有时候劈柴当作运动。1853年春天，我们都为他身心的压力担忧。”

梅尔维尔定居“箭头庄”时，发现霍桑住在附近。他对这位老作家的仰慕就像一个女生崇拜老作家，令沉默寡言又含蓄矜持的霍桑感到坐立不安。他写给霍桑的信慷慨激昂，其中一封信写道：“有幸认识你，我觉得我离开世间的时候会带着更大的满足感。”“认识你比《圣经》更让我相信我们的不朽。”傍晚他往往会骑马到利诺克斯的红房子，去畅谈“上帝、来世以及其他各种人类不得而知的事”。霍桑想必对此有点厌烦吧。

两位作家谈话时，霍桑太太便在一旁的台子上做针线活儿，她曾写信给母亲如此形容梅尔维尔：

“我不太确定我是不是把他当作了不起的人物……一个有真诚温暖的心、有灵魂有心智的人——从头到脚都洋溢着生机；认真、诚恳、虔敬；非常温柔和谦逊……他有十分敏锐的洞察力；但最叫我惊讶的是，他的眼睛不大也不深，他看事情好像非常精确，我搞不懂他眼睛这么小怎么可能办到。那双眼睛也不锐利，反正普普通通就是了。他的鼻子很挺很好看，嘴巴表现出灵敏和热情。他个子高高的、挺挺的，有种自由、勇敢、雄伟的气概。他谈话时手势很多，很有力，沉迷在话题之中，不斯文也不优雅。偶尔他的活力消失了，我不太喜欢的双眼露出特别安静的表情：一种内向的朦胧的目光，但同时又让你觉得他当时正无比深沉地留意眼前的东西。那是一种奇特的、懒洋洋的眼神，却蕴含一种独特的力量。似乎未曾穿透你，却能带你到他身体内部。”①

霍桑一家离开了利诺克斯，于是这段梅尔维尔感觉热切又深刻，而霍桑觉得平平静静甚至感到尴尬的友情就此告终。梅尔维尔把《白鲸》献给了霍桑。霍桑读了那本书之后写的信已经不复存在，可是看梅尔维尔的回信，他好像认为霍桑不太喜欢。大众也不喜欢，批评家们亦然。他接下来写的《皮埃尔》运气更差，读者报以轻蔑的谩骂。他写作赚的钱很少，除了妻子，他还有两个儿子、

---

① 由雷蒙德·韦弗引用：《赫尔曼·梅尔维尔：水手和神秘者》。

两个女儿要养，可能还得养三个妹妹。

看信件就知道，梅尔维尔觉得耕种自己的田地与以前在匹兹菲尔德替叔叔割草或在茉莉亚岛挖土豆一样没意思。事实上他从来不喜欢体力劳动："看我的手！——这只手掌有四个水泡，是这几天锄头和铁锤磨出来的。今天早晨下雨，所以我在室内，一切工作都暂停下来，心情好愉快……"双手这么嫩的农夫是不可能靠种地赚钱的。

他的大法官岳父似乎定期给他们一家财务上的援助，看来他是好心又通情达理的长者，我们猜他曾建议梅尔维尔另想谋生之道。亲友动用各种关系想帮梅尔维尔找一个领事职务，但是没有成功，他只得继续写作。他处境困难，大法官再度伸出援手：1856年他又出国了，这次前往君士坦丁堡①、巴勒斯坦、希腊和意大利，回来后靠演说赚了一点钱。

1860年，他最后一次远行。他的小弟汤姆指挥一艘专做中国贸易的快帆船"流星号"，梅尔维尔乘这艘船到旧金山；我们以为他还有足够的冒险精神把握机会前往远东，但不知为了什么理由，也许是他对弟弟生厌或弟弟受不了他，他在旧金山下船回家了。大法官去世，梅尔维尔贫苦度日过了几年，1863年决定离开箭头庄。他们在纽约向发迹的大弟艾伦买了一间房子，箭头庄转给他抵作部分

① 君士坦丁堡，土耳其伊斯坦布尔之旧称，东罗马帝国之首都。

房价。梅尔维尔在这间东二十六街104号的房子里度过余生。

依照雷蒙德·韦弗的说法，梅尔维尔若靠版税能赚一百美元，那年就算不错了；1866年，他设法获得了海关督察的差事，经济环境稍有好转。次年他的长子马尔科姆在房间里开枪打到自己，到底是自杀还是意外不太清楚；次子斯坦威克离家出走，以后再也没人听到他的消息。梅尔维尔在海关干了二十年；后来他太太得到弟弟塞缪尔分给她的财产，他就辞职不干了。1878年，他靠舅舅出钱出版了一首两万行的长诗，叫作《克拉莱尔》。死前不久，他撰写或重写了一部中篇小说，名叫《比利·巴德》。他于1891年去世，随即被人遗忘，享年七十二岁。

这是传记家们笔下的梅尔维尔简传，但他们没说的显然很多，他们略过马尔科姆死亡和斯坦威克离家出走的事不谈，把它们当作微不足道的小事。十八岁少年开枪打到自己的时候，梅尔维尔太太一定跟她的兄弟通过信件；我们只能猜那些信被压着未发表。没错，1867年梅尔维尔的名气已不比从前，但我们总以为这种事件会让媒体想起他的存在，报纸会稍微提起这件事。没有人调查少年死亡的真相吗？他若是自杀，原因何在？斯坦威克为什么逃走？他在家的生活状况如何，怎么会逼得他走上这一步，为什么他从此杳无音讯？就我们所知，梅尔维尔太太是一位慈爱的好母亲，但她似乎未设法和仅存的儿子联络，这一点很奇怪。

听说梅尔维尔死后，只有梅尔维尔太太和两个女儿参加了丧礼，我们猜斯坦威克已经死了。根据记载，梅尔维尔晚年很疼爱自己的孙辈，但他对自己儿女的感情却不太确定。刘易斯·蒙福德根据所知所见写的梅尔维尔传合情合理，他无情地刻画了梅尔维尔和儿女的关系，读来十分可信。

梅尔维尔似乎是个严厉、没耐心的父亲。“其中一个女儿，每次想起父亲的形象来，就会产生某种痛心的剧烈反应……家里几乎没有东西可吃了，他却会花十美元买一件艺术品、一张版画或一尊雕像。他们有这么阴森的回忆谁会觉得奇怪呢？”梅尔维尔似乎喜欢开一些他们没有兴趣听的玩笑，你若在字里行间细读细想，一定会怀疑他有时候喝了酒，回家更糟糕。我忙不迭要加上一句，这方面没有明显的证据，但我们对他性格的任何看法都少有证据可以佐证；大家断定他自私、偷懒、不中用，只不过是猜测罢了。

我发现《奥穆》比《泰比》可读性高，那是梅尔维尔在茉莉亚岛经验的直接记叙，大体上可视为真有其事；反之，《泰比》像是事实和幻想的大杂烩。依照查尔斯·罗伯茨·安德森的说法，梅尔维尔自称在努库希瓦岛待过四个月，其实只待了一个月，而他前往泰比族山谷途中的冒险并不像他说的那么吓人，他逃避泰比族食人癖好的危机也不像他说的那么惊险；他说的逃亡故事不大可能发生。“……整个得救场面很浪漫，叫人难以信服，显然是仓促写成的，未恰当注意逻辑和戏剧的技巧，反而想把自己塑造成英雄。”我们不该为此责备梅尔维尔；我们知道他一再向听众叙述他的冒险经过，人人都晓得：每次讲同一个故事，一次次把内容说得好听一点、刺激一点，这是很难抗拒的诱惑。当他提笔写下来的时候，本来朴实又不刺激的事实已被他添油加醋地说了无数回，如今要照实说，一定很尴尬。

事实上，《泰比》更像是梅尔维尔在当代旅行书中找到的资料加上他自己的经验夸大一番汇编而成。勤奋严谨的安德森先生指出，这些旅游书所包含的错误他不但照单全收，还在不同场合使用了旅游书原著者的词汇。但《泰比》和《奥穆》都使用当时的惯用语，文笔不错。梅尔维尔已经偏好使用文学词语而非日常词语，例如他喜欢称一栋建筑为“大厦”（edifice）；不说一间小屋靠近另一间，甚至不说在附近，而说“毗邻”（vicinity）；他更乐意用“疲惫”（fatigued），而不用大多数人会用的累；他喜欢“显露”（evince）情感，而不说表现情感。

但这两本书的作者肖像清晰浮现出来，你不必努力运用想象力就可以看出他是吃苦耐劳、勇敢又果决的青年，喜欢冒险喜欢玩，不喜欢工作但并不偷懒；快活、和蔼、友善又无忧无虑。他跟同年龄的小伙子一样迷上波利尼西亚姑娘的美貌，他若不接受她们自愿给他的好意才奇怪呢。若说他有什么不寻常的地方，那就是他对年轻人容易漠视的美极为喜爱，他以爱慕的笔调描写大海、天空和青山，有股艺术激情。若说他比其他二十三岁的水手多了一点什么，也许是他天生爱思考，而且自己对此也有所觉。后来他记述道：

“我天生爱沉思，在海上，夜里常爬上高处，坐在一根上帆桁上，把身子蜷缩在夹克里，纵情冥想。”

这位明显正常的青年变成了撰写《皮埃尔》的野蛮悲观主义者该做何解释呢？什么因素使得平凡、不引人注目的《泰比》作者变成富于深沉想象、强有力、有灵感又有表现力的《白鲸》作者呢？在那性意识甚强的时代，自然会寻找性爱方面的理由来解释这么奇特的状况。

《泰比》和《奥穆》是梅尔维尔娶伊丽莎白·肖为妻之前写的。他们结婚的第一年他写了《玛迪》一书，内容先是继续坦率地叙述他的海员经历，后来却奇幻得荒唐；冗长不堪，我觉得很乏味。我没法把该书的主题说得比雷蒙德·韦弗更好：“《玛迪》是想完整拥有求爱期间触动梅尔维尔心灵的那种神圣和神秘的快乐的探索过程：一种他在爱恋母亲的磨难中所感受的快乐；一种他爱上伊丽莎白·肖时感到目眩的快乐……《玛迪》是追寻失落魅力的朝圣之旅……描写追寻一个来自‘快乐岛’奥鲁利亚的少女——伊拉的经过。他们在文明世界到处找她：虽然他们（小说中人物）有机会大谈国际政治和一大堆其他的议题，但没找到伊拉。”

我们若喜欢瞎猜，不妨把这个奇怪的故事当作他对婚姻失望的第一个征兆。我们必须从梅尔维尔太太伊丽莎白·肖现存的几封信猜猜她是一个什么样的人。她的信写得不好，也许她的内涵比信上显露的多；但从信上至少可看出她深爱丈夫，是个通情达理、亲切、实际，也许有些狭隘和保守的女人。她忍受贫困毫无怨言，她无疑对丈夫的发展感到困惑，看他似乎想抛掉《泰比》和《奥穆》带给他的声誉，或许会感到遗憾，但她继续相信他，爱慕他到底。她不是一位知识女性，但她是一个善良、容忍、深情的好妻子。

他爱不爱她呢？求爱期间可能写过的信一封也没留下来。他娶了她，不过男人不见得只为爱情结婚，也许他过腻了流浪生活，想要定下来：这位奇男子有个奇怪的地方——照他自己的说法，他虽“天性爱漂泊”，但他初当水手练习生前往利物浦又在南海待了三年之后，冒险的渴望已经被浇熄了。他后来的旅程只是旅游观光而已。也许梅尔维尔结婚是因为家人和朋友认为他娶亲的时候到了，也许他用结婚来抑制那些使他沮丧的喜好。谁知道呢？

刘易斯·蒙福德说：“他跟伊丽莎白在一起从来不太开心，没她在身旁也不太开心。”暗示他对她不只有感情，而且“分开久一点欲望会在体内聚集”，接着就是匆匆满足并厌腻。世上不是他第一个发现自己跟妻子分离时比共处时更爱她、性交的期望比实现更刺激。我想梅尔维尔很可能对婚姻的束缚颇不耐烦，或许他对妻子期望高，得到的少，但他继续维持婚姻关系，让她生下四个孩子。就大家所知，他没有做出什么对不起她的举动。

我这篇文章不打算细谈《皮埃尔》，那是一本荒谬的书。当然书中有意味深长的话语：梅尔维尔写得很辛苦、很辛酸，他的激情偶尔会让他写出有力又动人的段落；但情节不像是真的，动机叫人难以信服，对话也僵硬做作。一个专门看最差劲的浪漫小说抚慰敏感心灵的十四岁女生，或许能创造出《皮埃尔》这么一本书。说真的，我们读后有个印象：这本书是重度神经衰弱的人写的。不过此书对精神分析家来说是一大宝库，我欣然把它留给他们。

梅尔维尔从巴勒斯坦和意大利回国后发表了雕刻方面的演说，专门挑出一尊名叫《望楼的阿波罗》的希腊罗马雕像特别加以评论。那是沉闷、没灵感的作品，唯一的优点是刻画出的青年男性非常俊美，梅尔维尔对男性美特别有眼光。我已描述过跟他结伴弃离“阿库什尼号”的少年格林给他留下的印象，在《泰比》一书中，他不止一次提到跟他在一起的小伙子们的体形多么完美。

我们别忘记他十七岁时就搭上一艘前往利物浦的船，在那边跟一位名叫哈瑞·波尔顿的少年交上朋友。他在《雷德伯恩》中描述其人如下：“他是那种个子娇小却匀称完美的人，一头卷发，丝样光滑的肌肉，好像蚕茧里出生的一样。他的肤色是赤褐带红晕，像女孩子那么娇柔；他的脚很小，双手很白；眼睛又大又黑像女人；撇开诗不谈，他的嗓音像竖琴声。”有人怀疑两位少年仓促的伦敦之旅不是真的，读来颇不可信，甚至怀疑有无哈瑞·波尔顿这号人物存在。不过，若说梅尔维尔捏造这个人来为作品增添一则有趣的插曲，那他这么有男子汉气概的人竟会捏造一个显然是同性恋的人物，未免太奇怪了。

梅尔维尔在小型快速军舰“美利坚合众国号”上的好朋友是“高大结实、眼睛清楚张开、眉毛宽阔优美、留着一大把栗褐色胡须”的英国水手杰克·蔡斯。他在《白外套》中写道：“那人洋溢着通情达理、情感高尚的气息，谁要是没法爱他，尽可自称为骗子。”又进一步说：“亲爱的杰克，无论你此刻在什么地方的蓝色大海逐波航行，把我的爱带在身边吧。无论你到什么地方，都愿上帝保佑你。”梅尔维尔难得有这么温柔的笔触！这位水手给梅尔维尔留下极深的印象，所以十五年后他死前三个月才完成的中篇小说《比利·巴德》特别题献给这个人。故事系于男主角惊人的美貌，这使得船上每一个人都爱他，也间接造成了他悲剧性的下场。

我细述梅尔维尔的这项性格特色，因为此特质或许可解释他对婚姻生活的不满；他的转变使对他感兴趣的人同感疑惑，也可能是性爱方面的挫折造成的。我想他可能是品行非常端正的人，但是谁知道是什么本能——可能是未被认出的本能，就算被认出也已愤然压下，除了在想象中之外，从未纵情发挥——我是说，什么本能栖息在人类身心，虽然人从未向它屈服，它却对其心性有排山倒海的影响，谁知道呢？

有人说梅尔维尔性格的奇特改变——由《泰比》的作者变成《白鲸》的作者——是一次精神病发作造成的。可是他的崇拜者把精神失常当作丢脸的事，强烈否认他曾精神失常。精神病发作当然不比黄疸病发作可耻。反正就算有证据，就我所知也没人拿出来过。还有人说，梅尔维尔从兰辛堡搬到纽约时集中看了很多书，受到深刻的影响，才会完全变了一个人。说他因托马斯·布朗爵士的作品而发狂，就像堂·吉诃德因骑士传奇而发狂，这看法没人相信，太天真了。如果调查研究能发掘进一步的资料，奥秘也许能澄清，但目前只好维持未解释的状态。不知什么原因，平凡的作家变成了非常像天才的作家。

梅尔维尔看书虽然缺乏条理性，却博览群书，不难看出他主要受17世纪的诗人和散文作家吸引。我们假定他从中找到了跟他自己混乱癖性异常相符的东西，他们的影响对他是利是弊完全是见仁见智的问题。他早年受的教育甚少，日后学到的文化又不太能吸收，这种例子很常见。文化这东西，不像一件现成的衣服穿上去就可以，而是要吸收进体内来增强人格的养分，就如同食物可增强发育期孩子的体质一样。它不是华丽辞藻的修饰，更不是要卖弄你的学问，而是一种充实灵魂的方式，得来实在不易。

罗伯特·路易斯·史蒂文森[1]说梅尔维尔没有耳朵；我要说一句相反的话，他的耳朵非常灵敏，具有非常好的节奏感。虽然他的文法不时出错，但却有绝妙的韵律感，他的句子不管多长，总的来说都非常均衡。他喜欢华而不实的措辞，所使用的庄重词汇使他

① 罗伯特·路易斯·史蒂文森（Robert Louis Stevenson，1850—1894）出生于苏格兰的英国诗人、小说家，代表作有《化身博士》《金银岛》等。

得以常常达到极美妙的效果。有时候这种喜好导致他重复使用同义词，譬如他谈到“umbrageous shade”（荫翳蔽日），其实就是树荫的意思；但我们不能否认声音很圆润。有时候我们被“hasty precipitancy”（匆忙的仓促）这样的重复同义词搞得莫名其妙，才恍然发现弥尔顿写过“Thither they hasted with glad precipitance”（他们愉快而仓促地匆匆前去）这样的句子。

有时候梅尔维尔以料想不到的方式使用普通词汇，往往以此得到新奇的效果。即使你觉得他的写作手法已经到了无法忍受的地步，也不能草率地拿“hasty precipitancy”来责备他，因为他很可能颇有依据哦。当他谈到“redundant hair”（多余的毛发），你也许会想到少女的嘴唇上方的绒毛很多，而不会想到是青年男子头上的毛发很浓密；但你若查字典，会发现“redundant”的另一个意思非常广泛，弥尔顿也写过“redundant locks”（浓密的头发）。

对于梅尔维尔偏好古词和诗歌用词的做法，我不敢苟同。比如，以“o'er”代替“over”，“nigh”代替“near”，“ere”代替“before”，还使用“anon”和“eftsoons”，给本来雄厚刚健的行文带来一丝陈腐俗丽的气息。我想他偏爱第二人称单数有更大的借口，那是一种别扭的发言方式，可能因为这个原因才废弃不用，但我相信梅尔维尔想运用这一招来达到他刻意想好的目标。他可能觉得这样会使他叙述的对话具有神圣风格，并赋予他的词句一种诗歌的韵味。

但这些只是微不足道的小事。无论我们如何存疑，梅尔维尔的英文确实写得无与伦比，他的文风到《白鲸》已达到完美的境界。当然啦，有时候他养成的风格使他恣意讲求辞藻，但最棒的时候其文体具有现代作家未曾企及的大气磅礴、铿锵有力、恢宏气势，还有极强的表现力，确实常叫人想起托马斯·布朗爵士雍容华贵的词汇和弥尔顿的庄严考究。我改谈别的题目之前，一定要请读者注意梅尔维尔多么巧妙地把水手们日常工作的一般航海用语交织入其作品的精美画面中，结果给气氛如阴沉的交响乐的独特小说《白鲸》带来写实主义的成分、新鲜的大海的咸味。

只要读过我写的文章，没有人会指望我从神秘和寓言方面来讨论梅尔维尔的伟大杰作，亦即他唯一能跻身伟大小说家之列的作品《白鲸》。读者要找那种东西，请到别的地方找。我只能从一个不算生手的小说家的立场来谈这本书。不过，既然有些非常有头脑的人把《白鲸》当作寓言，我也该谈谈这件事。他们以为梅尔维尔自己说的是反话——梅尔维尔在文章里说过，他怕他的作品被当作“恐怖的寓言，或者更糟糕更可憎，被当作讨人嫌、叫人受不了的讽喻”。我们假设一个老练的作家说某句话时很可能真的是那个意思，不是评论家以为他所想的意思，这不算草率吧？没错，他给霍桑太太的信上说过他写作期间曾“依稀觉得整本书有种讽喻的结构”；但这不太能证明他有写一部寓言的意图。就算真的可如此诠释，可不可能像他给霍桑太太的信件所指，是偶然造成，连他自己也大感诧异呢?

我不知道批评家怎么写小说，但我略知小说家如何写小说。他们不会选取一则普遍的主张如“诚实才是上策”或“闪烁的并非全是黄金”，然后说“我们来写一则这方面的讽喻吧”。通常是一群因自己熟悉的人物激发了他们的想象，有时候是同时，有时候是相隔一段时间，先前体验过、听过或杜撰的一件事或一串事件突然浮现于脑海中，使他们可借人物和事件协力运作来发挥脑海中已出现的主题。

梅尔维尔并不富于幻想，至少他打算写幻想作品如《玛迪》的时候惨败了。他的想象很有力，他要想象，必须有稳固的事实当基础。例如他写《皮埃尔》时，想象力自由驰骋，结果写得很荒谬。不错，他性喜“沉思”，年纪渐长更醉心于玄学，雷蒙德·韦弗说那“不过是苦痛溶解在思绪里”。这样的说法未免太狭隘，对此人们可以给予适当的关注，因为玄学常常被用来处理人类灵魂、价值观、上帝、永生和人生意义所遭遇的最大问题。梅尔维尔处理这些问题的方法不是理性的，而是非常感性的：他这么想是因为他这么感觉；但他的很多感想照样很深刻。我认为，刻意写一篇寓言需要作者具有一种思想上的超然态度，但梅尔维尔并不具备。

若论系统化诠释《白鲸》，没有人比埃勒瑞·塞奇威克做得更透彻。他甚至宣称这本书之所以伟大，就在于书中的整套象征。照他的说法，亚哈船长是“人——有知觉、爱投机、果断、信仰虔诚的人，昂然挺立对抗宇宙万物的巨大奥秘。他的对手白鲸——‘莫比·迪克’就是那巨大的奥秘。他不是它的创造者，但与先知以赛亚虔诚地认定为造物主所制定的宇宙的一切法度（抑或无法度）之公正无私别无二致”。我觉得难以置信。刘易斯·蒙福德的梅尔维尔传记中提出了比较说得通的诠释，他把白鲸当作恶的象征，把亚哈跟它的冲突当作善恶的冲突，最后善被击垮了；这颇符合梅尔维尔忧郁的悲观主义思想。但讽喻是难以驾驭的动物，你可以拉它们的头，也可以拉它们的尾巴，我要说另一种诠释也同样讲得通。

为什么评注者要假定白鲸是恶的象征？蒙福德教授提到的“空虚的恶意”，是指白鲸在受到攻击时的自我捍卫。

那畜生异常邪门；

人出击，它便捍卫自身。

我们要记得，《泰比》是歌颂未被文明之恶腐化的高贵野蛮人。梅尔维尔把自然人看成善。为什么白鲸不能代表善而要代表恶呢？它外表极为壮丽，体形庞大，力量雄伟，自由自在悠游大海。愚蠢而傲慢的亚哈船长冷酷无情、性格残忍、报复心强，他才是“恶”。当最后的决战来临，亚哈和手下——由“形形色色的叛徒、流浪汉和食人族”构成的船员被摧毁，天道已行，沉着镇定的白鲸神秘离去，恶已被击溃，善终于胜利了。你若想从同样的内容找到另一种诠释，不妨把阴森邪门的亚哈船长当作撒旦，白鲸当作造物主。那么上帝虽受伤至死，却已摧毁恶者以实玛利，人类只能漂流在“柔软又凄凉如挽歌的大海”，再也没什么可希望或害怕的，孤单单伴着自己无法征服的灵魂。

幸运的是，我们可以饶有兴趣地阅读《白鲸》，而不必考虑它有没有什么寓意。我重复再多遍也不嫌多：小说不是为求教诲或启发而阅读，是为了获得思想上的享受而阅读的，你若发现无法从中得到乐趣，最好干脆不读它。但我们必须承认，梅尔维尔似乎尽力阻挠读者享受。《白鲸》的结构相对松散，太多关于白鲸的介绍破坏了故事的悬念。梅尔维尔很清楚，《白鲸》不会讨人喜欢，但他这人脾气倔强，说不定大众的忽视、批评家的猛烈攻击、最亲近的人对他的不了解，会更加坚定他照自己意思写作的决心。

蒙哥马利·贝尔金曾为《白鲸》的一个版本写过一篇精辟的序言，文中猜测：既然这是一个追寻的故事，追寻的结局必须不断延缓，梅尔维尔撰写有关鲸的进化史、鲸的大小及骨架等知识的篇章就为这个理由。我不相信。他若有这种意图，那他在太平洋的三年间一定目睹过可以更恰当使用的事件，一定听说过可以更恰当使用的故事。我说梅尔维尔撰写这几篇，只有一个简单的理由：他忍不住想把他感兴趣的任何一条知识放进他写的作品里。我觉得我全部可以读得津津有味，但不可否认的，它们都是妨碍叙事的题外话，脱离了正题，令人感到有些可惜。

另外有一点也许会使读者感到失望，就是梅尔维尔习惯长篇累牍地描写一个人物，然后把他撇下：你已对他着迷，想多知道他的事，却没能把事情做一个了结。事实上，梅尔维尔没有法国人所谓的“连贯精神”，谁要说他的小说结构严谨，未免就太荒唐了。他既然这么写了，是因为他想要如此，你必须全盘接受或干脆舍弃这本书。“得了，我照你的提议这样做或那样做也许能写出更令人满意的作品，我敢说你百分之百正确，但我就喜欢这样，我就要这样做，假如别人不喜欢，我也没办法，而且我也不在乎。”他绝对不是第一个说这种话的小说家。

有些批评家指控梅尔维尔缺乏创意，但我觉得没什么理由。不错，他有经验作为基础的时候虚构比较可信；不过大多数小说家都是如此，有了经验打底，想象力可自由发挥而且很有威力。我没有进一步的话要说了。当梅尔维尔有剧情可描写，他确实写得很棒，力道十足，他那有点正式的写作风格奇特地带来震撼人心的效果，这一点再漫不经心的读者都会注意到，简直不值得我特别指出来。场景设在新贝德福德的前面几章非常真实，而且浪漫得迷人，充分让读者的心灵准备接受后面的篇章。但弥漫全书、使全书显得充满情感、触动人心的当然是亚哈船长那邪恶又庞大的身影。我想不起有什么小说人物的境界可与他相媲美。你必须看希腊戏剧家的作品才能找到亚哈的故事所带给你的那种劫数难逃的感觉，必须看莎士比亚的名作才能找到具有如此可怕力量的人物。无论我们如何存疑，都无法否认因为赫尔曼·梅尔维尔创造了亚哈船长这个人，《白鲸》才成为一本伟大——非常伟大——的书。

后　记

本书的每一篇文章都只是为了跟读者谈谈我们建议他阅读的特定小说而撰写的，想知道写这些书的是哪一种人是再自然不过的想法，我遂加述了一些作者的事情。我给自己的篇幅非常有限，所以论及每个人的生平和个性时，我限定自己只谈我觉得重要的事实。我提到许多让我获取这些资料的书，对于尚在人间的作者，此处我要感谢他们给我的教诲和乐趣。

我花了一年多的时间重读我要介绍的这一系列小说，研究作者的生平，这期间我不时对作者们及其作品的一般特性产生许多感想。我忍不住自问：这些伟大的作家拥有什么特质，使他们成为今天的他们？这些书又有什么特色，才能在前前后后的诸多读者心目中留有持久的兴味？我的结论和上述问题的解答都是试探性的，我恳求读者就如此接受吧。我只能概括言之，任何概括的泛论都只有局部的真理。而且目前的案例中，我只靠少数实例来概括。

这些书都曾是畅销书。没错，其中《红与黑》《呼啸山庄》

和《白鲸》这三本书在初版时彻底遭到失败。批评家即使注意到这些书，也几乎没说过什么好话，大众根本忽略了这些作品。这不难理解。这些书原创性很高。喏，世人大体上不知道该如何看待原创性；大家被吓得脱离安闲舒适的思考习惯，第一个反应是愤怒。世人需要很长的时间，需要洞察力强的诠释者来指引，才能舍弃本能的畏缩，慢慢习惯于新奇的事。

以印象派画家为例，其中最重要的成员是克劳德·莫奈、爱德华·马内和皮埃尔·奥古斯特·雷诺阿。他们的画第一次出现时，大众报以怒骂咆哮，想来几乎难以置信。如今我们觉得那些画没有什么吓人的地方，我们纳闷那些首先看到的人竟没有立刻看出我们一眼就能察觉的美。听说这些画家要以几百法郎卖出现在卖几千几万美元的艺术作品都很困难，我们觉得自己错过了多好的机会啊，我们若活在当时，说不定早已花一点小钱买下那些我们会傲然拥有的名画。其实我们若生在当时，一定不会做那样的事。我们会跟别人一样认为那些画荒唐可笑。这些画家们所察觉并绘在帆布上的大自然新面貌，我们要经过长年的认识才会甘心接受。

就来谈谈我刚才提到的三本书吧。我们别忘记司汤达想要再发行他的作品时，一位教育程度高又有相当文化素养的亲密好友求他不要把《红与黑》收录进去。当艾米莉·勃朗特的《呼啸山庄》因其姐夏洛蒂·勃朗特的名气而有机会出新版本时，夏洛蒂还觉得有义务为这本书向读者道歉呢。霍桑虽然跟梅尔维尔友谊深厚，而且仰慕其性格，却对《白鲸》深感不安。

但时间改变了一切。这三部小说的杰出优点早已受到公认，成了畅销书。至于我谈过的其他小说，当时已受大众喜爱，从出版那天就是畅销书，至今依然如此。

我详述这件事，是要指出某一类批评家真傻，某一部分大众又是多么不幸，自以为属于知识分子，只因为一本书畅销就加以谴责，以为很多人想读因而争相购买的书一定比很少人想读因而不买的书差劲，这未免太愚蠢了。自己有制瓶工厂、家族又拥有墓地因此收入颇丰的罗根·皮尔萨尔·史密斯曾写道：“为钱写作的作家不是写给我看的。”这是很傻的话，只表示他对文学史相当无知。约翰生博士说过：“除了笨蛋，没有人不为钱而写作。”他写了一本英国文学的代表作，赚到的钱足以支付其母的葬礼开销。巴尔扎克和狄更斯毫不羞愧地为钱写作。

批评家的工作是判断他所评的作品有什么优缺点，作家写作的动机不关他的事，销出多少本更与他无关。不过他若是思虑周详的批评家，他会觉得追溯一件艺术作品产生的各种动机、探查什么特性使得一本书让许多教养和受教育程度各不相同的人都觉得有兴味……是很有趣的事。这种情况下他或许会觉得拿《大卫·科波菲尔》和《飘》做比较，拿《战争与和平》和《汤姆叔叔的小屋》做比较颇有用处。

当然我并不是说畅销书一定是好书，说不定是很糟的书也未可知。一本书之所以畅销，可能因为内容谈的是当时大众恰好感兴趣的题材，所以尽管有大缺失，仍被广泛阅读。当大众不再对这个特殊的题材感兴趣，这本书就被人遗忘了。一本书之所以畅销，也可能因为有色情意味，世上永远有喜欢垃圾的人；如果出版商和作者幸运地被提起公诉，因此起到宣传效果，销量说不定会很大很大。一本书之所以畅销，也可能因为它满足了许多基于环境无法冒险也无缘浪漫的读者大众的愿望。他们只有通过这个渠道来逃避人生的单调和孤寂，吝于给他们这个渠道实在是太小气了。最近几年美国铺天盖地的广告使小说和非小说类作品的销量大增，不过我想所有出版商都会同意：无论他们准备花多少钱宣传，除非一本书有某些东西可吸引大众，否则他们一定无法让大众广为阅读这本书。宣传的作用只是让那些会喜欢读这本书的人注意到它而已。

就算那本书构思差、写得差、平庸、自命不凡、滥情又荒谬不合情理，广告要能达到上述效果，书本身还是得有某些可读的地方，能符合许多人的共同心声。这表示那本书至少有优点。说大家不该喜欢有这种严重缺点的书是没有用的。他们喜欢；由于他们一心注意从书中找到的特定迷人处，对缺点遂不以为意了。批评家若能指出那迷人处是什么，一定很有用处。这样他们才能给我们指引。

我斟酌我刚谈到的这十本小说有什么特色竟能始终受欢迎时，我首先得面对一个事实：这些书彼此间是截然不同的，每本书各有优点和缺点。有些文笔差，有些结构差，有些看来不合理，有些唠唠叨叨，至少有一本十分滥情，有一本很不人道。但这些书有其共同点：故事都十分吸引人。你想知道事情的结果如何，你之所以想知道，是因为你对作者创造的人物很感兴趣，而你之所以对他们感兴趣，是因为你把他们当真人，尽管他们跟你恰好认识的人不相像，可你就是接受他们这样的面貌，连密考伯先生你都接受，只因他们的创造者将他们描绘得栩栩如生，并赋予他们独特的个性。

而作家们处理的题材是人类历来感兴趣的题材：上帝、爱与恨、死亡、金钱、野心、羡慕、骄傲、善与恶。简言之，他们处理我们大家都有的激情、本能和欲望。他们尝试着诚实地道出真相，但他们是透过自己非凡人格的失真镜片来看真相的。正因为他们处理古今关系到人类的题目，所以一代一代的人都可在他们的作品中找到切合其需要的东西；正因为他们照自己非凡人品所显现的情况来看人生、判断人生、描述人生，所以他们的书具有强烈的味道，具有个别特性，能继续强烈吸引你我。最终分析起来，作者能献出的只有他自己。由于这几位作者各以不同的方式持有特别强、十分独特的性格，尽管时代变迁带来不同的生活习惯和新的思考方式，他们的作品仍保留其魅力。

他们另有一个共同点我认为值得一提。这些作家以非常坦率的文风陈述故事；他们叙述事件，深入挖掘动机，描写情绪，不依靠许多现代小说爱用且写得乏味无聊的“文学”技巧。他们似乎从未尝试以微妙精巧来打动人心，而是以原创性来令人震惊。作为人类他们够复杂，作为作家他们单纯得令人吃惊。他们微妙又有创意，像法国儒尔当伯爵朗读散文一样自然。

如果可能的话，我好奇地想知道这几位作家有没有什么共同之处，或许我可从中明白是什么特质使他们写出舆论一致公认伟大的书。我们对菲尔丁、简·奥斯汀或艾米莉·勃朗特所知不多，但其他几位可供参考的资料多得不胜枚举。司汤达和托尔斯泰写过一册又一册的书谈自己的事；福楼拜可透露玄机的信件非常多；其他的人则有朋友和亲戚撰写追忆录，有传记家们详尽述说他们的生平。

当然每个人都有点创造本能。小孩子自然而然会玩彩色铅笔，以水彩绘制小图画，当他们学会读和写，就会写点小诗和小故事。初看起来写东西好像比绘画容易，小孩子长大后致力于当作家的可能性比较大。创造显然比抄袭好玩。我相信创作本能在二十几岁时达到高峰，后来或者因为那只是青春期的产物，或者因为人生的种种情事、谋生的必要，使人没有时间练习，创作本能遂凋零死亡了。但是许多人——比我们大多数人所知道的多——的创作本能继续纠缠他们、诱惑他们。由于内在的驱动力，他们变成了作家。但不幸的是，你可能让创作本能强烈发展，却因才华不够，无法创作出任何有兴味的东西。

一定有什么东西跟创作本能结合在一起，使作家写出了有价值的作品。那究竟是什么呢？好吧，我猜是个性。他就是具有某种癖性，才会以他自己独有的方式看待一切。他的个性可能讨人喜欢，可能不讨人喜欢，无所谓。他看东西的眼光若被一般舆论认为不公正、不确定，那也无所谓。唯一重要的是，他该以自己的眼光来看，他的眼光该让他见识自己特有的世界。你也许不喜欢他所见的世界，例如司汤达或福楼拜所见的世界，那么他的作品你会觉得倒胃口，但你几乎不可能不被他刻画那世界的力量所打动；或者你可能喜欢他眼里的世界，例如菲尔丁、简·奥斯汀和狄更斯的世界，那你就会真心喜欢他。这要看你自己的兴趣而定，与他作品的价值无关。

我想读过我介绍的这十位作家的人一定会发觉他们都是个性很明显、很不寻常的人。当然，他们都让创作本能强烈发展，都有写作热情。若照这些例子看来，我们说讨厌写作的人算不了什么作家，这话准没错。这并不是说作家们不觉得写作困难，要写好可不容易。没有人写作能如希望的那样顺利，他只能写到能力所及的程度。读者没忘记吧，福楼拜觉得要叫自己满意是可怕的苦差事；托尔斯泰和巴尔扎克一再改写、重写和修改，几乎永无止境。但写作仍是他们的强烈爱好，不但是终身的大事，而且是跟饥饿和口渴一样迫切的需求。

他们都没受过很高的教育。福楼拜和托尔斯泰看过很多书，但主要是为他们想写的东西找资料；其他几位所看的书并不比同龄的一般人广泛。他们对别人的艺术作品也没多大的兴趣。托尔斯泰喜欢音乐，会弹钢琴；司汤达偏爱歌剧，那是专给不喜欢音乐的人消遣用的音乐性娱乐。我没发现另外几位对音乐有多大的兴趣，雕塑艺术亦然。由他们的书上提到绘画或雕刻的部分看来，他们的品位真是差劲得恼人。

他们不太有头脑，我不是说他们笨；写出好小说是需要智慧和能力的，但不需要非常高层次的智慧和能力。他们处理一般观念的天真劲儿往往很惊人。他们接受当时流行的哲学观的老生常谈，但用在小说里的时候，成果难得叫人满意。事实上谈理念不是他们的职责；他们若关心理念，其关心是情绪上的，他们少有理性思考的天赋。他们对主张不感兴趣，对实例有兴趣，因为他们关心的是具体的东西。跟他们说“所有的人都是要死的”，他们冷淡无反应，但若继续说“苏格拉底是人”，他们就会肃然起敬了。

不过，若说智力不是他们最强的地方，他们却以对他们更有用的天赋加以了弥补。他们的感受能力很强，甚至很激烈；他们有想象力、敏锐的观察力、设身处地替自己创造的人物着想并与他们同喜同悲的能力；最后，他们有才能赋予自己所见所感所想象的东西具体的实质和形貌。他们观察、感受和想象事物的能力非凡有力。

但在继续发表这些言论之前，我要谈谈艾米莉·勃朗特和陀思妥耶夫斯基这两个例外情况。创作本能在三十岁之后还控制一个人是不正常的事，所以某方面来说这些作家全都不太正常，但不正常的程度跟他们的才华相比尚属自然。但艾米莉·勃朗特和陀思妥耶夫斯基的不正常是偶发情境的结果。艾米莉·勃朗特严重害羞到病态的地步，我猜是未被认可的性爱倾向使然；陀思妥耶夫斯基则患有癫痫症；福楼拜也患此病，但他每次发作后总会停几年不发作，病情对他性格的影响被坚强的意志力和天生的好见识缓和了。

这使我想到有人提出的一个见解：身体的缺陷或童年的不幸遭遇是创作本能的决定性来源。所以说拜伦若非跛足，绝不会成为诗人；狄更斯若没在鞋油工厂待过几周，绝不会成为小说家。这简直胡扯。无数男人天生脚部畸形，无数孩子被送去从事他们觉得屈辱的工作，却从来没写过十行诗歌或散文。创作本能人人都有，只不过在天才身上更活跃、更持久。跛足的拜伦、患癫痫症的陀思妥耶夫斯基、在鞋油工厂有过不幸经验的狄更斯，若非天生有那股创作欲，根本就不会成为作家。同样的创作欲也影响了健康的亨利·菲尔丁、健康的简·奥斯汀、健康的托尔斯泰。

我不怀疑身体或精神的残障（狄更斯的毛病是粗俗的势利眼）会影响某位作家的性格。身心的残障使他跟同伴们格格不入，使他神经过敏不自在，使他有偏见，所以他会从某种不寻常的观点——往往过分悲观——来看待世界、人生和同胞；身心残障使外向性格增添了内省的特质，与创作本能牢牢联结在一起。陀思妥耶夫斯基若非癫痫症患者就写不出那一类的书，这点我深信不疑，但我也相信那种情况下他仍会是学富五车的作家。

现在我们暂时撇下这些病态的人，来斟酌另外几位，我想我们印象深刻的第一点就是他们拥有极充沛的活力。

以为创作艺术家都喜欢住在小阁楼是错误的想法。他们不见得喜欢。他们天生活力充沛，性喜表现；他们爱尝奢侈滋味，喜好找乐子。想想菲尔丁养的猎犬以及穿炫丽制服的跟班，想想司汤达的华服、单马车及车夫，想想巴尔扎克无意义的炫耀卖弄，想想狄更斯的豪华宴会、豪宅、双马车和车夫。他们没有苦行者的习性，他们有极强的享乐能力，喜欢人生的许多好东西。他们想要钱，不是要储蓄，而是要恣意挥霍，所以赚钱的方法不见得永远是非分明。不过他们虽挥金如土，对人也是很慷慨的，他们会从任何可用的来源取得金钱，也会送给任何匮乏的人。他们有极大的神经能源，他们是很好的伙伴和聊天对象，他们的魅力似乎打动了每一个跟他们接触的人。

其中有几位很年轻就去世了，艾米莉·勃朗特死于全家罹患的肺病；简·奥斯汀死于一种妇科病，若在今天说不定可以治好；菲尔丁肇因于年轻时代花天酒地；巴尔扎克肇因于过劳和不健康的生活方式。不过若考虑上天派给他们的时间，除了艾米莉·勃朗特只写了一本书和几首诗之外，其他都写出大量作品。我们别忘记，简·奥斯汀的写作生涯前后不到十年。他们很努力，从流传至今有关他们工作习惯的记述来看，他们似乎养成了有条不紊的常规。波希米亚人所谓“灵感”或“精灵驱使”才能写作的说法不适用于他们；不管他们的生活多么散漫不合传统，说到写作他们可是按时坐到书桌旁，跟职员准时进入办公室一样规律，我们不得不佩服他们的勤勉。

不过，他们还有一些不那么值得颂扬的特点。他们极端以自我为中心。除了工作，他们什么都不放在眼里，为了工作，他们准备牺牲所有周围相关的人，眼睛眨都不眨一下。他们不体贴，自私自利，顽固极了。他们少有自制力，从来没想到一时兴起可能给别人带来苦恼，不该那么做。他们好像不太容易结婚，就算结了，也可能因为天生易怒或不专情，很少能给妻子带来幸福。我想他们结婚是要逃避自己扰人的本能骚动：定下来似乎能带给他们平静和休息，他们以为婚姻是逃离暴风雨的世界平安度日的避风港，但逃避、平静、休息和安全最不符合他们的脾气。婚姻是不断妥协的事，但利己既是他们的天性，怎么可能寄望他们妥协呢？

他们有恋情，但他们在自己眼中或风流对象眼中似乎都不太令人满意。这不难理解：真爱会屈服，真爱不自私，真爱很温柔，可是温柔、无私、让步都不是他们具备的美德。除了非常正常的菲尔丁和好色的托尔斯泰之外，他们的性欲好像都不强。我们怀疑他们有风流韵事的时候，满足虚荣心或证明自己男性气概的成分居多，为某种抗拒不了的吸引力弄得手足无措的成分比较少。我敢说他们达成上述目标后，会大舒一口气重新埋首于工作。

这一切都十分粗略不精准。我将作家们度过一生的环境和当时的舆论氛围都略过不予考虑，但这些事对他们的影响一定不可忽视。除了《汤姆·琼斯》之外，我讨论的小说都是19世纪问世的。那是社会、工业和政治革命的时代；人们放弃了流行多年少有改变的生活态度和思考方式。这种时代，古老的信仰不再毫无疑问地被人接受，空气中酝酿着极大的动荡，生命是一种崭新又刺激的冒险，或许此时易传导产生特别的人物和特别的作品，但我没有篇幅也没有足够的知识来处理这个复杂的题目。

我选了几个自己对他们略有所知的人，就他们的事做了一般性的评论，其中有一两位的事可能很容易被指为无稽之谈。我们对简·奥斯汀所知甚少，但从仅知的一点资料看来，我相信她具有女人可拥有的一切美德，却没有变成人人受不了的完美典范。我深知我无法指出她或其他任何一位有什么特质才变成这样的大作家。除了托尔斯泰，他们都属于中产阶级，从他们的祖先世系或环境中我没找到他们拥有珍贵天赋的成因。那种天赋哪里来的、关键何在、如何出现——就我所知，这一切都很难解释。那是上苍玩的把戏，似乎要看个性，而个性又似乎包含许多可贵的特质和邪恶的缺点。透过他们的作品或他们的传记与信件的媒介，我们与这些作家共存了这么久，我不得不下一个结论：大体上他们不是高尚有教养的人。除了因害羞而变得很孤僻的艾米莉·勃朗特之外，跟他们在一起挺有趣的，所以认识他们大概很愉快，可是跟他们一起生活肯定非常痛苦。

我写这篇东西期间正好重读怀海德[1]的一部作品，我要从他书中引几句话作为结束语。这几句话似乎相当恰当地概括出了我编此书时的心得体会。

人类需要一些能让人暂时全神贯注的东西，一些超越常规、能让人瞠目结舌的东西。伟大的艺术不只片刻提神，还是可以增强灵魂的自我实现的东西。它借着即刻的享受，也借着内心深处的锻炼证明自己的存在价值。其锻炼并不是和乐趣截然分开，而是因为有乐趣才存在。它使得灵魂转变，从而永恒地去追寻超越旧时自我的价值。

最后，下面这段话或许可以同时用于这十本书的作者和作品本身：

然而，我们千万别指望它兼具一切优点。甚至只要有某种奇特到足以引人兴趣的东西，我们就该心满意足了。

---

① 阿弗烈·诺夫·怀海德（Alfred North Whitehead，1861—1947），英国著名哲学家、数学家，后来定居美国。